서양드라마

명대사 · 명장면 24선

| 디오니소스드라마연구회 총서 제15권 |

서양드라마
명대사
명장면
24선

디오니소스드라마연구회 엮음

도서출판 동인

시작하는 글

━━━

    디오니소스 드라마 연구회는 고려대학교 대학원에서 영미드라마를 전공한 연구자들의 모임이다. 공연을 전제하면서 존재하는 드라마의 장르적 특성에 근거해, 문학적 관점과 공연적 관점을 균형 있게 유지하면서 영미드라마를 연구하자는 것이 본 연구회의 설립 취지이다. 이러한 취지에 맞춰 디오니소스 드라마 연구회는 그동안 모두 14권의 저서 및 번역본을 출간하였으며, 〈몰리 스위니〉와 〈햄릿 Q1〉 등 2편의 연극을 제작하기도 하였다.

    이번에 내놓게 된 본 연구회의 열다섯 번째 도서 『서양드라마 명대사 · 명장면 24선』 역시 본 연구회의 목적의식을 잘 반영한 결과물이라고 할 수 있다. 중세 연극의 한 형식인 도덕극의 대표작 『만인』을 비롯해, 전 인류의 사랑을 받는 작품이라고 해도 과언이 아닌 셰익스피어의 『햄릿』, 근대연극의 문을 연 입센의 『인형의 집』, 그리고 오늘날 우리시대 최고의 극작가 중의 하나인 브라이언 프리엘의 대표작 『번역』에 이르기까지 서양드라마 역사의 중요한 순간들을 장식해온 24편의 명작을 선정하였으며, 그 안에서도 특히 관객과 배우의 시선을 사로잡아온 명장면들을 간추려 보았다. 또한 이러한 명장면들을, 편리상 1인, 2

인, 3인 이상의 명대사와 명장면으로 분류하여, 연기나 연출적인 관점에서 드라마를 공부하는 학생들이 보다 용이하게 그리고 자신들의 목적에 맞게 접해볼 수 있도록 하였다.

　『서양드라마 명대사·명장면 24선』은 무엇보다 연기와 연출을 공부하는 한국의 연극학도들에게 실질적인 도움을 주려는 뜻에서 출발한 작업이다. 그래서 대사를 번역함에 있어 독자나 배우가 가능한 한 편하고 자연스럽게 발화할 수 있도록, 또 그러면서도 원작의 원래 의미나 의도를 잃지 않도록 하기 위해 노력하였다. 작은 장면이나 몇 줄의 대사라 할지라도 전체 원작의 의미나 해당 장면 또는 해당 대사의 의미를 제대로 알아야 적절한 무대화가 가능하기에, 이를 돕기 위한 꼼꼼한 해설을 덧붙였다. 물론 여기에 글을 모아주신 필자들은 연기나 연출 전문가들은 아니다. 따라서 그들의 해설은 각 장면과 대사들에 대한 의미를 해설하는 데에 그치는 한계가 있다. 그 대사들을 구체적으로 어떻게 연기하고 또 어떻게 연출해볼 것인지는 결국 독자들의 몫으로 남는다.

　서양드라마의 역사는 너무나 길고, 그런 만큼 중요한 극작품들도 너무나 많다. 서양드라마를 처음 접하고자 하는 사람들은 막막하고, 또 쉽게 길을 잃을 수 있다. 이 책은 그런 분들에게 유용한 길라잡이가 될 수 있을 것이다. 따라서 이 책은 연기나 연출을 공부하는 또는 하려는 학생들뿐 아니라, 서양드라마를 처음 접하는 일반 독자나 서양드라마의 중요한 부분들을 손쉽게 섭렵해 보려는 분들에게도 도움이 될 수 있을 것이다. 영미권의 작품을 제외한 유럽의 작품들은 영어로 번역된 것을 다시 우리말로 번역한 것임을 밝혀둔다.

2018년 10월

디오니소스 드라마 연구회

차례

2부 명장면

1부

명대사

『제2 목동극』

The Second Shepherds' Play

작가 미상

■

송옥

▬ 작품 소개

『제2 목동극』은 1450년 경 웨이크필드 마스터(Wakefield Master)라고만 알려
져 있는 작자 미상의 중세 종교드라마로, 중세 신비극 가운데 가장 뛰어난
작품으로 알려져 있다. 창조에서 최후의 심판에 이르는 하나님의 구원사(救
援史)를 찬양하는 중세 후기의 사이클 극에는 천사가 목동들을 찾아와 구세
주의 탄신을 알려주는 대목이 있다.

　종교적, 도덕적 성격을 띤 중세 드라마는 신비극(Mystery plays), 기적
극(Miracle plays), 도덕극(Morality plays)의 세 가지 갈래가 있다. 극작법
이 알레고리 형식이면서 구원에 관한 주제만을 다루는 중세 도덕극과는 달

리, 신비극은 주제와 인물 형성의 폭이 훨씬 넓다. 신비극의 원래 목적은 성서 속의 사건을 극화하는 것이었으나, 성서 이외의 교회 역사에 나오는 이야기들을 점차 폭넓게 다루었다. 기적극은 성인이나 순교자의 생애와 이들의 업적을 다루었다.

중세 연극은 가톨릭에 대한 헌신을 표현한 신앙 연극이었다. 『제2 목동극』의 목적은 하나님이 인간의 죄를 용서해주시는 증표로 이 세상에 예수 그리스도를 보내신 것을 목격하고 구원의 가능성을 보여주기 위한 것이었다. 그런 목적을 이루기 위해서 원죄의 제시와 예수탄생의 예언, 예수의 전 생애를 보여줄 필요가 있었다. 이 모두를 한 편의 극에 담기란 불가능하여, 주요 사건마다 개별적 장면으로 묶어 여러 편으로 만들었다.

『제2 목동극』은 웨이크필드 사이클(Wakefield Cycle)의 32편의 텍스트 가운데 13번째 극이다. 이 극의 구조는 목동들의 이야기와 아기 예수의 이야기라는 두 부분으로 나뉜다. 이 병렬은 "인간의 부패 행위와 구속의 약속"이라는 중요한 주제를 설명해준다. 두 개의 이야기 사이에 놀라운 평행선이 존재한다. 무명의 작가는 세련된 고도의 추상 개념을 활용하여 사회 질서를 열망하고 있다.

중세 영국에서 농부들의 삶은 매우 힘든 것으로 주인의 착취가 심했다. 중세 영국에서 농부와 목동은 가난하여 그들의 가족에게 먹을 것과 변변한 옷을 마련해 주기 어려운 형편이었다. 그래서 추위와 굶주림으로 목숨을 잃지 않으려면 도둑질을 할 수밖에 없었다. 1381년 가난한 농부들에게 부과된 세금을 보면 15세 이상인 자마다 염소 3마리였는데, 이것은 이들의 일주일 임금에 해당되는 것으로서 가난한 사람들은 하는 수 없이 가족 수를 속이기 일쑤였다.

이 극에서 보통 사람의 상징으로 등장하는 세 명의 목동들은 베들레헴(Bethlehem)의 동방 박사 세 사람과 평행한다. 이들은 각기 일상생활의 어려움과 혹독한 추위 및 사회 환경의 부당함을 한탄하며 등장한다. 세 명의 목동이 불평하는 문제는 근본적으로 같았다. 작가는 불편부당한 사회는 변화되어야 함을 시사하고 있다. 그래서 그는 중세 시대의 개인 구원을 위해서 예수 그리스도의 왕림을 당시의 현 시점에 도래하는 것으로 쓰고 있다.

삶에 지치고 굶주림과 추위에 떨고 있는 세 명의 목동은 도둑질로 살아가는 매크(Mak)를 만난다. 매크의 사기성과 술수를 잘 알고 있으면서도 이들은 그와 함께 잠을 잔다. 목숨을 부지하기 위한 곤경을 이해한다고 볼 수 있다. 잃어버린 양 한 마리가 요람 속의 "아기"로 둔갑한 것은 세상에 정의를 세우러 오신 예수님의 탄생을 예고한다. 천사가 "예수 찬미" 노래를 부르듯, 매크는 "아기"에게 자장가를 불러준다.

매크와 그의 아내 질(Gill)이 목동들을 속여 넘긴 후, 목동이 아기에게 선물을 주려고 되돌아 왔을 때, 그의 충동적인 행동 때문에 아이러니하게도 매크의 범죄가 발각된다. 그 당시 도둑질은 중벌로 다스렸으나, 목동들은 그를 벌주는 대신 담요에 싸서 공중에 던진다. 잘못이 드러난 그는 심판을 받게 된다. 공중에 던져 올리는 행위는 중생(重生)으로 설명될 수 있는 내세의 종교적 원리인 최후의 심판과 관계가 있다. 매크를 대하는 목동들은 마음씨 좋은 너그러운 모습으로 비춰진다. 첫 부분에서 보인 이들의 포용력과 자비심은 둘째 부분 '아기 예수 이야기'에서 하늘로부터 대접 받게 된다. 천사들은 이들에게 전한다. "일어나라, 목동들이여. 그 분이 태어나셨다. 베들레헴으로 그 분을 만나보러 가라. 신성한 아기가 구유에 누워 계신다." 목동들은 기쁨에 넘쳐, 동방박사 세 사람이 그랬듯이, 별을 따라 메신저가 되기 위하여 아기를 찾아 나선다. 이들은 "광명"을 향해, 위안이 될 구원을 향해 선물을 들고 간다. 한 평자는 이 사건에 대하여 이렇게 쓰고 있다. "목동들의 아기 예수 경배는 십자가 사건을 제외한 성경에 나타난 그 어떤 다른 복음 사건보다도 큰 상상력의 불을 영국 설교자들에게 지폈다. 부패하여 쇠약해지고 있는 교계에서 공의와 연민이 드러나는 것을 보았기 때문이다." 제2 목동은 소리친다. "어서 가자! 자, 우리가 승리했다!(Come forth! Now are we won!)" 작가는 사회 항변의 의도를 가지고 이 극을 쓴 것이 틀림없다. 무자비한 상류층과 힘없이 고통 받는 하류층 사이의 계층 갈등이 사실적으로 묘사되어 있고, 자본과 노동 사이의 갈등이 공개적으로 표출되어 있다. 경제적 피폐로 어려워진 서민은 구세주의 부름에 상기된다.

이 극의 역사적 의의는 신비극이 발전하면서 세속적 소재가 활용되어 신비극의 헌신에서 벗어난 극적 구조로 발전했다는 점이다. 극적 상황과 언어에서 유머가 거칠어졌고, 세속적 구성은 성경의 내용을 압도한다. 극의 구성은 예수 탄신에 초점을 두고 목동들 사이의 계략이 극 전반을 지배한다. 신비극에서 액션은 신앙적 헌신과 세속적 소극(farce) 사이를 쉽게 넘나든다. 『제2 목동극』은 분리가 잘 이루어져 있고 통제도 잘 되어 있다. 드라마의 첫 부분은 목동들의 체험, 특히 매크와 그의 아내 질의 계략을 다룬다. 세 명의 목동들이 주고받는 신세타령은 재치 있는 대사의 교환으로 진행되면서 냉소적인 희극적 반응을 보여준다.

이 극의 두 번째 부분은 첫 부분과 대조되어 목동들이 선물을 주는 크리스마스 장면을 다룬다. 사건의 심각성에도 불구하고 작가는 뛰어난 감지력으로 인간의 일상사를 보여준다. 분위기는 성서의 깊이를 저해하지 않으면서 오히려 종교극이 놓치기 쉬운 활력을 불어넣는다.

여기에서 매크의 이야기를 일종의 예수 탄신의 세속적 패러디로 본다면, 두 개의 플롯 사이에 또 다른 관련이 있다. 소극의 플롯에서 목동들은 매크의 아기에게 선물을 기꺼이 주는 것이 아니라 마지못해 준다. 아기 요람에는 어린 양 예수가 아닌 동물 양이 있는 것이다. 그러므로 이 극의 주요 사건은 재치가 있으면서 궁극적으로는 세속화된 크리스마스 이야기로 볼 수도 있다. 웨이크필드 마스터는 예수 탄생을 평범한 희극에 주입시킴으로써, 결과적으로 『제2 목동극』을 중세종교극보다는 르네상스 시대 희극과 공감을 같이 할 수 있는 데까지 발전시켰다. 목동들이 아기 예수에게 선물을 주는 행위에서 인간과 인간의 교류 없이는 행복한 애정 관계의 성립이 어려움을 보여준다. 기독교 예술의 모양에서 목동들은 무릎을 꿇고 감사와 찬양으로 성가를 부르고 예배와 자연스런 애정표현이 하나가 되어 신과 인간이 연합된 완벽한 모습을 보여준다. 목동들이 찬양하면서 예수의 탄생을 전하려고 떠날 때, 예수께서 육신이 되어 인류와 함께 거하는 영혼의 기적을 현시적이면서 영원성을 지닌 시각으로 완전히 확인시켜주고 있다.

목동의 일은 힘들고 매우 어려운 직업이다. 양의 기생충도 살펴야하고 항상 이리의 위협과 살을 에는 추위와 비바람에 노출되어 있고, 야비한 주인과 거만한 귀족들로 부터 받는 고통과 굶주림에 시달려야 했다. 이런 환경에서 목동들은 몸을 따뜻하게 유지하고 깨어 있기 위해서 어려움이 많다. 귀족의 시종 계층인 신사(gentlemen)들은 목동의 목초지를 약탈하고 목동들이 사적 용도로 쓸 수 있는 마을 목장의 공동사용권조차 빼앗았다. 가난한 사람이나 독자적인 농부들이나 목동들은 윗사람들로부터 착취당하고 살면서 하루하루 삶이 헛수고인 경우가 많다. 극 중 두 번째로 등장하여 불평을 늘어놓는 제2 목동의 경우처럼 탐욕스런 여인과 결혼했을 때 삶은 더욱 고

달플 수밖에 없다.

극이 시작하면 제1 목동인 콜(Coll)이 (전형적인 영국의) 기후와 가난과 주인의 횡포를 불평하며 들판으로 등장한다. 목동들은 그들을 억압하고 괴롭히는 자들이 벌 받기를 원하는 심정을 토로한다. 제2 목동 깁(Gib)이 콜을 보지 못한 채 역시 기후에 대한 불만을 쏟아놓는다. 그러나 그의 주된 불평은 자신을 포함한 기혼자들의 애환이다. 마누라가 하나인 자기가 이렇게 힘든데 여럿 있는 자는 얼마나 힘들까 상상한다. 그는 자기 마누라가 정숙하지 못하고 술을 마냥 퍼마시는 몸집 큰 여인으로 고래에 비교한다. 그러면서 관객을 향해 그는 결혼을 생각하는 청년들은 결혼에 대해 다시 잘 생각해보라고 말한다. 콜을 본 깁은 게으르고 교활한 녀석인 제3 목동 도(Daw)가 어디 있는지 궁금해 한다. 이때에 도가 힘든 노동과 고용주에 대한 불평, 불편한 잠자리, 형편없는 음식, 거기다 또 최근의 홍수를 노아의 대홍수에 비교하는 등의 불만을 터뜨리며 등장한다.

마을의 별 볼일 없는, 도둑으로 잘 알려진 매크가 자신의 정체를 숨기기 위해 망토를 걸치고 말투를 바꾸고 나타난다. 그가 나타나는 순간부터 목동들은 그를 알아보았으나 매크는 오히려 그들을 모욕하고 두들겨주겠다고 으름장을 놓는다. 목동들이 그를 위협하자 그는 그들을 누군지 모르는 척한다. 매크는 목동들의 동정심을 얻기 위해서 자기 마누라가 아이들을 너무 많이 낳아 힘들고 술주정뱅이라고 불평한다. 그리스도와 빌라도를 들먹이면서 그는 그들과 함께 밤을 보내기로 하고 목동들 사이에 누워 잠든 척 한다. (극의 진행상 이때는 아직 예수님의 탄생 전이므로 시대착오가 있다.) 목동들이 잠든 사이 매크는 몰래 양 한 마리를 훔쳐서 집에 가지고 간다. 그의 아내 질은 이런 도둑질을 하면 틀림없이 교수형에 처해질 것을 걱정한다.

매크는 도둑질이라는 위험천만한 일을 했으므로 고기를 잡아먹을 자격이 있다고 오히려 뻐긴다.

양을 찾으러 목동들이 올 것에 대비하여 부부는 아기요람에 양을 넣고 갓 낳은 아기로 둘러대자고 공모한다. 매크는 다시 몰래 들판으로 가서 아무 일도 없었던 것처럼 자는 시늉을 하고 그들이 깰 때 함께 깬 척 한다. 목동들은 양의 수를 세러 가고 매크는 집으로 돌아온다. 운 나쁘게 양 한 마리가 없어진 것을 발견한 목동들은 매크의 소행임을 의심하고 그를 찾아간다. 매크의 집을 샅샅이 뒤졌지만 찾지 못한다. 질은 자기네가 거짓말을 하면 요람 속에 있는 자기의 갓난아기를 잡아먹을 것이라고 큰소리친다. (실제로 그녀는 아기/양을 먹을 계획이다.)

목동들은 매크의 집을 나서면서 갓 태어난 아기에게 선물을 주지 않았음을 상기하고 선물을 주려고 다시 돌아간다. 이들은 꾸물거리는 요람의 담요를 거두자 아기 대신 양이 들어 있는 것을 발견한다. 그러나 이들은 매크를 처형하는 대신 그를 담요에 둘둘 말아서 지칠 때까지 공중에 던져 올리고 내리는 공치기를 계속한다.

매크의 집을 나선 목동들이 들판을 향할 때 천사가 나타나 베들레헴으로 가서 아기 예수를 보라고 일러준다. 별의 인도 따라 마구간에 도착했을 때 예수의 어머니 마리아(Maria)가 이들을 맞아준다. 목동들은 경이에 차서 아기 예수를 경배하고 차례로 아기에게 앵두 송이, 새, 공을 각각 선물한다. 목동들은 그들의 구원을 기뻐하고, 널리 구원의 복음을 전하기 위하여 고통을 잊고 함께 삼중창을 부르며 떠난다.

▬ 명대사 번역: 1장(1~54행)

목동 1 날씨 한번 되게 춥네! 따듯하게 입지도 못하고,
거기다 낮잠을 오래 잤더니만 손이 다 얼었어.
다리는 쥐가 나서 뻣뻣하고 손은 얼어 터지고,
지쳐 빠진 내 꼴이 처량하기 짝 없구나.
동풍이 몰아치고 서풍이 몰려오고
이리 저리 불어재끼는 폭풍에
이 한 몸 가누기도 힘드니,
평안을 모르고 하루하루를 지내는
내 신세가 그저 서글프기만 하구나!

집 한 칸 없이 황야를 떠도는
가난한 우리 목동들이 겪는 괴로움,
이거야 새삼스런 일도 아니지. 왜냐?
경작할 수 있는 땅이 남아돌아도
그냥 놀리고 있는 불공평한 세태가 아니냐!
이게 다 세도가 나리들의 폭정 탓에
우리같이 가진 것 없는 자는
과도한 세금에 눌리고 찢겨
그저 복종하고 살 수밖에 없단 말이다!

성모 마리아여, 우리의 안식을 빼앗는
저 세도가들을 몰아내 주소서!
저들의 자만심과 욕심은 끝이 없고
일구덩이에 내몰린 우리의 삶은 고달프기 짝이 없구나!

사람들은 이게 우리를 위한 최선의 길이라고 하지만
우리네 목동들의 어려운 처지는 그 반대일 뿐이니,
농부는 억압에 눌려 살아갈 희망조차 잃고,
목동들은 주인 손에 억눌리니
어찌 우리가 편히 살 수 있기를 기대하랴!

요즘 한참 유행하는 브로치와
오색으로 수놓은 소매 달린 옷을 사 입고
으스대는 자가 있다하여,
그 앞에서 약 올려 주려고
한마디 내뱉었다가는 화 당할 진저.
과시하며 빼기는 자를 누가 감히 탓하랴.
시장터에서 허풍을 떨고 징발권을 자랑하며
약자를 착취하는 그런 자의 등 뒤에는
그를 돌봐주는 세력가가 있기 때문이 아니냐.

목동일지라도 힘센 벼슬아치를 등에 업은 자는
거만한 공작새처럼 나타나 내 수레와 쟁기를
강제로 빌려가고, 그럼 난 별수 없이 기꺼운 척 빌려주고,
그자가 눈앞에서 꺼지기만을 기다리는 신세!
우리네처럼 빽 없는 약자들은 밤이나 낮이나
고통과 분노와 탄식 속에 살 수밖에 없구나!
세력가 밑에 일하는 놈은 원하는 대로 무엇이든 가져가고,
힘없는 우리는 도구 없이 맨손으로 일해야 하니!
"빌려줄 수 없다"고 거절해서 변을 당하느니,

차라리 죽는 편이 낫지!

세상을 탄식하고 넋두리하며 이렇게
호젓이 걷는 기분이
아 그런대로 나쁘진 않구나.
내 양떼 있는 곳으로 가서
바위에 앉아 양떼 울음소리 들으며
잠시 쉬련다. 그러다 보면,
원컨대, 날이 밝아 새날이 올 것이고
비록 가난할 지라도 진실하게 살다보면
뜻이 통하는 친구들을 만날 수도 있겠지!

▬ 명대사 해설

발췌된 부분은 극의 첫 장면이다. 관객도 목동의 힘든 삶을 상상하고 공감
해야한다. 따라서 목동은 관객이 그의 대사를 들을 때 분노를 느끼고 동정
심을 얻는 공감대를 만들어야 한다. 억압받는 계층이 이들을 지배하는 상관
을 증오하도록 유도해야 한다. 따라서 배우의 연기는 귀족들을 마음속으로
두들겨대는 연기가 요구된다.

『리처드 3세』
Richard III

윌리엄 셰익스피어^{William Shakespeare, 1564~1616}

이현우

▬ 작가 소개

셰익스피어는 영국이 사회, 문화, 경제적으로 유럽 르네상스 시대의 극성기를 형성했던 16세기 말엽에 런던 극장가에 등장했다. 대략 1590년경부터 1613년까지 20여 년 동안 불꽃같은 창작활동을 하면서 38개의 극작품들과 사랑을 주제로 한 154편의 소네트(*Sonnets*, 1609) 시, 그리고 『비너스와 아도니스』(*Venus and Adonis*, 1593)를 비롯한 5편의 장편시를 남겼다.

이토록 정열적이고 왕성한 작품 활동을 했었던 셰익스피어이지만, 안타깝게도 그의 개인적인 사생활에 대해서는 구체적으로 알려진 사실들이 많지 않아 신비로움 마저 자아낸다. 하지만 셰익스피어라는 당시의 인물에 대한 일관성 있는 몇몇 공식문서와 각종 사적인 기록들, 그리고 무엇보다 셰익스피어 이름으로 출판되었고, 일관된 문체와 사상의 발전을 보여주는 그의 극작품들이 셰익스피어라는 인물의 실존성을 확인해줄 뿐 아니라 어렴풋하게나마 우리가 셰익스피어라는 인물의 모습을 그려볼 수 있게 해주고 있다.

그런데 셰익스피어를 연구하는 필자의 견해로도 젊은 시절의 셰익스피어는 영화 〈셰익스피어 인 러브〉(*Shakespeare in Love*, 1998)에서의 모습과 크게 다르지 않았을 것 같다. 오히려 거기서 한 술 더 떠(고향에 세 아이와 8살 연상의 아내가 있지만 다른 아름다운 여인과 사랑을 나누는 것), 젊은 시절의 셰익스피어는 동성애마저 즐겼을 혐의가 짙다. 〈셰익스피어 인 러브〉에서 셰익스피어가 사랑하는 바이올라(Viola)에게 처음 보내는 "내 그대를 찬란한 여름날에나 비교할까?"로 시작하는 뜨거운 사랑의 편지는 사실은 셰익스피어가 남자에게(아마도 자신의 후견인 역할을 하던 헨리 라이오쎼슬리, 사우샘튼 백작(Henry Wriothesley, Earl of Southampton)에게) 바치는 소네트 시이다. 자신의 사랑의 감정을 노래한 일종의 연작시라고 할 수 있는 154편의 소네트는 셰익스피어가 한 남자를 열렬히 사랑하다, "흙빛 여인"(Dark Lady)이라 불리는 한 여인을 두고 서로 경쟁하게 되면서 겪는 열병과 같은 고뇌와 격정적 감정을 토로하는 러브 스토리를 전해준다.

이러한 시절에 셰익스피어는 주로 "왕권신수설" 같은 당시의 지배 이데올로기를 대변하는 듯이 보이는 사극이나 낭만적이고 가벼운 희극들, 또는 『로미오와 줄리엣』(*Romeo and Juliet*, 1596) 같은 낭만적 비극을 썼다. 하지만 1600년을 전후한 시기에 셰익스피어 작품들은 크게 성숙하여, 훨씬 더 심오하고 진지한 비극적 색채와 예술적 완성미를 갖추게 되는데, 이에는 1596년에 있었던 외아들 햄닛(Hamnet)의 죽음, 1601년 아버지의 사망, 한 번에 수천 명의 런던 시민들의 목숨을 앗아가곤 하던 흑사병의 계속된 만연, 엘리자베스 여왕의 노쇠와 사망에 따른 정치적 혼란, 그리고 무엇보다 셰익스피어 자신의 예술가적 성숙 등 여러 가지 원인이 있었다.

1601년부터 이후 5년 동안 셰익스피어 작품 세계는 본격적인 비극 기를 맞게 되는데, 『햄릿』(Hamlet, 1601), 『오셀로』(Othello, 1604), 『리어왕』(King Lear, 1605), 『맥베스』(Macbeth, 1606) 등 소위 4대 비극이 이 시기에 나왔다. 이 위대한 비극들에서 셰익스피어는 극적 언어와 탁월한 구성 등 기교적 측면에서뿐 아니라, 세상과 인간에 대한 심오한 통찰을 발휘한다. 햄릿, 오셀로, 리어왕, 맥베스 등과 같은 인물들은 모두 시간과 공간을 초월해 모든 이들에게 동일시의 공감을 불러일으키는 보편성과 신비성을 확보한 창조물들이며, 셰익스피어는 이들의 에너지와 고뇌를 통해 궁극적으로 인간 삶의 본질적인 허무를 노래한다. 인간 삶이란 한 편의 연극이요, 꿈이며, 인간이란 가엾은 배우요, 실체가 없는 그림자와 같은 존재라고 말한다.

셰익스피어의 이러한 허무주의 내지 비관주의는 『맥베스』에서 절정에 이른다고 말할 수 있는데, 이후 말년에 내놓은 『페리클리즈』(Pericles, 1609), 『심벌린』(Cymbeline, 1611), 『겨울이야기』(The Winter's Tale, 1610), 『태풍』(The Tempest, 1611) 등의 희비극에서는 자신의 비관적 세계관을 화해와 용서의 초월적 인식 속에서 극복하고 평화를 얻는 모습을 보여준다.

이렇게 셰익스피어는 그 자신이 피 끓는 젊은이에서부터 노회한 대 철학자의 모습으로 변화하고 성숙해 가면서 그 시기에 값하는 최고의 극작품들을 만들어냈고, 바로 그러한 까닭에, 400년이나 지난 21세기에도 시간과 공간을 초월해 끊임없이 사랑받고 공연되는 것일 것이다.

■ 작품 소개

『리처드 3세』는 셰익스피어의 초기 역사극으로서 1592년에서 1594년 사이에 쓰였을 것으로 추정된다. 이 극은 15세기 중후반 영국에서 일어났던 소위 장미 전쟁이라는 역사적 사실을 배경으로 한다. 장미전쟁은 흰 장미 문장을 사용하던 요크(York) 가문과 붉은 장미 문장을 사용하던 랑카스터(Lancaster) 가문의 왕위 쟁탈전이었다. 이 전쟁에서 일단 요크 가문이 승리하는데, 『리처드 3세』는 바로 이 시점에서 시작한다.

　리처드(Richard, Duke of Gloucester)는 요크 가문이 랑카스터 가문을 물리치는 데 혁혁한 공을 세운다. 하지만 왕위는 제일 큰 형인 에드워드(King Edward IV)에게 돌아간다. 게다가 리처드는 선천적인 장애를 갖고 태어났던 인물로서 꼽추에다 한 쪽 다리는 절고, 한 쪽 팔 역시 일종의 조막손이다. 정치적으로 신체적으로 그리고 정신적으로 불만이 가득한 리처드가 세상에 복수를 하는 과정과 그 결말을 보여주는 것이 이 극의 내용이다.

　『리처드 3세』의 매력은 이렇게 볼품없고 사악한 주인공을 우리가 사랑하게 된다는 데에 있다. 셰익스피어는 악인을 주인공으로 만들어선 관객들로 하여금 공감하도록 하는 데에 특별한 재능을 보여 왔다. 냉혹한 고리대금업자 샤일록(Shylock)이나 권력에 눈이 멀어 군왕을 시해하고 친구를 살해한 맥베스(Macbeth)가 대표적인 예이다. 유태인에 대한 사회의 멸시와 마녀들의 유혹은 샤일록과 맥베스의 도덕적 결함에 방어막이 되어주고, 그들의 심리적 갈등에 대한 섬세한 묘사는 공감을 자아낸다. 그럼 셰익스피어는 그들보다 몇 배는 더 사악한 행동을 서슴지 않는 리처드 3세를 위해서는 어떤 전략을 세운 것일까?

　리처드는 관객을 자신의 공모자로 만든다. 이 극의 첫 장면을 장식하는 리처드는 아무리 전쟁에서 공을 많이 세워도 세상의 인정을 받지 못하는 자신의 불우한 처지를 관객에게 토로함으로써 일단 관객의 동정을 사는 데에서부터 시작한다. 그리고 자신이 악행을 저지를 때 마다 우선 관객과 상의하고, 그 미션이 성공한 다음에는 다시 바로 관객에게 달려와 신나게 보고한다. 이러한 과정이 반복되는 사이 관객은 자신도 모르는 사이에 리처드의 편이 되고 리처드의 미션이 성공하기를 바라게 된다. 한편으로는 권모술수를 자유자재로 발휘하며 표리부동한 그의 연기력에 매료되는 것이고, 또 한편으로는 그 악행 속에서 다른 인간들의 또 다른 탐욕, 어리석음, 권력에 대한 욕망 등이 노출되기 때문이기도 하다.

그러나 리처드와 관객 사이의 이러한 공모 관계가 끝까지 지속되는 것은 아니다. 리처드는 왕이 된 순간부터는 관객과 뚜렷이 거리를 두기 시작한다. 악행을 저지를 때에도 관객과 상의하거나 보고하는 법이 거의 없다. 5막 3장에서 악몽을 꾼 이후에 마련되어 있는 리처드의 긴 독백도 예전의 독백과 달리 관객과 나누는 것이 아니라, "리처드는 리처드를 사랑해, 그래, 나는 나야!"(5막 3장 183행)[1]라며 자신의 내면에 던지는 말들이다.

그럼 셰익스피어가 리처드와 관객 사이의 공모 관계를 파기하는 까닭은 무엇일까? 셰익스피어는 극의 후반부로 가면서는 리처드가 보다 냉정한 시선으로 관객으로부터 비판받도록 극의 구성을 설계하고 있다. 역사적으로 리처드를 무찌르고 장미전쟁의 최종 승자가 되는 것은 튜더(Tudor) 가문의 헨리 튜더 리치몬드 백작(Henry Tudor, Earl of Richmond)이다. 그는 셰익스피어 시대의 영국 통치자였던 엘리자베스 여왕의 할아버지이며, 당대의 튜더 왕조의 문을 연 주인공이다. 리처드의 기형적 외모나 극악한 성품도 당

---

1) 본문 인용의 행 표시는 다음의 책에 근거한다. G. Blakemore Evans, et al. Eds. *The Riverside Shakespeare*. 2nd ed. Boston & New York: Houghton Mifflin, 1997.

대의 사가들에 의해 왜곡·과장된 것이라는 의심을 받고 있다. 당시 영국 극장가에 막 명함을 내민 젊은 신출내기 극작가였던 셰익스피어가 당시 정부의 역사적 관점을 거부하기 어려웠을 것이다.

▰ 명대사 번역: 1막 1장(1-41행)

리처드 이제 불만의 겨울은 가고 눈부신 여름이
왔으니 요크 가문의 태양이 찬란하구나.
우리 가문을 뒤덮던 구름도 저 바다 속
깊이 묻혀버리고, 우리 이마 위엔
승리의 화환이 얹혀졌다. 상처투성이
갑옷들은 기념비처럼 내걸리고, 준엄한
군고소리는 흥겨운 잔치가락으로, 무시무시한
행군은 경쾌한 춤사위로 바뀌었다.
잔혹한 표정의 전사는, 무장한
군마에 올라 겁먹은 적들을
떨게 하는 대신, 찌푸린 이마를 펴고,
여인의 방에서 음탕한 류트 가락에 맞춰
춤추며 노니는구나. 하지만 난,
계집질에 어울릴 모양새도, 요염한
거울에 아양 떨게 생겨먹지도 못했다.
대충 만들어진 데다, 연인의 품위도 없어서,
어지럽게 꼬리치는 님프 앞을 거닐지도
못하지. 멋진 균형미를 갖기는커녕,
사기꾼 같은 자연에게 속아서,

불구에다, 설익어 나올 때도 안됐는데,
반도 안 만들어져 세상에 나오고 말았지.
그래서 이렇게 절름발이에다 몰골이 흉해,
지나가면 개까지 짖는단 말이야.
글쎄, 이 맥 빠진 피리 소리 같은 태평시대에,
무엇을 낙으로 소일을 하느냐 말이다.
햇빛에 비친 그림자나 보면서
내 기형을 주제 삼아 노래라도 불러봐?
잘나빠진 세상 즐겨 줄 연인 노릇도 해먹질
못하니, 차라리 나는 악당이 뭔지 보여주겠다.
그래서 지금의 이 부질없는 쾌락들을
저주해 주겠어. 계략은 세워 놨다.
위험한 서막이지, 취중의 예언, 중상,
해몽 따위로 클라렌스 형과 왕을 갈라놓는 거다,
서로를 증오하는 불구대천의 원수로.
그래, 내가 교활하고, 기만적이고, 반역적인 것만큼,
에드워드 왕이 진실하고 공정하다면,
오늘 바로 클라렌스는 투옥될 것이다.
머리글자 G로 시작하는 자가
왕위 계승자들을 살해할 것이란
예언으로 해서. 음모는 머리 속에
숨어 있거라. 저기 클라렌스가 온다.

▬ 명대사 해설

셰익스피어 사극 중 가장 인기 있는 작품 중의 하나인 『리처드 3세』의 처음
을 여는 주인공 리처드의 유명한 독백이다. 무대를 에워싸고 있는 소란한
관객들을 일순간에 극에 집중시키기 위해 셰익스피어 극의 첫 장면은 언제
나 임팩트가 강한 편인데, 『리처드 3세』에서는 처음부터 주인공 리처드가
관객과 마주하면서 그러한 목적을 성취하고 있다. 흔히 극의 시작을 알림과
동시에 관객이 극을 이해하는 데에 필요한 사전 정보를 전달하는 코러스처
럼, 리처드는 자신의 첫 독백의 서두에서 극의 배경을 상세히 설명할 뿐만
아니라, 자신의 신체적 불구 상태에서 비롯하고 있는 불만과 울분을 토로하
고, 그래서 앞으로 펼칠 음모의 계획을 관객과 공유함으로써 단숨에 관객을
자신의 편으로 만들며 극에 집중시킨다.

특히 리처드는 14-29행까지에서, 자신의 요크 가문이 이긴 전쟁이지만
이러한 평화 시에는 즐거움을 찾을 수 없는 존재라며, 그 이유로 절름발이
에다 조막손이며, 무엇보다 꼽추인 자신의 신체적 불구를 호소한다. 이렇게
함으로써 관객의 동정심을 유발시킬 뿐 아니라 앞으로 펼쳐질 자신의 악행
에 대한 심리적 당위성을 확보한다. 리처드의 이 같은 전략은 그가 지독한
악당이지만 동시에 어떤 등장인물보다 관객의 사랑을 받아야할 주인공이라
는 사실과 밀접한 연관관계를 갖는다. 관객이 리처드에 애정을 갖게 되는
데에는 몇 가지 원인이 있는데, 첫째는 앞서 지적한 것처럼 관객의 동정심
을 사는 것이고, 둘째는 자신의 음모를 관객과 공유함으로써 관객을 심리적
공모자로 만드는 것이며, 셋째는 마키아벨리(Machiavelli)적인 다양한 음모
를 실행하면서 우애 깊은 동생, 열렬한 구애자, 충성스런 신하 등 다채로운
연기력을 발휘하면서 배우로서의 매력을 뿜어내는 것이다. 그리고 넷째는

코믹한 악당 등장인물의 전통을 잇는 것인데, 관객 앞에서 극의 이모저모를 설명하는 코러스 역할을 겸하는 악당 역은 영국의 중세 및 르네상스 초기 연극의 한 양식인 '도덕극'에 나오는 등장인물 '악(Vice)'의 계보를 따른 것이다. 그는 악한이면서도 코믹하게 극의 흐름을 주도해 나가는 역으로서 늘 관객에게 인기가 있었다. 리처드의 첫 독백을 연기하는 배우는 이러한 리처드의 관객을 향한 전략을 잘 이해하면서 연기해야 한다. 즉, 리처드는 매우 진지한 비극적 사극의 주인공이지만, 희극적 색채가 많이 가미되어야 하며, 특히 관객과 마주할 때는 더욱 더 그러해야 할 것이다.

31행에서부터 리처드는 자신의 첫 번째 악행 미션을 관객과 공유하고 있다. 그것은 자신을 착한 동생으로 철석같이 믿고 있는 둘째 형 클라렌스 공작 (George, Duke of Clarence)을 속여 죽음으로 내모는 일이다. 리처드는 머리글자 G로 시작하는 자가 다음 왕위 계승자를 살해할 것이란 소문을 낸 것인데, 클라렌스 공작의 이름이 죠오지(George)이기 때문이다. 리처드의 계획대로 에드워드 왕은 동생인 클라렌스를 반역자로 간주해 투옥하게 된다. 나중에 에드워드 왕은 클라렌스를 용서하라는 명령을 내리지만, 그 명령이 실행되기 전에 리처드가 보낸 암살자들에 의해 클라렌스는 살해당한다. 왕의 첫 명령에 의해 클라렌스가 이미 처형당했다고 리처드로부터 보고를 받은 에드워드는 크게 상심한 나머지 지병이 악화되어 사망하게 된다. 리처드는 아무렇지 않게 자신의 첫 번째 미션을 관객과 공유하고 있지만, 이로 인해 두 형이 죽고 자신이 왕이 되는 결정적 계기를 마련한다. 리처드는 다른 미션들과는 달리 이 경우엔 자신의 모든 계획을 관객들에게 한꺼번에 모두 들려주고 있지 않다. 그래서 관객은 미처 방어막을 칠 여유를 갖지 못하고 친근하게 다가온 리처드에게 마음의 문을 연다. 『리처드 3세』는 그 첫 장면에서부터 관객을 포획하려는 셰익스피어의 계획이 얼마나 치밀한가를 잘 보여준다고 하겠다.

『햄릿』

Hamlet

윌리엄 셰익스피어William Shakespeare, 1564~1616

윌리엄 셰익스피어William Shakespeare, 1564~1616

■

이현우

■ 작품 소개

『햄릿』은 셰익스피어의 작품 중 아마도 가장 유명하고 가장 논란이 많으며 또 배우들이나 연출가들이 늘 하고 싶어 하고 도전의 대상으로 삼는 극작품일 것이다. 『햄릿』은 모든 나라에서 인기가 있는 작품이지만, 특히 우리나라에서는 집착이라고 할 정도로 많은 인기를 얻어왔다. 『햄릿』은 6.25 동란이한창 중이던 1951년 대구에서 국내 초연(이해랑 연출, 김동원 주연)되면서도전설적인 흥행기록을 세운 바 있을 뿐 아니라, 무엇보다 우리나라에 셰익스피어 붐이 한창 뜨겁게 진행된 1990년부터 2010년대 중반까지 100여 편이 훨씬 넘게 공연이 되었을 정도로 한국 연극계에서는 특별한 사랑을 받아온 극작품이다.

『햄릿』의 가장 큰 매력은 무엇보다 주인공 햄릿 그 자체이다. 오필리아 (Ophelia)는 햄릿에 대해 "궁정인이자 군인이며 학자," "아름다운 이 나라의 희망이자 장미꽃," "유행의 거울이자 예절의 표본이며 만인의 선망의 대상"(3막 1장 151-3행)이라고 표현한다. 한마디로 학식과 지성, 그리고 외모, 검술, 예절, 패션 등 모든 면에서 완벽해 보이는 르네상스 형 인간의 전형이자 시쳇말로 진정한 '엄친아'라고 할 수 있다. 하지만 이렇게 완벽해 보이는 햄릿이 선왕의 죽음에 대한 복수와 어머니의 성급한 재혼이라는 커다란 숙제 앞에서 광기를 위장한 채 방황하고 고뇌하며 우유부단해하기도 하고 분노하기도 하면서 온갖 인간적 약점을 노출한다. 그래서 햄릿은 다면적이다. 셰익스피어의 주인공들 중에서 가장 완벽하기도 하지만 동시에 가장 허점이 많은 문제적 인물이 바로 햄릿이다. 평범한 우리들은 햄릿과 너무나 다르기도 하지만 또 누구나 햄릿의 한 일면을 갖기도 한다.

　　『햄릿』하면 우선 떠오르는 것은, 주인공 햄릿 이외에 그의 '사느냐 죽느냐 그것이 문제다'(3막 1장 55행)[1]라는 구절일 것이다. 잘 알려진 바대로, '사느냐 죽느냐'라는 대사는 영어 원문에 'to live or not to live'가 아니라 'to be or not to be'이다. 이 대사는 단순히 지금 당장 살 것인지 죽을 것인지를 묻기보다는 '존재'나 '현상' '행위' 등 많은 것에 대한 함의적인 질문이라고 할 것이다. 『햄릿』에는 참으로 많은 의문이 존재한다. 선왕 햄릿은 살해당한 것인지 아닌지? 살해당한 것이라고 말하는 유령의 말은 진실인지 아닌지? 또 그 유령은 실제로 존재하는 것인지 아닌지? 왕비 거트루드(Gertrude)는 왜 그토록 서둘러 재혼을 한 것인지? 거트루드는 현재의 왕인 클로디어스 (Claudius)의 공범인지 아닌지? 햄릿은 정말로 미친 것인지 아닌지? 오필리아

---

1) 본문 인용의 행 표시는 다음의 책에 근거한다. G. Blakemore Evans, et al. Eds. *The Riverside Shakespeare*. 2nd ed. Boston & New York: Houghton Mifflin, 1997.

는 햄릿을 진정으로 사랑한 것인지 아닌지? 그리고 무엇보다 왜 햄릿은 복수를 지연하고 있는 것인지? 등 . . . 'to be or not to be'라는 말은 이 극에 존재하는 그런 수많은 의문들에 대한 상징적인 표제 말이라고도 할 수 있다.

"거기 누구냐?"라는 보초병의 의문문으로 시작하는 『햄릿』은 위에 나열된 것 이상의 수많은 의문들에 대해 묻고 답하고 묻고 답하는 식의 장면들이 나열되면서 소위 변증법적 극 구성을 보여준다. 그러한 변증법적 극 구성의 딱 중앙에 "To be or not to be/ That is the question"이란 대사가 위치한다. 그리고 그렇게 켜켜이 쌓여진 수많은 의문들을 뒤로 한 채 죽어가는 햄릿은 "이제 남은 것은 침묵뿐!"(5막 2 장 358행)이라며 결국 우리에게 더 커다란 의문부호만을 선사할 따름이다.

『햄릿』은 우리에게 답을 주는 작품이 아니라 질문을 하는 작품이다. 그래서 『햄릿』의 세계는 미스터리하고 지금 이 순간까지도 끊임없이 재해석되고 공연되고 있는 것일 것이다.

▬ 명대사 번역: 3막 1장(55-87행)

햄릿   사느냐, 죽느냐, 그것이 문제다.
           무엇이 더 고결한 것일까? 분노한
           운명의 돌팔매와 화살을 가슴 깊이
           참아낼 것인가? 아니면, 노도 같은 환란과 맞서
           끝장을 낼 것인가? 죽는다, 잠든다. ―
           다만, 그뿐. 잠이 들면, 마음의 번뇌와
           육체에 깃든 오만가지 고통을
           끝장낼 수 있지 않은가. 그것이야말로 탐욕스럽게

소망하는 생의 절정. 죽는다, 잠든다. -
아, 잠이 들면, 꿈을 꾸겠지. 그래, 그게 문제다.
죽음의 잠 속에서 닥쳐올 꿈 때문에,
삶의 굴레를 벗어 던질 수 있다 해도,
망설일 수밖에 없다. 그래서 이 재앙과 같은
지루한 삶을 이어가고 있지 않은가. 그것만
아니라면, 누가 세상의 채찍과 멸시,
폭군의 학정과 권력의 오만,
실연의 고통과 법관의 게으름,
관료들의 안하무인, 유덕한 자가 소인배에게
당하는 수모를 참아내겠는가? 한 자루
단검이면 끝장낼 수 있는데 말이다.
그 누가 무거운 짐을 짊어지고 이 지겨운 삶을
신음하고 땀 흘리며 견뎌낸단 말인가?
허나, 사후에 대한, 어떤 나그네도 돌아올 수 없는
그 미지의 세계에 대한 두려움이 우리의
의지를 무너뜨리고, 알지 못하는 것에 날아가느니
지금의 이 고통을 감내케 한다. 그렇게
분별력은 우리 모두를 겁쟁이로 만들고,
그렇게 결단력의 건강한 색조는
사색의 창백한 낯빛으로 병들어 간다.
그리하여 솟구치던 위대한 기상도
방향을 잃고 실행력을 상실한다.

햄릿의 "사느냐 죽느냐 그것이 문제다" 독백은『햄릿』뿐 아니라, 셰익스피어 전체 극작품 속에서도 가장 유명한 대사일 것이다. 보통은 이 한 줄만을 알지만 사실 이 독백은 햄릿이 자살에 대해 명상하는 33행의 긴 독백이다. 문제는 직전의 2막 2장 마지막에 자신의 우유부단함을 자책하며 다시 한 번 복수를 다짐하는 긴 독백을 읊었었는데, 곧 이어 삶과 죽음에 대한 본질적인 회의를 드러내며 자살에 대해 사색한다는 것이다. 햄릿의 사변적 성격이 여실이 드러나는 대목이라고 할 것이다.

그러나 보다 젊고 행동적인 햄릿을 설정하고 있는『햄릿 제 1 사절판』[2]의 경우는 햄릿의 "사느냐 죽느냐" 독백 장면이 2막 2장 마지막 독백보다 앞에 나온다. 폴로니어스(Polonius)(『햄릿 제 1 사절판』에서는 코람비스(Corambis)라는 이름으로 나온다)는 왕과 왕비를 찾아가 햄릿이 실성한 원인이 자신의 딸 오필리아에 대한 실연 때문이라며 햄릿과 오필리아를 만나게 해 자신의 말이 사실임을 확인해 보자고 제안한다. 때 마침 햄릿이 "사느냐 죽느냐" 독백을 말하며 지나가고 바로 오필리아와의 장면으로 이어진다. 그 후 로젠크란츠(Rosencrantz)와 길덴스턴(Guildenstern) 장면, 극중극 배우들과 햄릿의 조우 장면, 그리고 2막 2장 마지막 독백 장면으로 연결된다.

"사느냐 죽느냐" 독백의 위치보다 더 중요한 것은 물론 그 독백 자체의

---

2) 셰익스피어가 1601년경 썼을 것으로 추정되고 있는『햄릿』은 1603년 출판된『햄릿 제 1 사절판』, 1604년 출판된『햄릿 제 2 사절판』, 그리고 셰익스피어 사후인 1623년에 출판된『햄릿 제 1 이절판』등의 판본이 존재한다. 사절판이란 인쇄전지를 1/4 크기로 만든 것이고, 이절판이란 인쇄전지를 1/2 크기로 만든 것이다.『햄릿 제 1 사절판』은 다른 판본에 비해 그 분량이 절반 정도 밖에 되지 않아 흔히 오류가 많은 불완전한 판본으로 일컬어지는 데 최근에는 공연 본으로서의 가치를 인정받고 있기도 하다.

내용이다. "to be or not to be"의 구체적인 의미가 무엇이던지 간에 햄릿이 삶과 죽음의 경계선 위에 서서 어느 한 길을 선택해야 만하는 것임에는 분명하다. 햄릿은 자신의 가혹한 운명과 맞서 싸울 것인지 아니면 묵묵히 참아 낼 것인지 선택해야 한다. 그런데 그 기준점이 되는 것은 고결함이다. 햄릿은 단순히 자신이 보다 더 쉽게 할 수 있는 일을 선택하고자 하는 것이 아니라, 자신의 신분과 역할이 고려된 고민이고, 인간적 도리와 도덕적 관점에서보다 더 합당한 선택을 하려는 고뇌이다. 그래서 햄릿의 선택은 더욱 어렵고 결단은 망설여진다. 이어 햄릿은 죽음과 잠을 연결 지어 명상한다. 죽음과 잠을 연결 짓는다는 것은 그만큼 햄릿이 지쳐있다는 것이고, 죽음을 통해 쉬고 싶다는 강렬한 열망을 드러내는 것이기도 하다. 하지만, 잠이 들면 어떤 꿈을 꾸게 될 지 알 수 없는 것처럼 햄릿은 미지의 사후 세계에 대한 두려움을 이야기하고, 세상의 온갖 부조리하고 불의한 일들에도 불구하고 그저 감당해낼 뿐 자살을 결행하지 못하는 이유를 설명한다. 다소 장황하게까지 느껴지는 독백의 이러한 후반부는 사족처럼 여겨지기도 하지만, 사실 햄릿의 마음을 읽어내는 중요한 단서를 제공한다. 햄릿의 심중은 'not to be' 에서 'to be'로 기울어지고, 그래서 '맞서 싸우기'보다는 '참아내는 것'에 다가가 있는 듯 보인다.

　햄릿의 '사느냐 죽느냐' 독백은 죽음에 대한 일반론적인 명상이자 햄릿 자신의 지극히 인간적인 고뇌와 두려움에 대한 고백이기도 하다. 이 독백에서 햄릿은 결코 '나'라는 자기 주체적 표현을 주어로 사용하지 않는다. '우리' '누가' 등 보편적 대상을 주어로 자신의 생각을 전달한다. 죽음의 의미에 대한 객관적 성찰을 표현하기 위함임과 동시에 죽음이라는 엄중한 사안에 대해 이미 심리적 거리를 두고 있는 햄릿의 사변적 태도를 드러내는 것이기도

할 것이다. 한편, 원문이 "to be or not to be"로 되어 있기 때문에, 그대로 번역하면 "사느냐 죽느냐"로 번역하는 것이 옳을 수 있으나, [ㅅ] 음이 주는 무거움과 대사 내용의 심각성을 살리기에는 [ㅅ]보다는 [ㅈ]이 적합할 수 있기에 "죽느냐"를 먼저 번역하기도 하며, 특히 공연에서는 그러한 경향이 짙다.

『오셀로』
Othello

윌리엄 셰익스피어 William Shakespeare, 1564~1616

■

김미예

▬ 작가 소개

엘리자베스 1세(Elizabeth I)가 통치하던 영국은 강력한 중앙집권체재의 국력을 다져나가던 시기이며, 유럽의 르네상스 여파가 강하게 작동하던 역동적 시기였다. 이때 셰익스피어라는 한 극장인(Theatre Man)이 쓴 약 37~8편의 희곡은 당시에도 많은 귀족들의 후원을 받았던 인기 극이었고, 400여년이 지난 현재까지도 극장에서의 큰 이슈거리가 되었고, 문학적 가치를 인정받고 있을 뿐 아니라, 학문 연구의 대상이 되어오고 있는 것이다.

런던 북서쪽 스트랏포드 어폰 에이븐(Stratford-upon-Avon)이라는 조그만 마을에 태어난 셰익스피어는 '그래머 스쿨(Grammar School)'(지금의 중등학교) 정도의 교육밖에 받지 못하였다. 그는 여기서 라틴어, 그리스어 기초를 배우고, 『플루타크 영웅전』(*Plutarch's Lives of the Noble Greeks and Romans*)이나 영국 역사에 대해서 읽고 배울 수 있었으며, 덕분에 영국 역사극과 로마의 영웅들을 소재로 한 비극을 쓸 수 있었다. 그가 런던 극장가에 두각을 나타낼 무렵에는 옥스퍼드나 케임브리지 출신의 극작가들이 많이 활동하고 있었다. 그러나 후대 사람들은 그들을 '대학출신 재간꾼'(University Wits) 정도로 부르고 있지만, 셰익스피어를 '대가'(Master)라고 부르고 있다는 것은 위대한 예술정신에 대한 마땅한 예우라 할 것이다.

셰익스피어의 작품은 장르별로 크게 희극(Comedies), 비극(Tragedies), 역사극(Histories)으로 나눌 수 있다. 또한 저작 연대별로 나누면 대체로 4기로 나눈다. 1590년 경 당시 유행하던 유혈낭자한 통속복수비극의 특성을 지닌 『타이터스 안드로니쿠스』(*Titus Andronicus*, 1594)를 시작으로 하는 1기(1590~1592년)는 습작기였다. 『실수연발』(*The Comedy of Errors*, 1590)같은 소극(farce), 엘리자베스 여왕의 할아버지 헨리 7세(Henry VII)가 튜더(Tudor) 왕가를 이루면서 장미전쟁을 종식시켰던 직전의 역사를 다룬 역사극 3부작을 쓰기도 하였다.

2기(1592~1599)부터는 셰익스피어의 활동이 부쩍 활발해진다. 그 중 전반부는 '낭만 희극'(Romantic Comedies)이라고 부르는 초기 희극들이 눈에 뜨인다. 낭만희극 계열은 사랑하는 연인들, 가족들이 우여곡절을 겪은 후 해후하거나 화합하는 구조로 이루어져 있다. 이 시기의 후반부는 소위 '성숙희극'(Mature Comedies)이라고 불리는 희극들이 쏟아져 나온다. 비록 암울한 기운으로 바뀌긴 했어도 창작력이 최고조에 다다른 3기에서 찾을 수 있는 극작의 기법, 주제들을 2기 '성숙희극'에서 이미 찾아낼 수 있다. 또 하나 눈에

띄는 것은 영국 역대 왕을 소재로 한 역사극이 무대에 많이 올랐다는 점이다. 얼룩진 제왕들의 영욕의 삶으로부터 후대는 결코 그 전철을 밟지 말아야 한다는 진실을 그의 역사극은 절실히 보여주고 있다. 이 시기에 비극으로 분류되는 극은 『로미오와 줄리엣』(*Romeo and Juliet*, 1595) 밖에는 눈에 띄지 않는다. 이 극은 '숙명의 연인'(star-crossed lovers)을 통해 운명은 인간의 생각과는 상관없이 인간을 마음대로 희롱하는 것 같다고 이야기 하고 있다.

그러나 셰익스피어는 그의 위대한 비극기인 3기(1600~1608년)에 접어들면서 모든 인간의 고통과 비극은 바로 인간 자신에게 있다고 이야기한다. 그의 위대한 4대 비극이 써진 이 시기는 근본적으로 인간과 인간 성품에 대한 회의로 가득 차 있는 시기였음을 그의 작품이 말해주고 있다. 4기(1608~1613)에 들면서 그는 인간의 모든 약점에 대해 연민을 느끼고 그의 극을 통해 화해와 용서를 시도한다. 이 시기에 산출된 『태풍』(*The Tempest*, 1611)은 이와 같은 그의 4기 극들의 특질을 대변하는 중요 작품이라 하겠다.

▬ 작품 소개

셰익스피어의 극에서 찾을 수 있는 아주 재미있는 부분이 있다. 그것은 그 관심의 초점이 인간과 인간간의 관계에서 생겨나는 문제에 있다는 점이다. 셰익스피어에게 있어 인간에 대한 흥미와 호기심이 없었다면 그의 극이 이처럼 재미있을 수는 없을 것이다. 셰익스피어의 인간에 대한 관심 중 기본적인 것은 '가족'에 관한 것이다. 우리가 흔히 4대 비극이라고 부르는 작품들 모두 기본적 갈등은 가족에서부터 시작한다.

『오셀로』(1604)도 전쟁터를 전전하며 온갖 일을 겪어 온 용맹, 당당한 장군이 젊고 아름다운 아내의 정절을 의심하여 미쳐가다 결국 그녀를 살해하고 마는 이야기이다. 셰익스피어가 다루었으면 뭔가 다른 소재나 주제일 것이라고 이 부분을 인정하지 않으려는 사람들도 있다. 아니면 셰익스피어도 별수 없구나, 뭐 그 정도 이야기였어! 하고 실망하는 사람도 있을 것이다. 의처증에 걸려 마누라를 살해한 남자의 이야기라면 삼류 주간지에나 나오는 에피소드에 딱 알맞다고 사람들은 생각할 것이다. 그러나 가족이란 우리가 가장 많이 부딪혀야 하는 대상이다. 가족은 각자의 기억 속에 아주 깊숙이 내장되어 있어 떼어내려 해도 떼어낼 수 없도록 끈끈하게 얽혀진 관계이다. 이런 기본적 갈등관계를 바닥에 깔고 대부분의 셰익스피어 극은 시작된다. 그리고 여기서부터 그의 현란한 인간에 대한 조망이 펼쳐진다. 눈에 얼른 뜨이는 것은 바로 주인공의 외적 행동과 내적 심리 사이의 괴리가 심층적으로 드러나는 부분이다. 『오셀로』도 예외는 아니다. 셰익스피어의 작가적 창작력의 절정기에 산출된 극에 걸맞게 『오셀로』야말로 어떻게 보면 주인공의 몰락을 가장 두려운 마음으로 지켜보게 해주는 극이라고 할 수 있다. 이 극에서는 자신의 윤리적 행동선택에 대해 그렇게 자신감에 차 있고, 전쟁에서 그렇게 용맹했던 한 장군이 아내에 대한 의심과 스스로 만들어 낸 상상에 의해, 혹은 자기 자신의 정의감에 대한 과도한 믿음에 의해 형편없이 무너져 가는 과정을 생생하게 볼 수 있다. 따라서 고귀하고 용맹스러운 장군 오셀로가 질투와 의심에 가득 찬 의처증 환자로 떨어지기까지의 과정을 통해 인간이 어느 정도로 몰락할 수 있는지, 그 낙차를 가장 극명하게 볼 수 있는 작품이라 하겠다.

　더구나 이간질의 최고 명수인 이아고(Iago)는 엄청나게 매력적이다. 그는 주저하면서 말하거나, 말을 꺼내다가 거두어들이거나, 또 상대의 말꼬리를 마치 메아리처럼 되풀이하곤 한다. 이렇게 하면 상대의 의심에 불을 붙이고, 억측을 하게 만들고, 상대로 하여금 위기감을 느끼게 해서 행동으로 들어가게 하는 것이 무척 쉬운 일임은 명백하다. 그에 대해 주변 사람들은 '정직한 이아고', '자신의 할 일을 아는 분별력을 지닌 인물' 혹은 '믿을만하고 성실한 사람'으로 평가한다. 이아고는 항상 성심껏 진실만을 말하지만, 그 진실은 상대방의 의심과 살의를 자극해내고 살의를 행동으로 옮겨가도록 하는데 사용된다. 데스데모나(Desdemona) 역시 가장 순진무구하고 순결한 여성으로만 보는 지금까지의 해석보다는 좀 더 입체적이고 섬세 미묘한 조명(그렇다고 그녀가 요부라는 뜻은 아니다.)을 가해 줄 필요가 있다. 그녀는 너무 천진해서 모든 것의 판단기준은 자기 자신 외에는 없다. 그래서 오셀로의 변화에 대해 전혀 눈치 채지 못할 뿐 아니라, 생각해 보려 들지도 않는 명랑 쾌활한 예쁜 아가씨이다. 감출 줄 모르는 눈이 부신 백인여성 데스데모나와 강인한 정신력을 지녔다고 생각되는 용맹무쌍한 검둥이 장군 오셀로와의 사랑이야기, 그렇게 지고지순하고 완벽한 듯 보이는 이들 사이에 끼어들어 아무도 생각해 보지 못한 그들 사이의 어떤 틈새를 뱀처럼 타고 들어가는 이아고, 이들 3자 사이에서 벌어지는 일들의 추이는 셰익스피어의 마술과도 같은 언어의 날개를 달고 우리의 상상의 세계를 훨훨 날아가고 있는 것이다.

이아고   난 무어 놈을 증오해.

이런 소문이 있다고 해 보자. 뭐냐 하면, 내 잠자리에서

내 할 일을 그놈이 대신 한다 이런 거 말이야. 뭐 사실인지는 모르지.

그래도 난 말이야, 단지 그런 종류의 일에 대한 의혹만으로

정말 일어난 일인 것처럼 행동을 취해야 해. 그 놈은 날 믿고 있지.

그러니 목적한대로 그 놈에게 더 잘 먹혀들어 갈 밖에.

카시오란 녀석은 잘 생긴 놈이야. 그럼, 그럼 생각 좀 해 보자고.

그 녀석 자리를 뺏고 또 내 뜻대로 다 이룬다!

일거양득의 간계라 . . . 어떻게 한다? 어떻게? . . . 어디 보자고,

어느 정도 시간이 흐른 후, 오셀로의 귀를 어지럽혀 주자.

카시오 그 놈이 완전 지 마누라에게 빠져 있다고 말이야.

그 카시오 놈의 성품이나 야들야들한 태도가 말이야

여자들 망쳐먹게 생겼다고 의심받을 만하거든.

그 무어 놈, 천성적으로 화통하고 솔직한 놈이다 이거야.

그런 척 꾸미고 있어도 정직한 줄 안단 말이지.

그러니 그 놈의 코를 고삐에 꿰어 마음대로 부리기 딱 좋다 이거야.

당나귀 새끼처럼.

좋았어, 마구 떠오르는군. 지옥과 같은 어둠아,

이 흉측한 괴물이 태어나 세상의 빛을 보게 하라.

▰ 명대사 해설

필자가 선택한 대사는 1막 3장에 나오는 희대의 악마 이아고의 독백이다. 이 부분의 독백을 보면, 그가 왜 악마에 걸맞은 인간인지를 잘 알 수 있다. 그러기 위해 이아고라는 인간에 대해 간단하게 이야기하려 한다.

이아고는 증오의 덩어리다. 세상의 아름다운 것, 사랑스러운 것, 고귀한 것의 가치를 인정하지 못하는 인간이다. 오셀로와 데스데모나의 사랑은 그에게 있어서는 사기이며 연극이다. 그런 그의 인식은 자신이 인간의 안과 밖에 대해 너무나 잘 꿰뚫어 보고 있다고 생각하기 때문에 형성된 것이다. 비뚤어진 그의 내면의 심상은 인간의 진실을 흉측한 것으로 전락시켜 버린다. 셰익스피어 극을 누구보다도 사랑하는 유명한 추리소설 작가 아가서 크리스티(Agatha Christie)는 이아고에 대해 촉매와 같은 작용을 하는 인간이라고 이야기한다. 촉매란 주변의 것의 성질을 변화시키지만 그 자체는 전혀 변하지 않은 채 남아 있는 것을 말한다. 이아고야말로 '정직하고 성실한 이아고'라는 주변의 평가를 그대로 유지한 채 오셀로와 데스데모나와의 관계를 부정적으로 변화시키고 파멸에 이르게 하는데 결정적인 역할을 하고 있다.

심지어 그는 고의적 증오심을 일으키기 위해 자신의 희생자들이 자신에게 치명적인 잘못을 저지른 것으로 상정을 한다. 그렇게 하면 희생자들에게 어떤 행동을 해야 할 것인가 하는 방도가 저절로 솟아나게 된다. 이아고에게 있어서 천성적으로 선량한 인간은 바보 같은 것들이다. 그는 '그런 척 꾸미는' 행동으로 얼마든지 진실을 오도할 수 있다. 더구나 그는 그런 자신의 행동이 지옥과 같은 것인 줄 알고 있다. 바로 그의 행동의 고의성을 말한다. 알고 있으면서도 혹은 알고 있기 때문에 그 행동을 선택하는 인간이 바로 악마가 아니겠는가!

『맥베스』
Macbeth

윌리엄 셰익스피어^{William Shakespeare, 1564~1616}

■

김미예

■ 작품 소개

『맥베스』(1605)는 '어둠의 극'이다. 현대 비디오 숍에서 흔히 빌려볼 수 있는 어떤 폭력 스릴러물에 못지않은 난폭함과 잔인함으로 가득 차 있다. 폭력과 잔혹, 공포 등으로 점철된 멜로 드라마적 재미까지도 더해져 있는 이 극은 동시에 자신의 야망에 의해 파멸하는, 또 지나치게 지배적인 부인을 둔, 용감하지만 난폭하고, 감수성이 예민한 만큼 잔인한 한 인간에 대한 깊은 심리적 탐구의 극이다.

왕이 될 것이라는 마녀들의 예언을 들은 후 욕망과 긴 주저 사이에서 갈등하는 맥베스의 여러 독백들은 윤리적 인간의 모습을 띠우고 있다. 그러나 그의 상상은 오로지 현재의 왕 덩컨을 죽이는 장면으로 가득 차 있고, 마침내 그는 상상의 실현을 향해 자신의 눈에만 보이는 칼이 가리키는 대로 덩컨(Duncan)이 자는 방을 향해 한 발자국 한 발자국 나가고 있다. 아무리 양심의 가책으로 주저하며 고통스러워 했다하더라도 결국 그의 행동 선택은 살인이다. 살인을 저지른 인간이 자신의 행동결과에 대해 전전긍긍하면 할수록, 그의 다음 행동은 곧바로 또 다른 살인으로 이어지고 있다. 사람을 죽여서 왕관을 가진 맥베스는 아직 오지도 않은 미래에 일어날 수도 있는 자기파멸의 상상에 몸을 떨며 암살자를 보내 자신의 오랜 지기 뱅쿠오(Banquo)와 그 아들을 암살하려 하였다. 거기서 뱅쿠오는 죽었지만 그의 아들 플리언즈(Fleance) 살해는 실패하고, 마녀의 예언대로 그의 왕관이 뱅쿠오의 자손에게로 넘어갈 수 있다는 두려움을 남기게 된다. 등극 축하연에서 그의 눈에 비치는 피 흘리는 뱅쿠오의 유령을 보며 두려움에 광기를 일으키지만, 그 두려움은 자신을 등지고 맬컴(Malcolm)을 찾아간 맥더프(Macduff) 대한 증오로 이어진다. 그는 맥더프의 아내와 어린 자식까지 암살자를 보내 죽인다. 두려움 때문이든 무엇 때문이든 그의 행동 선택을 보면 '선하나 지나치게 선하지는 않는'(good but not too good)이라는 아리스토텔레스(Aristotle)가 말하는 비극의 주인공의 자질에 도저히 적합할 것 같지 않다. 아리스토텔레스는 비극의 주인공은 기본적으로 선해야 하나, 인간이어서 있을 수밖에 없는 내적 약점으로 몰락을 하게 된다고 한다. 맥베스가 기본적으로 선한 인간이라고 할 수 있는가에 대해서는 그의 행동을 통해보면 결코 그렇다고 할 수 없다. 그런데도 이 극에서는 유난히 많은 독백을 통해 맥베스의 내면에서 흐르는 생각의 흐름을 우리는 충분히 들을 수 있고, 또 그런 주저와 양심의 가책의 소리에 반해 마구 달려가는 잔혹한 행동도 충분히 볼 수 있다. 이런 인간행동의 괴리 즉, 생각과 행동이 괴리된 인간존재의 모순을 맥베스를 통해 우리는 극명하게 발견하게 되며, 이 점은 셰익스피어의 위대한 4대 비극 중 하나로 『맥베스』를 꼽는데 모자람이 없게 하고 있다.

첫 공연 시기는 확실하지 않다. 그러나 이 극의 배경이 스코틀랜드(Scotland)라는 점과 극 중 나타나는 여러 정황으로 보아 엘리자베스 1세의 뒤를 이어 1603년 영국 왕이 된 제임스 1세(James I)를 염두에 두고 써진 것이라 추정을 할 수 있다. 제임스 1세가 제임스 6세(James VI)라는 스코틀랜드 왕위를 동시에 지니고 있으며, 극에서 나타난 대로 맥베스가 보낸 암살자에게 살해당한 뱅쿠오의 살아남은 후손이라는 점은 분명히 셰익스피어가 라파엘 홀린쉐드(Raphael Holinshed)의 '연대기'(the Chronicles) 중에서 폭군 맥베스 부분을 뽑아낼 만한 근거가 되었을 것이다. 맥베스가 악인으로 떨어지면 떨어질수록, 그의 손에 희생된 뱅쿠오와 그의 마수로부터 유일하게 살아남은 뱅쿠오의 혈육 플리언즈의 후손이 더욱 빛날 것이기 때문이다. 그러나 이러한 배경은 배경에 지나지 않을 뿐이다. 이런 역사적 배경을 모르는 많은 독자나 관객들은 뱅쿠오의 후손에게 갈채를 보내는 것이 아니라, 맥베스의 입을 통해 흘러나오는 주저와 갈등과 그의 잔혹한 실제 행동과의 심한 괴리를 보고 경악하고 열광하는 것이 아니겠는가!

▬ 명대사 번역: 5막 5장(19~28행)

맥베스 내일, 또 내일, 그리고 또 내일은
하루하루를 이렇게 절뚝거리며 기어간다,
시간의 기록 그 마지막 자락까지.
어제라는 시간은 바보들에게 빛을 비춰주는구나,
덧없는 죽음으로 가는 길로. 짧은 촛불아, 꺼져버려!
삶이란 그저 걸어 다니는 그림자, 하찮은 연극쟁이,
무대에서는 주어진 시간을 설치고 돌아다니지만
결국 아무 소리도 더 내지 못하는 그런 것. 삶이란
바보가 들려주는 이야기. 격렬한 소리 가득 차 있어도
아무 것도 의미 없는 그런 것.

▬ 명대사 해설

필자가 선택한 대사는 『맥베스』중 가장 유명하고 널리 알려진 5막 5장의 독백이다. 마녀의 예언에 의해 숨겨진 욕망이 들추어진 맥베스는 왕관을 가지기 위해 살인을 선택하고, 그 왕관을 지키기 위해 서슴없이 자기에게 위협이 되는 모든 요소를 제거하고도 만족을 얻을 수 없어 다시 자신의 미래를 알아보기 위해 마녀를 스스로 찾아가는 등의 불안한 행보를 계속해 나간다. 한편 주저하는 맥베스를 부추겨서 덩컨 왕을 살해하도록 이끈 엄청난 의지의 맥베스 부인은 여왕이 된 후 덩컨 왕을 살해한 날 밤의 기억을 떨쳐 버리지 못하고 과거로 침잠해 버린다. 마침내 그녀는 몽유병자가 되어 살해하던 밤의 행동을 무의식 속에서 되풀이하다가 성벽에서 떨어져 죽는다. 아내의 죽음에 대한 소식을 들은 맥베스는 자신의 욕망이 고통으로 얼룩진 현재를 낳고 있음을 깨닫고, 허무감 속에서 자신을 향해 다가오는 덩컨왕의 장자 맬컴의 군대를 맞이하게 된다. 더구나 자신이 보낸 자객의 손에 의해 아내와 아이들까지 살해당한 맥더프 장군까지 그의 마지막을 재촉한다.

그의 살인행위의 공모자인 아내의 죽음을 전해들은 맥베스의 다음 독백은 시간에 대한 명상으로 시작된다. 그는 과거, 현재, 미래의 순환 구조로 시간을 이해하고, 그것을 의인화하여 표현하고 있다. '현재'라는 놈의 발걸음은 절름발이어서 비록 절뚝절뚝 형편없는 행보를 하고 있다. 그러나 '현재'는 분명히 한걸음, 한걸음 죽음을 향해 다가가고 있고, 그런지도 모르고 욕망을 부리며 살아가는 인간들은 모두 바보들이다. 우리의 현재는 현재가 되는 순간 '과거'로 축적되어가고, 바로 그 '과거'가 바보 같은 인간들에게 먼지투성이 죽음으로 이르는 길로 빛을 비추어 안내하고 있다. 결국 우리의 미래는 모두 덧없는 죽음으로 귀착되고 만다. 과거와 현재, 현재와 미래는 따로 분리되어 진행하는 선상구조를 이루는 것이 아니라 과거는 곧 현재이고 현재가 곧 미래인 것이다.

인간의 삶이란 촛불처럼 짧고, 덧없는 것이라는 생각은 곧 연극이라는 기재로 상징되고 있다. 연극배우들은 무대에서 일정시간 주어진 역을 맡아 떠들어대지만 연극이 끝나면 극중 존재는 사라지고 만다. 말하자면 그림자요 헛것이다. 바보들이 하는 이야기를 보자. 그들은 무엇인가 전달하려고 떠들어대지만 소리만 시끄러울 뿐, 그들의 이야기는 논리와 의미가 부재하는 헛것이다. 연극배우들이 연극을 하는 동안은 시끄럽고 바쁘게 휘저어대며 무대를 왔다 갔다 하듯, 또 바보들이 이야기할 때 시끄럽고 야단스럽듯, 인간의 삶은 무엇인가 엄청난 의미를 지니고 있는 것 같아 보인다. 그러나 결국 모든 것은 죽음으로 끝나고 만다. 시간이라는 조건으로 본다면 태어나는 순간이 죽음으로 가는 길을 밟는 순간이다. 그렇다면 맥베스의 야망과 그 많은 생각과 잔혹한 행동들은 다 무엇인가! 연극이 끝나면 다 사라져 버리는 배우들의 무대 위의 삶처럼 헛것이며, 따라서 바보의 이야기처럼 비합리적이고 모순되어 있다. 맥베스는 자신의 욕망의 끝을 직감하면서, 시간이 이루어내는 창조와 소멸의 순환적 구조를 무대에 비유하고 회한과 허무를 이야기한다.

『몰타의 유대인』

The Jew of Malta

크리스토퍼 말로^{Christopher Marlowe, 1564~93}

■

김성환

▬ 작가 소개

말로는 셰익스피어(William Shakespeare)와 동갑이면서도 후자가 갖는 명성으로 인해 종종 그늘에 가리는 평가를 받아왔다. 또한 셰익스피어는 생전에도 성공적인 작가로서 말년에 자신의 고향으로 돌아가 여유로운 여생을 보냈던 반면, 말로는 혈기 왕성한 충동적 성격 때문에 안타깝게도 스물아홉 살의 젊은 나이에 죽고 말았다. 그러나 불과 6~7년에 불과한 작품 활동 기간에 『탬벌레인 대왕』(*Tamburlaine the Great*, 1587), 『파우스투스 박사』(*Dr. Faustus*, 1588), 『몰타의 유대인』(*The Jew of Malta*, 1589), 『에드워드 2세』(*Edward II*, 1592) 등 르네상스 적 인간의 위반과 욕망을 잘 표현한 그의 작품은 엘리자베스조 연극의 형성에 중요한 역할을 하였다. 또한 분방한 감정과 풍부한 감각으로 열정적으로 노래한 미완성 서사시『히어로와 리앤더』(*Hero and Leander*, 1598)가 있다.

　캔터베리(Canterbury)의 부유한 집안에서 태어난 말로는 열다섯 살에 고향의 킹스 스쿨(King's School)에 입학하여 열일곱 살까지 주로 라틴어와 고전 문학을 공부하였다. 당시 캔터베리는 런던과 마찬가지로 연극이 대단히 인기 있던 도시였기 때문에 말로는 어린 시절부터 연극을 관람할 기회가 많았다. 1580년 겨울, 케임브리지의 코퍼스 크리스티 대학(Corpus Christi College, Cambridge)에 입학한 말로는 1587년 7월에 문학 석사 학위를 받기까지 재학 중에 자주 그리고 장기간 무단으로 결석하였다. 그 이유는 그가 영국 정부의 정보원으로서 임무를 수행하기 위해서였던 것으로 추측된다. 그러나 그가 로마 가톨릭으로 개종하여 프랑스의 랭스(Reims)에 있는 가톨릭 대학에 가려고 한다는 소문이 돌자 대학은 그의 석사학위 수여를 취소하려고 하였다. 랭스의 가톨릭 신학교는 엘리자베스 여왕(Elizabeth I)에 반대하는 음모가 자주 논의되던 곳이었기 때문이다. 그러나 영국 정부가 나서서 여왕을 위한 임무를 수행한 말로에게 학위를 수여해 줄 것을 대학에 요청함에 따라 그는 예정대로 석사 학위를 받을 수 있었다. 이와 같은 사실로 미루어 말로는 반역 음모를 눈치 챈 국무대신 프랜시스 월싱엄(Francis Walshingham)의 명령에 따라 영국 구교도들의 움직임을 은밀히 감시할 목적으로 파견된 스파이였을 가능성이 크다.

　말로의 갑작스런 죽음 역시 이러한 사실과 관련 있는 것으로 추측된다. 월싱엄은 국내외 정세에 대비하여 막대한 정보망을 운용하고 있었으며, 말로는 그와 밀접한 관련을 맺고 있었다. 최근에 발견된 보고서에 의하면 말로가 살해되던 날 그는 런던 근교의 한 선술집에서 세 사람과 함께 보냈는데, 그들은 모두 월싱엄 집안을 위해 일하던 자들이었다. 그들 중 말로를 살해한 자는 메리 여왕(Mary Stuart, Queen of Scots)의 복귀 음모를 막는 일을 수행했던 스파이였다. 목격자들은 이들이 다툼을 벌이던 중 말로가 먼저 공격했다고 증언하였으며, 체포된 살해자는 정당방위를 주장하여 무죄 판결을 받고 엘리자베스 여왕의 사면으로 석방되었다.

말로의 죽음에 대해서는 다양한 의견이 있다. 그중에는 말로의 무신론 사상에 대한 "하나님의 심판"이라는 주장이 설득력을 얻었던 것으로 보인다. 1593년 5월에 당국은 말로의 룸메이트였던 토마스 키드(Thomas Kyd)를 이단자로 체포하여 고문하였다. 고문 끝에 키드는 그의 방에서 발견된 신성모독적인 서적이나 무신론적인 글을 말로의 것으로 돌리고, 말로가 무신론자들과도 관련이 있다고 진술하였다.

그러나 이 같은 증언에도 불구하고 말로가 체포되었다가 바로 집행유예로 풀려난 것은 단순히 그가 무신론자였기 때문이라기보다는 그와 관련 있는 유력 정치인들에 대한 경고, 혹은 권력 내부의 다툼 때문이었을 가능성이 크다. 특히 말로는 무신론과 관련된 혐의가 드러날 것을 두려워한 자들에게 위협적인 존재였을 수 있다. 또한 그는 진보적이고 혁신적인 성향을 싫어한 권력층으로부터 많은 적을 만들었을 것이다. 분명한 것은 말로가 신의 존재나 기독교의 교리를 무비판적으로 추종하길 거부하고 이성적, 합리적으로 접근하려는 자신의 비판적 사상을 주변 사람들에게 밝혔다는 점이다.

그러나 이러한 고발은 말로의 작품들을 내세운 간접적인 주장일 뿐, 그가 실제로 무신론자였는지는 알 수가 없다. 다만 고위 성직자와 정치가들은 급진적이고도 무신론적인 그의 사상이 자신들에게 해가 될 수도 있다는 위기감에 결국 그를 암살하기로 결정한 것으로 보인다. 연구에 의하면 사건이 발생하기 나흘 전, 엘리자베스 여왕이 직접 말로를 살해할 것을 지시하였다. 그렇다면 말로가 살해당한 것은 과연 우연에 불과한 일이었을까? 그렇지 않다면 말로는 무슨 일로 여왕의 분노를 샀을까? 말로의 짧은 생애와 죽음은 여전히 수수께끼로 남아 있다.

그의 일생에 관한 많은 일화들이 보여주듯이, 말로는 기존의 전통과 관습에 얽매이지 않은 자유분방하고 열정적인 삶을 살았던 전형적인 르네상스 인이었다. 그러나 말로에 대한 근본적 관심은 그가 적어도 셰익스피어에 버금가는, 혹은 그를 비롯하여 당시의 극작가들에게 커다란 영향을 끼친 극작가라는 사실에서 비롯된 것이다. 말로는 이른바 "힘찬 시행"(Mighty Line)이라는 독특한 무운시(blank verse) 형식을 사용하여 영국 연극의 기본적인 대사로 확립시키는 데 기여한 시인이었다. 뿐만 아니라 그는 자신의 기질을 르네상스적인 이상과 결합시켜 끝없는 욕망 추구에 사로잡힌 인물을 주인공으로 등장시켜 중세 도덕극의 전통에서 벗어난 새로운 형식 연극을 시도함으로써 영국 비극의 아버지라 불린다.[1]

▬ 작품 소개

『몰타의 유대인』(1589)은 말로의 첫 작품 『탬벌레인 대왕』이 공연된 직후에 쓰인 것으로 알려져 있다. 제목에서도 드러나듯, 이 작품은 유대인 바라바스(Barabas)를 중심으로 하고 있을 뿐 아니라, 당시 스페인과 터키가 서로 지배하기 위해 1565년에는 터키가 정복하려고 했으나 실패한 사건으로 인해 영국을 비롯하여 서양 국가들의 관심을 끌었던 몰타 섬을 배경으로 하고 있다

---

[1] 말로의 생애에 대한 설명은 본인이 번역한 『에드워드 2세』. 서울: 도서출판 동인, 2010의 해설을 참고하여 수정 보완한 것임을 밝힌다.

는 점에서 당시 관객들의 흥미를 끌었다. 말로는 이러한 역사적 사건을 바꿔서 터키가 몰타를 십년 이상 지배해 온 것으로 만들었다. 이렇게 바꾼 것은 말로가 스페인과 가톨릭에 대한 반감을 고려하여 몰타를 스페인과 터키가 서로 대립하는 장소로 만들었기 때문이다. 또한 이 작품에 등장하는 터키의 지도자들은 몰타의 총독을 비롯한 기독교도에 비해 상대적으로 덜 타락한 존재로 제시되어 있다는 점에서 우리의 눈길을 끈다. 그러나 이들 역시 몰타를 자기네 식민지로 삼아 서로 물질적 욕심을 채우려고 함으로써 이 극을 식민주의에 대한 비판으로도 볼 수 있다.

『몰타의 유대인』이전에 영국 무대에 등장했던 유대인 등장인물들은 대체로 호의적으로 묘사되었다. 반면『몰타의 유대인』의 주인공 바라바스는 예수를 십자가에 못 박는 대신 풀려난 강도의 이름으로, 이 작품에서는 탐욕스럽고 계략에 능하며 잔인한 악마적 인물로 제시되어 있다. 이 작품 이후에 르네상스 드라마에 등장하는 유대인들은 당시의 반유대주의를 반영하여 사악하고 부정적으로 묘사됨으로서 관객들의 관심과 흥미를 불러일으키는 수단으로 사용되었다. 그렇게 된 데에는 당시 기독교로 개종하여 엘리자베스 여왕의 주치의였던 유대인 로드리고 로페즈(Roderigo Lopez)가 여왕을 암살하려 했다는 혐의로 교수형에 처해진 사건과 관련 있다. 그러나 로페즈는 영국인들이 전부터 품고 있던 유대인에 대한 편견의 희생양이었던 것으로 보인다. 이 충격적인 사건은 반유대주의를 한층 강화하는 계기가 되었다. 이러한 반유대주의적 감정을 이용한 이 극의 공연은 상당한 인기를 끌었다. 이후에 셰익스피어가 바라바스처럼 탐욕스럽고 복수심이 강한 고리대금업자요 상인인 유대인 샤일록(Shylock)을 주인공으로 한『베니스의 상인』(*The Merchant of Venice*, 1596)을 쓴 것도 이 극의 인기가 대단했음을 보여준다.

『몰타의 유대인』에 대한 비평은 유대인 바라바스를 어떻게 해석할 것인가에 따라 크게 세 가지로 나뉜다. 초기 비평가들은 엘리자베스 시대의 유대인에 대한 영국인들의 생각을 반영하여 바라바스를 인간이라기보다는 단순히 괴물 같은 악한 존재로, 또는 이와 대조적으로 부당한 박해와 핍박으로 인해 인간성이 비뚤어진 희생자로 간주하였다. 19세기 말경에는 바라바스를 극단적으로 물질적 풍요를 추구하는 야심찬 르네상스 적 인간형의 대변자로 여겼다. 최근에는 그를 말로 자신의 정치적, 종교적 신념의 표출과 관련된 존재로 보는 경향이 있다.

　　『몰타의 유대인』은 신의 섭리와 도덕질서를 중요시했던 당시 영국인들에게 정치와 권력을 차지하고 유지하려는 권모술수를 정당화함으로써 비난과 증오의 대상이었던 마키아벨리(Machevill)[2]가 서막에 등장하는 것으로 시작한다. 그런데 이 마키아벨리는 겉으로 자신의 사상을 비난하는 자들이 속으로는 자신의 사상과 주장을 따라 한다고 비판함으로써 당대 영국을 지배하고 있던 사상을 공격하고 풍자한다. 이러한 풍자와 공격은 바라바스에게로 이어진다.

　　이 작품의 주인공 유대인 바라바스는 사악하고 간교하며 탐욕스러운 인물로서 기독교 서구인들로부터 종교적, 인종적으로 핍박받는 자로 되어 있다. 특히 종교적으로 유대인들은 예수를 그리스도로 영접하지 않고 오히려 십자가에 매달아 죽였다는 점을 근거로 적그리스도의 세력에 속한 자이라고 여겨졌다. 더구나 유대교 신자들은 유월절의 절기를 지키기 위해 기독교도의 아이를 납치하여 십자가의 제물로 삼아 그 피로 악마의 의식을 치르는 것으로 알려졌다.

---

2) 본명은 Niccolo Machiavelli이나 텍스트에는 위에서처럼 Machevill(4절본에는 Macheuil)로 표기되어 있다.

근대 초기는 식민지를 건설하기 위한 탐험과 개척이 이뤄지고, 지리적 발견과 더불어 다양한 인종 및 종교, 문화와 마주치게 됨에 따라 인종적 차이를 육체적 특징들과 관련짓는 연구가 이뤄졌다. 이렇게 하여 생겨난 인종이라는 개념은 육체적, 종교적으로 서구 기독교 백인들과 다른 자들로서 미개하거나 사악한 존재라고 분류하여 자신들의 약탈을 정당화하는 중요한 기준을 세우는 데 기여하였다. 서구 기독교 백인에게 종교적, 인종적으로 다른 자들은 자신들의 경제적 이익을 위해 정복해야 할 대상이거나, 유대인처럼 자신들의 삶을 위협할 정도로 무역과 고리대금업을 통해 엄청난 재산을 가진 경쟁자로 간주되었다. 이에 더하여 바라바스를 영국 국교에서 엄격하게 금지하던 개인적인 복수를 가하는 자로 제시함으로써 관객들은 파멸의 길을 가는 바라바스의 모습을 보며 마음껏 비웃고 즐거워할 수 있었다.

　　실제로 이 극에서 기독교도들끼리 서로 죽이도록 유도하고, 자신의 죄를 감추려고 자신의 딸조차 수녀들과 함께 독살하는 바라바스의 악행과 탐욕, 사악한 음모는 저주받아 마땅하다. 엘리자베스 시대에는 고리대금업자와 유대인이 동일한 존재로 간주되어 비난의 대상이었다. 그러나 유대인 바라바스의 악행의 원인은 어디서 비롯된 것인지, 그리고 과연 그는 비난받아 마땅한 자인지 짚어볼 필요가 있다. 상업적 재능이 뛰어났던 부유한 유대인들은 오히려 인종적, 종교적 편견을 가졌던 서구 기독교 백인들에게 질투와 반감의 대상이 되었다. 이에 더하여 종교적 이유가 덧붙여지자 유대인들에 대한 잔인한 추방이 유럽 전체로 퍼져나갔다. 유대인들은 1656년에 다시 귀국이 허용할 때까지 영국에 돌아올 수 없었다. 그렇지만 16세기 후반의 영국에는 대략 이백 명 정도의 겉으로는 기독교로 개종하고서도 남몰래 유대인의 종교와 삶의 양식을 유지하는 유대인들이 여전히 살고 있었다. 영국인들은 이들의 이중성에 대해 의심하게 되었다. 이에 더하여 이 작품이 공연되기 얼마 전부터 국제적으로는 프랑스와 스페인 등 막강한 가톨릭 국가들의 위협에 대한 불안, 그리고 국내적으로는 종교적 박해를 피하여 런던에 자리 잡은 이방인들에 대한 불만이 터져 나오기 시작했다. 그렇다면 바라바스는 당시 종교적 반감과 인종적 반감이 결합된 반유대주의를 기반으로 유대인의 속성이라고 여겨지는 부정적 특성들을 "만들어 내려는" 시도의 결과로 볼 수 있다. 따라서 대부분의 관객들은 바라바스의 파멸을 보면서 통쾌하다고 느꼈겠지만, 비판적인 관객들은 유대인 못지않게 기독교인들이 추악한 모습에서 서구 기독교 백인들의 편견과 위선에 대한 말로의 비판을 눈치챌 수 있었을 것이다.

■ 명대사 번역: 2막 3장(176~203행)

바라바스 나로 말할 것 같으면, 나는 밤중에 나돌아 다니다가,
　　　　　담 밑에서 신음하는 병자들을 죽이고,
　　　　　때로는 돌아다니며 우물에 독을 풀었지.
　　　　　그리고 이따금씩, 기독교 도둑놈들을 돌봐가며
　　　　　일부러 돈을 좀 잃어주기도 하지.
　　　　　우리 집 베란다를 거닐며, 놈들이 우리 집 대문 앞을 지나
　　　　　줄줄이 묶여 끌려가는 꼴을 보려고 말이야.
　　　　　젊을 때 나는 의술을 공부했고, 이태리인에게
　　　　　첫 진료를 시작했지.
　　　　　거기서 성직자들에게 여러 번 장례식을 치르게 해서 돈벌이를 시
　　　　　　켜줬고,

교회 관리인들은 무덤을 파고 조종을 울려대느라

팔이 아프도록 해주었지.

나중에 나는 보불전쟁에

기술자로 참전했는데,

샤를 5세를 돕는 척하면서,

계략을 써서 아군이고 적군이고 다 죽여 버렸지.

그 다음에는, 고리대금업을 했는데,

강탈하고, 기만하고, 몰수하는 등,

중개업자나 써먹을 속임수를 써서,

1년 뒤에는 감옥을 파산자들로 가득 채웠고,

고아원마다 어린 고아들로 넘쳐나게 했으며,

매달 몇몇 놈들을 미치게 만들었지.

내가 높은 이자로 얼마나 들볶아 댔던지

이따금 어떤 놈들은 기다란 두루마리 편지를

가슴에 매달고 비탄에 잠겨 스스로 목매달아 죽었지.

하지만 그자들을 괴롭힌 덕에 내가 얼마나 축복을 받았는지 잘 봐라.

나는 도시를 몽땅 사버릴 수 있을 정도로 많은 돈을 갖고 있다.

자, 그럼 이제, 너는 어떻게 지냈는지 말해 보거라.

▬ 명대사 해설

바라바스는 반유대주의 사상을 기반으로 당시 영국의 기독교인 관객들이 기대하는 전형적으로 사악한 유대인을 연기한다. 바라바스가 노예시장에서 사온 이타모어(Ithamore)에게 자신이 과거 저지른 악행을 나열하는 위와 같은 대사는 유대인들이 영국에서 1290년에 추방되었다는 역사적 사실을 고려

하면, 16세기 영국의 기독교인들에게는 '유대인'이란 어떤 개인 혹은 집단이 아니라 일종의 '개념'을 의미하는 것이기에, 유대인을 바라보는 기독교인의 상상력에 강력한 영향력을 미침으로써 생긴, 따라서 기독교인이 유대인을 바라보는 전형적인 방법, 즉 반유대주의 선입관이 만들어낸 신화 내지 상투형을 잘 드러내고 있다.

근대 초기에는 그렇게 형성된 유대인들에 관한 선입견들―그리스도 살해자, 변절자, 고리대금업자, 우물에 독을 푸는 자 등―이 다양하였다. 대부분의 기독교인들은 어떤 특정한 유대인이 독을 다룰 수 있는 능력이 있다고 믿기에 두려워했던 것이 아니라 유대인의 몸 자체가 독이라고 두려워할 정도였다. 에드워드 1세(Edward I)가 유대인 소유의 모든 재산을 빼앗은 뒤, 대부분의 유대인들을 추방했던 1290년의 사건에도 불구하고, 기독교로 개종하는 것을 조건으로 소수의 유대인들은 영국에 남아 있는 것이 허용되었다. 그러나 영국에 남아 있던 몇몇 유대인들이 1347년에 역병이 유럽을 휩쓸자 그 원인을 제공한 자들로 지목되어 다시 비난과 박해의 대상이 되었다. 따라서 영국뿐만 아니라 유럽에는 "역병이 사탄의 무기인데 유대인들은 바로 이 사탄의 대리인이다. 유대인들이 상수도에 독약을 푼다"는 소문이 돌았으며, 다시 유럽 전역에서는 수천 명의 유대인들이 그 소문으로 인해 살해되었다. 이후로 우물에 독을 풀어 넣는 유대인들의 행위는 『몰타의 유대인』 외에도 연극에서 종종 언급되었다.

유대인들을 비난하는 잘못된 소문과 아울러 유대인 의사들에 대한 불신 역시 공식 문서에서도 발견된다. 그러나 이러한 공식 문서에 대한 신뢰성에는 의심의 여지가 있다. 유대인 의사에 대한 의심을 기반으로 유대인들이 의술을 시행하는 것을 금지했던 베지에 공회(The Council of Beziers)의 요직에 있던 알폰스 백작(Count Alfonse)은, 그러나, 자신의 시력이 나빠져 가는 것을 고치기 위해 유대인 의사를 불렀으며, 영국에서도 병약한 헨리 4세 (Henry IV)가 유대인들에 대한 비난을 무시하고 이태리 출신 유대인 의사를 불렀다는 기록이 있다. 이러한 기록은 유대인 의사들이 환자들을 치유할 수 있는 독특한 마법적 능력을 갖고 있다는 믿음을 반영한 것으로 보인다. 로페즈가 엘리자베스 여왕을 독살하려고 시도했다는 에섹스 백작(The Earl of Essex)의 고발 역시 로페즈가 극심한 고문을 당한 뒤에 처형당하는 마지막 순간까지 혐의사실을 부인했고, 그가 처형된 뒤 엘리자베스 여왕이 로페즈의 미망인에게 내린 조치를 보면 로페즈가 실제로 여왕을 독살하려고 했다기보다는 그가 에섹스 백작에게 반대하자 에섹스 백작이 유대인들에 관한 부정적 선입관을 이용하여 그에게 복수한 것으로 보인다.

유대인과 관련된 또 다른 상투형은 고리대금업자이다. 기독교는 같은 기독교인들끼리 이자를 주고받는 고리대금업을 비난하여 법으로 금지하고 죄로 간주하였다. 그러나 상업과 무역이 발달하면서 고리대금업에 대한 필요성이 높아짐에 따라 유대인들은 종교가 달랐기 때문에 고리대금업을 하는 데 문제가 될 게 없었기에 기독교인들은 유대인들에게 이 수지맞는, 그러나 기독교인들은 사악하다고 여긴 영업을 떠넘겼던 것이다. 고리대금업은 근대 초기의 상업에 대단히 중요한 경제적 역할을 하였던 것이다. 더욱이 일부 대금업을 하는 유대인들은 자선을 베풀려는 기독교 교회를 위해 일했다. 왜냐하면 유럽은 교회는 십자군 원정이 결국 실패로 끝나면서 심한 경제적 불황에 빠졌다가 서서히 빠져나오고 있었기에 보다 많은 가난한 자들이 생존하기 위해서는 교회의 도움이 절실했기 때문이다. 게다가 유대인들은 농업이나 공업과 같은 사업에 종사하지 못하도록 금지되었기에 그들이 일할 수 있는 분야는 고리대금업과 같은 것으로 제한되었다. 문제는 유대인들이 높은 이자를 받았기에 르네상스 시대에 이르러서는 그들이 상당히 부유하게 되었다는 사실이다. 이러한 종교적 갈등이나 경제적 시기심으로부터 유럽 전역에서는 유대인들에 대한 박해가 시작되었다.

따라서 바라바스의 대사에서 그가 고백하는 과거 자신이 저지른 악행들에 대한 나열은 당대뿐만 아니라 수세기 동안 유대인에 대한 편견으로 인해 문화적으로 축적된 유대인에 대한 반감을 그대로 반영한다. 그렇다면 그가 열거하는 자신의 악행은 두 가지 사실을 의미한 것으로 보인다. 우선, 엘리자베스 시대의 영국에는 유대인들이 거의 존재하지 않았다는 사실에 비춰볼 때 바라바스가 나열하는 유대인의 악행은 유대인들에 대한 편견이 직접적인 경험이나 구체적인 근거가 있어서가 아니라 다양하고도 신뢰성이 떨어지는 일종의 지어낸 이야기에 불과하다는 점을 드러내고 있는 것이다. 보다 중요한 것은 바라바스 자신이 유대인 악당의 전형적인 상투형을 연기한다는 사실을 스스로 의식하고 있을 뿐 아니라, 오히려 자신이 악당의 연기를 즐기는 것처럼 보이도록 함으로써 영국인 관객들에 대해 그들이 당연하게 여기는 유대인의 끔찍한 악행들을 희화화하고 조롱하는 웃음을 유도한다는 점이다. 그렇다면 말로는 바라바스를 통해 서구의 역사를 통해 반복되었던 유대인에 대한 추방과 박해, 그리고 처형과 같은 일들은 정치적 편의나 경제적 이득을 목적으로 위기의 시기에 만들어지고 이용되곤 했던 반유대주의에 의한 희생양 만들기에 불과한 것이라고 주장하고 싶었던 것이 아닌가 싶다.

『에드워드 2세』
Edward II

크리스토퍼 말로Christopher Marlowe, 1564~93

■

김성환

■ 작품 소개

말로의『에드워드 2세』(1592)는 영국의 역사극 중에서 셰익스피어를 "제외한" 가장 훌륭한 역사극이라는 평가가 대부분이다. 그러나 셰익스피어를 포함한 다 해도『에드워드 2세』는 영국 최초의 위대한 역사극으로, 그리고 역사적 사료에 근거하여 개인의 깊은 고통을 다룬 최초의 역사적 비극으로 평가하는 경향이 있다. 당시 대부분의 역사극이 역사적 사실보다는 전설에 근거하였고, 고전 신화나 성경적 요소들을 섞어서 왕의 신에 대한 의무나 왕권신수설을 선전한 것과는 달리 이 극은 에드워드 왕과 신하 모티머(Mortimer Junior) 간의 충돌 속에서 발생하는 극적 갈등을 묘사하고 있으며, 권력은 상대방을 제압할 수 있는 물리적 힘의 여부에 달려있다고 묘사한 것이 특징이다. 또한 이 극은 말로의 작품 중에서 극적 구성이 가장 뛰어나다는 평을 받고 있다. 따라서『에드워드 2세』는『파우스투스 박사』와 더불어 영국 비극의 진정한 시작을 알리고, 당시의 사극을 보다 성숙시켜 셰익스피어의『리처드 2세』(Richard II, 1595)와 같은 작품을 예고한 걸작이라 하겠다.

비평가들은 대체로 에드워드가 왕권을 신하에게 넘겨주는 장면을 셰익스피어의『리처드 2세』의 그것과 비교하는 데서 나아가 에드워드 왕이 살해당하는 장면이야말로 가장 연민과 공포를 자아내는 뛰어난 에피소드라고 찬양한다. 이들은 에드워드왕의 살해 장면이 전해주는 공포, 긴장감, 그리고 "비극적 힘"과, 희생자가 위엄을 유지하도록 함으로써 관객들도 죽음을 앞둔 왕이 느끼는 긴장감과 고통을 공유하게 하는 방법을 찬양한다. 한편『에드워드 2세』의 "화려한 웅변, 경쾌하고도 유연한 시적 대사", 그리고 구조와 성격묘사 등은 셰익스피어의『리처드 2세』보다도 훨씬 뛰어나다는 주장이 나올 정도이다.

물론 이 극을 부정적으로 보는 반응도 있다. 이 극은 왕의 동성애와 왕비의 간통을 다룸으로써 고상함이나 아름다움 같은 품위를 지키지 못하며, 지나치게 역사적 시간을 압축시킨 나머지 플롯이 뒤얽혀 있고 빈약하다는 비판을 받기도 한다. 또한 성격묘사가 갖는 힘을 찬양했던 비평가들조차 모티머가 애국자로부터 사악한 인물로 변하는 과정, 그리고 이사벨라 왕비(Isabella the Queen)의 에드워드 왕에 대한 애정이 모티머로 향하는 데 대한 일관성과 설득력의 부족을 지적한다.

이처럼 이 극이 계속해서 논란의 대상이 되고 있는 데에는 다음과 같은 두 가지 문제가 서로 관련되어 있다. 우선『에드워드 2세』는 과연 사극인가 아니면 비극인가, 즉 이 극의 주된 초점이 유약하고 무책임한 군주에 의해 통치되는 국가의 불행에 맞춰져 있는가, 아니면 자신의 사사로운 욕망을 충족시키고자 하지만 유산으로 물려받은 군주로서의 압박감으로 인해 갈등에 사로잡힌 한 인간의 곤경 내지 개인적 고통과 비극적 곤경에 맞춰져 있는가에 대한 문제가 있다. 두 번째 문제는 동성애에 대한 말로의 태도—비판적인, 동정적인, 혹은 두 가지가 혼합된—와 관련이 있다. 말로의 극은 그의 작품들이 대체로 그렇듯이 성적 욕망과 정치권력이 서로 복잡하게 뒤얽혀 있다. 당시 동성애에 대한 금기와 비판적 시각에도 불구하고 말로는 이 작품을 통해 동성애적 관계를 도덕적, 종교적 관점에서 일방적으로 비난하기보다 놀랍게도 동정적으로 묘사하고 있다는 점에서 영국 르네상스 시대뿐만 아니라 오늘날에도 독특한 극으로 인정된다.

　무엇보다도 이 극의 특징은 자신의 권력을 유지하고자 하는 군주는 당연히 '정의의 수호자'로서의 자질을 지녀야만 한다는 당시의 전통적 지배 이념을 내세우지 않는다는 데 있다. 이 극은 왕이란 신의 기름 부음을 받은 불가침의 신성한 자라는 중세적 전통과, 무능한 왕에 대해서는 반역을 해서 갈아치워도 정당하다는 새로운 주장이 서로 충돌한다. 그렇다면 이 극은 통치 권력의 변화, 전통적인 계급주의적 지배 질서의 억압으로부터의 자유에 대한 욕망과 같은 다양한 주제들이 서로 갈등하는 당시의 전형적인 사회·정치적 역학을 취급한 대단히 근대적인 극으로 평가된다. 최근의 비평은 동성애를 말로의 시대에 있었던 사회정치적 권력 투쟁의 양식으로 보고, 말로야말로 엘리자베스 시대의 성적 억압성을 전복시키는 방법으로 관객들의 반응을 조종하면서 자신의 주제를 과감하고도 아이러니컬하게 극화한, 시대를 앞선 대단히 뛰어난 작가라고 평가한다.

에드워드 레스터, 부드러운 말이 내게 위로가 될 수 있다면,
       그대의 말은 이미 오래 전에 나의 슬픔을 덜어주었을 걸세.
       그대는 항상 친절하고 충직했으니 말일세.
       백성들의 슬픔은 곧 가라앉게 마련일세.
       허나 왕의 슬픔은 그렇지 않네. 숲에 사는 사슴은 다치게 되면
       상처를 아물게 하는 약초가 있는 곳으로 뛰어가지.
       그러나 당당한 사자가 피를 흘리게 되면,
       분노한 사자는 상처 난 곳을 발톱으로 할퀴고 쥐어뜯고,
       미천한 대지가 자기의 피를 마시는 걸 지극히 경멸하면서
       허공으로 뛰어 오른다네.
       과인도 마찬가질세. 과인의 불굴의 기개를
       야심만만한 모티머가 억누르려 하고,
       저 인륜을 어긴 왕비, 부정한 이사벨이,
       이처럼 나를 감옥에 처넣어 가두었네.
       과인의 가슴은 격한 분노로 끓어오르기에,
       원한과 경멸의 날개로 비상하여
       종종 하늘 높이 치솟아 오르려 한다네.
       짐에게 저지른 두 연놈의 악행을 신께 고하려고 말일세.
       하지만 짐이 왕이란 사실을 떠올리면,
       모티머와 이사벨이 과인에게 저지른
       부당한 잘못에 대해 복수해야 겠다고 생각하네.
       그러나 통치권을 잃으면 국왕이란 대체 뭐란 말인가?
       기껏해야 햇볕 화창한 대낮에 드리워진 그림자에 불과하지 않은가?
       귀족들이 나를 지배하네. 과인은 명색만 왕일 뿐,

모티머와 부정한 왕비,

즉 내 혼인 잠자리를 추행으로 더럽히는

자들에게 지배당하고 있네.

과인이 근심이 가득한 이 동굴에 갇혀 있는 동안,

슬픔이 끊임없이 과인 곁에서 시중을 들고

무거운 비탄이 내 마음의 친구가 되어주고 있지만,

이 기이한 뒤바뀜을 생각하면 속으로 피를 토하는 것 같네.

하지만 말해보게, 찬탈자 모티머를 왕으로 만들어 주도록

짐이 이제 왕관을 포기해야만 한단 말인가?[1]

▬ 명대사 해설

이 장면에 대한 해석은 크게 두 가지로 나뉜다. 우선 에드워드는 감정적이며 어리석은 어린아이와도 같이 타인에게 의존적인 인물이기에 성인으로서나 왕으로서 자신의 정체성을 구축하지 못하고 있다는 주장이 있다. 이와 같은 부정적인 주장은 특히 이 작품의 초반에서 선왕의 죽음에 대한 애도나 왕의 후계자로서 국사를 돌봐야 할 자신의 역할과 직무에 대한 자각을 전혀 보여주지 않고 선왕이 추방시켰던 에드워드의 동성애 연인인 개비스톤(Gaveston)을 불러들이는 일에 급급하다는 점을 근거로 제시한다. 사실 말로 시대에는 동성애가 금기시되었을 뿐 아니라 동성애를 포함한 변태적 성행위를 금지하는 법률이 통과되었다. 그러한 시대에 동성애, 그것도 통치 권력의 가장 꼭대기에 위치한 국왕의 동성애를 무대에서 보여주는 것은 종교적,

---

1) 본문 번역 및 인용의 표시는 맨체스터 대학에서 출간한 레블즈 플레이(The Revels Plays) 시리즈 중 Charles R. Forker 편저를 기반으로 번역한 본인의 『에드워드 2세』. 서울: 도서출판 동인, 2010에 근거한다.

도덕적 질서를 뒤집으려는 위험한 짓으로 간주된다.

보다 중요한 것은 이 작품이 에드워드의 동성애가 정치적으로 절대적 왕권의 권위를 무너뜨리는 무질서를 내세운다는 점이다. 에드워드의 왕권의 추락은 그의 정치적 무능력과 성적 타락에 있다기보다는 귀족들이 그토록 중요하게 여기는 계급질서를 지키려는 관념이 거짓임을 드러낸다. 그들에게 는 자신들의 권리를 유지하고 권력을 차지하려는 욕심이 올바른 통치라든 가 왕에 대한 충성보다 더 중요하다. 그들은 진심으로 왕에게 충성하는 것 이 아니라 단지 자신들이 필요해서 왕을 이용할 뿐이다. 그들이 왕에게 반 역하게 된 동기는 왕과 개비스톤 사이의 부적절한 동성애 관계 때문이 아니 라 평민에 지나지 않는 "미천한" 개비스톤이나 새로운 총애를 받게 된 스펜 서(Spencer Junior)가 귀족인 자신들보다 더 고위직을 차지하고 왕에게 접근 할 수 있는 권한을 독차지함으로써 계급질서를 위반한 데에 있다. 이러한 사실들은 말로가 하층귀족 계급인 개비스톤을 천한 신분으로 바꾸어 각색 한 데서 잘 드러난다. 또한 이 작품의 어디서도 동성애 자체를 도덕적으로 나 종교적으로 타락한 행위라고 비난하지 않는다. 오히려 위 대사에서 알 수 있듯이 남편인 왕을 배신하고 찬탈을 저지른 신하 모티머와 불륜을 저지 른 이사벨라 왕비의 관계와 비교해 볼 때 정치적 권위와 계급의 차이를 초 월한 에드워드와 개비스톤의 사랑은 감동적이기까지 하다. 물론 개비스톤의 정치적 야망을 모르는 에드워드의 애정은 어리석은 환상에 불과하다.

극의 초반부에 주목한 비평가들의 주장과 달리, 에드워드는 신하의 신분 임에도 불구하고 왕비와 부정을 저지르고 권력을 장악하여 왕을 폐위시키 기 위해 자신에게 대드는 귀족들의 위협 앞에서 자신의 나약함에 대해 에드 워드는 어둠과 빛의 은유를 통해 자신과 왕권의 한계를 인식하고 있다고 보는 비평도 있다. 이 독백에서 에드워드는 권력이란 상대방을 제압할 수 있는 물질적 힘의 우위로부터 나오는 것이기에 그 힘을 상실한 무기력한 왕은 결국 그림자에 불과한 존재임을 인식하는 것으로 보인다. 그의 예언적 독백처럼 그는 감시를 당하고, 귀족들에 의해 지배되며 마침내 지하 감옥으로 보내져서 결국 그곳에서 살해된다. 자신과 왕권에 대한 에드워드의 인식은 모티머 역시 세자(에드워드 3세, Edward III)가 귀족에 대한 지배력을 회복하자 에드워드와 유사한 운명을 겪게 되는 데서도 입증된다.

『만인』

Everyman

작가 미상

■

송옥

▬ 작품 소개

『만인』은 1495년 경 쓰인 중세 드라마이다. 중세 드라마의 특징은 작가 미상
이다. 중세드라마의 저자는 마치 큰 성당을 짓는 것처럼 작가 자신의 명성
을 드러내지 않고, 교회와 인간의 영혼, 그리고 하나님의 영광을 위해서 작
품을 썼다. 따라서 대부분의 저자는 교회와 관련이 있다. 10세기와 16세기
사이에 수백 명의 수도승, 신부, 수사 등은 예술가는 아니었지만 성서나 성
인들의 전설과 교회에 근거한 종교극을 썼다.

　　예컨대 예수님 이야기는 예수 그리스도의 죽음 이후 약 천 년 간 기독교
계에서 반복되었으며, 보통 시민들은 라틴어를 몰랐기 때문에 예수의 탄생,

고난, 부활 이야기를 선명한 이미지로 전달하기 위해 동작, 의상, 음악을 교회에서 활용하였다.

중세 드라마는 신비극(Mystery plays), 기적극(Miracle plays), 도덕극(Morality plays)의 세 가지 형태로 되어 있다. 신비극은 성경의 내용을 근거한 것이고, 기적극은 성인이나 순교자의 생애와 이들의 업적을 다룬 것이다. 1400년과 1550년 사이에 번성한 도덕극은 역사적 의미가 있다. 신비극과 기적극이 성경과 성인을 다룬데 비해 도덕극은 보통 인간(만인)의 영적 시련을 극화했다는 점에서 의미가 있다. 따라서 이 극은 종교적인 극과 세속적인 극 사이의 가교역할을 한다. 도덕극은 모든 인간이 받는 도덕적 유혹에 관한 알레고리이다. 보통 인류(Mankind) 또는 만인(Everyman)으로 불리는 주인공은 칠대 악(Seven Deadly Sins)과 선행을 의인화한 것이다. 만인의 주위에는 우정(Fellowship), 재물(Goods), 선행(Good Deeds), 지식(Knowledge), 친족(Kindred), 사촌(Cousin), 미(Beauty), 힘(Strength), 분별(Discretion), 오감(Five Wits), 죽음(Death)으로 불리는 인물들이 있다.

도덕극 중 가장 유명한 『만인』은 대부분의 도덕극들이 인간의 전 생애를 다루는데 비해 죽음을 준비하는 부분만 다룬 점에서 다른 도덕극과 다르다. 주인공 만인이 동행자를 찾는 모습에서 감동을 준다. 누구나 죽음을, 그것도 홀로 마주해야 하는 죽음이기 때문에 호소력이 있다.

하나님은 슬프다. 인간에게 생명을 주고 사랑과 용서와 도움을 주었건만, 이제 이들이 생각하고 있는 것이 무엇이냐. 하나님에 대한 공경, 예배, 경배는 사라지고 하나님에 대한 사랑은 더더욱 찾기 어렵고, 오직 돈. 더 많은 재물, 더 큰 재산을 추구할 뿐이다. 후회와 자기연민이 하나님을 분노케 하고 인간을 생각 할수록 더욱 화가 난 하나님은 인간의 죄목들을 열거한다.

그는 정의와 벌을 말하기 시작한다. 그리하여, 인간들에게 이들이 저지른 죄악의 총결산을 요구하기로 작정한다. 하나님은 그의 강력한 사자/심부름꾼인 죽음에게 명한다. 만인—즉 우리 모든 인간들—을 이들이 살아온 인생의 값에 따라 천국이나 지옥으로 불러들이라고 명한다. 하나님의 음성이 점점 커지면서 홀 뒤에까지 울린다. 그의 목적은 흡사 나이 든 버림받은 아버지의 모습과 닮았다. 그는 순종하지 않는 그의 자녀들에게 분노한다. 하나님이 원하시는 것은 그의 자녀들이 그를 더 사랑해 주는 것이다.

하나님의 사자/죽음은 재빨리 행동에 옮긴다. 그는 하나님을 순종하지만, 인간에게 화살을 꽂고 창을 던지기를 즐거워한다. 하인이자 사람 골탕 먹이기를 좋아하는 골목대장격인 죽음은 온 지구를 돌아다니면서 돈을 사랑하는 자들을 지목하여 이들을 끄집어낼 생각에 기분이 좋다. 한편, 만인은 그의 오랜 친구들—우정, 친족, 사촌, 지식, 재물, 미, 힘, 분별, 오감—중 한 명이 그와 함께 무덤에 동행해 주기를 바라지만, 결론적으로 오직 선행만이 그를 버리지 않고 죽음의 길에 동반한다.

이 극의 줄거리는 다음과 같다. 극이 열리면 하나님의 사자/메신저(Messenger)가 등장하여 『만인의 소환』(*The Summoning of Everyman*)이란 도덕극의 내용을 설명한다. 모든 인간은 지상에서 살아온 하나님이 요구하시는 결산서, 즉 그의 행적에 따른 결과대로 하나님이 소환하는 내용의 극이라고 말한다. 하나님은 하늘에 있는 그의 보좌에서 격노한 음성으로 말씀하신다. 하나님의 법을 무시하고 온갖 세속적 재물과 쾌락에 빠져 칠대 악을 일삼는 인간을 용서할 수 없다고 하신다. 하나님은 죽음을 호출하여 만인을 찾아가 생의 결산서(회계장부)를 준비하여 무덤을 향해 즉각 출발할 것을 알려주라는 명령을 내리신다.

세상살이에 바삐 지낸 만인은 죽음이 이렇게 빨리 찾아오리라고는 전혀 예측하지 못했다. 하나님 앞에 내어 놓을 결산서가 준비되어 있지 않은 그는 날짜를 미루어 주면 돈을 주겠다고 회유해 보지만, 죽음은 단호하다. 어떤 금전도 재물도 대신할 수 없다. 만인은 돌아올 수 없는 여정에 우정의 동행을 허락해 달라고 청한다. 죽음은 함께 해줄 자만 있다면 허락해주겠다고 약속한다. 만인은 그동안 하나님께 아무것도 드린 것 없이 자신의 이익만 취하고 산 것을 후회한다.

우정은 만인을 위로하고 돕겠다고 했지만 하나님으로부터 죽음의 명령을 받았다고 하자, 그와의 동행을 거부한다. 이어서 만인은 친족과 사촌에게 도움을 청하지만 그들 역시 거절한다. 이번에는 재물에게 하소연하지만 만인이 죄를 청산할 때 오히려 자기 때문에 불리하다는 핑계를 대고 거절한다. 만인은 그가 믿었던 친구들로부터 버림받자 스스로 무안해한다. 이제 선행을 찾아가지만 몸이 매우 약한 선행은 말할 기력조차 없다. 그녀는 동행하고 싶지만 일어 설 기운조차 없다면서 그녀의 여동생인 지식에게 도움을 청하라고 한다.

지식은 만인을 고백(Confession)에게 안내한다. 고백은 만인이 순례 길에 선행의 동행을 얻으려면 먼저 고통을 겪어야한다면서 고행의 채찍을 보여준다. 만인은 기꺼이 이를 받아드린다. 드디어 선행은 그와 함께 할 수 있을 만큼 기력을 회복한다. 만인은 감격하여 눈물을 흘리고 회개의 옷을 입고 결산서를 정리한다. 선행과 지식의 충고에 따라 다른 친구들인 미, 힘, 분별, 오감을 부른다.

비로소 여행길의 준비를 마친 만인은 이들 앞에서 유언을 한다. 자기 재산의 절반은 가난한 자들에게 나누어주고 나머지 절반은 원래 주인에게 돌려주라는 것이다. 만인은 지식의 충고대로 성직자에게 종부성사를 받기로 한다. 성직자는 하나님의 권능을 지니고, 천사보다 더 세고 더 높은 위치에 있다는 오감의 말을 지식은 반박한다. 지식은 성직활동을 이용해서 면죄부를 팔아 돈을 벌고 이권을 챙기고, 여자들과 어울리는 죄 많은 성직자들을 비판한다.

종부성사를 받고, 십자가를 나르는 만인에게 힘, 분별, 지식, 미, 오감, 선행은 차례로 그의 십자가에 손을 얹는다. 만인은 이들에게 따라오라고 하면서 무덤을 향해 앞서 가지만 점점 힘들어 이제는 서 있기조차 어렵다. 만인이 무덤 속으로 들어갈 때 미, 힘, 분별, 오감은 차례로 그를 냉정하게 버리고 가버린다. 지식은 자기도 그의 곁을 떠나겠지만 그가 죽는 순간까지는 지키겠다고 한다. 선행은 그를 결코 떠나지 않겠다고 하며 끝까지 진정한 우정을 보여준다. 만인은 그가 좋아했던 친구들의 배반행위를 목격하면서, 관객에게 이를 거울삼아 살아갈 것을 당부한다. 결국 세상적인 것들은 모두 만인을 저버리지만, 오로지 선행만이 그와 끝까지 동행한다.

만인은 하나님께 자비를 구하고 선행과 함께 무덤으로 사라지기 전에 하나님께 자신의 영혼을 받아주실 것을 간구한다. 지식은 만인과 선행이 무덤 속으로 사라지는 모습을 지켜보면서 우리 모두가 인내해야 할 고통을 만인이 겪었으며 선행이 그를 잘 보살펴 줄 것이라고 관객에게 말한다. 만인의 영혼이 하나님 앞으로 갈 때에 지식은 천사들의 노래 소리를 듣는다.

천사(Angel)가 등장하여 만인의 영혼이 천국에 영접될 것이고 재림 때까지 평안히 살 것이라는 내용의 노래를 부른다. 지식이 퇴장하고 학식 높은 박사(Doctor)가 에필로그를 말한다. 자만은 사람을 속일 것이며 미, 오감, 힘, 분별 또한 사람을 배반함을 기억하라고 경고한다. 세속적인 것은 소용없고 선행만이 인간에게 끝까지 약속을 지킨다는 뜻이다. 인간의 결산서가 죄로 차있으면 영원히 지옥 불에 던져 질 것이고, 깨끗하면 영혼은 천국에서 영광을 누리고 육신과 함께 살게 된다는 것이다. 박사는 자신의 말에 "아멘"할 것을 당부하고 떠난다.

이 극의 공연기록을 살펴보면 『만인』은 15세기 중엽에 처음으로 공연되었다. 공연은 이후 75년간 계속되다가 400년간 끊어졌다. 20세기에 들어서 재 공연되었는데, 그 공연 기록 중에서 몇 개만 소개하겠다. 현대판 번안이 처음 등장한 것은 1901년 7월이었다. 7월 7일 엘리자비던 스테이지 소사이어티(the Elizabethan Stage Society)를 창설한 영국의 윌리엄 포엘(William Poel)에 의해 런던에서 첫 공연을 가진 기록이 있다. 포엘은 연출, 무대, 의상을 담당하고 죽음 역도 했고, 후에는 하나님 역을 맡았다. 그 후 10년 뒤, 1911년 독일의 거장 막스 라인하르트(Max Reinhardt)가 이 극을 무대에 올렸으며 대본은 시인이자 극작가인 호프만슈타인(Hoffmanstein)이 현대화하였다. 1911년의 초연 후 라인하르트는 1927년 12월 7일 미국 뉴욕에서 2주간 공연을 하였다. 이 극은 로마 가톨릭 소녀들로 구성된 그레일(the Grail)의 공연이 1933년 10월 29일 이태리 로마에서 성공했고, 1954년 8월 1일 일요일 네덜란드의 여배우 헬레네 우스토에크(Helene Oosthoek)의 일인 극으로 NBC-TV로 방영하였다. 다양한 인물들은 여배우가 마스크를 높이 들어 올려 각각 표현하였다. 국내에서는 1972년 5월 고려대학교 영문과의 영어연극 무대에 송옥 교수 연출로 올린 것이 초연이다. 2015년 4월에서 7월까지 개관시인 캐롤 앤더피(Carol Ann Duffy)의 번안으로 영국 내셔날 극장(National Theatre)에서 공연되었다. 2016년 모라비아 대학(Moravian College)에서 〈심판대에 오른 만인〉(*Everyman on Trial*)의 제목 아래 크리스토퍼 쇼(Christopher Shorr)의 극작과 연출로 무대에 올랐다.

명대사 번역: 단막극(1~57행)

하나님 나의 주권으로 창조한 인간들이

내게 등을 돌리고, 세속에 빠져

패역한 행위를 두려움 없이 일삼는

저들의 영적 몽매함을 내가 눈여겨보았노라!

죄에 눈이 먼 자들이 나 하나님을 버렸도다.

나의 정의와 무서운 채찍을 잊은 채

저들 머릿속에는 오직 돈 생각뿐이로다.

저들을 사랑한 나는 저 인생을 구하려고

십자가에 달리기까지 했건만.

두 명의 도둑을 매단 십자가 사이에 달려

내가 모진 고통을 당하고 죽지 않았느냐—

이 사실을 부정할 자 있느냐—

병자들을 고쳐준 나를 잊고, 머리에 가시관을 쓰고

피 흘려 죽은 나를 벌써 잊어버렸다니.

인간들을 위해 내가 할 수 있는 최선을 했건만,

저 한심한 화상들이 이제는 나를 저버리고,

칠대 악을 저지르며—망할 짓들을 일삼고 있구나!

사람마다 교만, 분노, 시기, 음란,

온갖 죄악에 빠져, 제 잘난 맛으로

갖가지 쾌락에 도취돼 있으니, 저 인간들이

저런 꼴로 얼마나 더 버틸꼬! 얼마나 더 살려는고?

불쌍한 인간들을 살려주고 구해주면 줄수록

해가 가면 갈수록 더 악해지는 화상들.

살아있는 자는 모름지기 기회를 놓치고 세월을 허비할 뿐이니.

내 곧바로 이들의 심판 날을 정하리라.

왜냐하면 자비심은 털끝만큼도 남아있지 않고

오로지 질투와 시기로 서로가 으르렁대니

그대로 두면 이들이 벌이는 짐승만도 못한 행악은

구렁텅이 나락으로 떨어질 것이다.

나는 한 때 희망을 가졌었지.

만인의 온 가정이 밝은 광명 속에 살리라는 희망을.

그래서 저들을 가리켜 선민이라, 선택된 민족이라 했거늘-

그런데 지금은 정신없이 저 꼴이 되었단 말인가!

내가 부여한 본질을 망각하고,

내가 의미한 기쁨을 무시하고 살아가는

저 배은망덕한 반역자들을 어찌할꼬?!

나는 크나큰 자비를 베풀었는데

누구 하나 따뜻한 가슴을 보여주는 자가 없구나.

재산의 무게에 눌려 숨이 찬 저들의 병든 몸을

회복시킬 길은 오직 정의뿐이로다.

나의 강력한 메신저, 죽음아, 어디 있느냐?

죽음 전지전능하신 하나님이시여, 하나님의 명령을

즉시 복종하려고 여기 이렇게 대기하고 있나이다.

하나님 너는 만인에게 내려가서

내 이름을 걸고. 저들 앞에 놓인 행선지를 보여주어라.

이제 저들은 피할 길이 없다-

늑장부리지 말고 지체 없이 어서 서둘러 저들에게

지금까지 걸어온 인생의 총결산보고를 준비하라 일러라.

죽음 나의 주님이시여, 온 세상 구석구석을 달려

큰 자, 작은 자, 빠짐없이 찾아내겠나이다.

하나님의 법을 배반한 자,

어리석은 짓을 겁내지 않고 행하는 자,

이런 자들을 즉시 공격하겠나이다.

누구든 돈을 사랑하는 자, 그런 자는

내 창에 맞아 천국을 보지 못하고 죽을 것이옵니다.

자선을 친구로 삼아 착한 행실을 보여주는 자라면 모를까,

그렇지 않은 자는 모조리 저 지옥으로 던져버리겠나이다.

▬ 명대사 해설

발췌된 부분은 극의 앞부분이다. 하나님(그리스도)이 십자가에 못 박힌 때를 상기시킬 때의 몸짓은 고통에 찬 표현을 하여 하나님의 감정의 톤을 고조시킨다. 요컨대 하나님은 매우 인간적이기 때문에 그는 울 수도 있다. 그러므로 하나님의 성격을 일관된 것으로 연기하지 않아야한다. 위엄 있고 당당하고 그러면서도 자기연민에 빠지고 분개하는 하나님의 기분변화를 보여주어 고통스런 그의 마음을 헤아릴 수 있게 연기해야 한다. 하나님이 그의 재빠른 심부름꾼/죽음을 불러들이면서 그의 절대 권력이 다시 온전히 상승하는 것을 볼 때에 우리는 감동한다.

『구두장이의 휴일』
The Shoemaker's Holiday

토마스 데커Thomas Dekker, 1572~1632

■

김인표

작가 소개

데커의 생애에 대해서는 거의 알려진 바가 없으며, 극작 관련 기록 등을 통해 추정할 수 있을 뿐이다. 데커는 1572년경 런던에서 태어나 1632년에 사망한 것으로 알려져 있다. 데커의 작품 중 라틴어 번역 등이 있는 것으로 보아그는 문법학교를 다녔을 것으로 보인다. 데커는 1590년대 초에 극을 쓰기 시작했을 것이며, 20대 중반인 1598년경에 로즈(Rose) 극장의 경영주였던 필립헨즐로(Philip Henslowe)에 의해 애드머럴 극단(Admiral's Men)의 레퍼토리를공급하기 위해 고용된 일군의 극작가 중 일원으로 활동하였다. 데커는 고용된 직업 극작가로서 생계를 위해 극작을 해야 했고 주로 공동 작업을 통해

빠른 속도로 극을 써야만 했다. 1598년에서 1602년 사이에 그가 쓴 약 40편의 극 대부분이 공저였다. 그의 가장 유명한 극『구두장이의 휴일』(*The Shoemaker's Holiday*, 1600)을 쓴 것도 이 시기였다. 이때에 데커는 인기 있는 극작가였는데, 프란시스 메레스(Francis Meres)는 1598년에 그를 저명한 극작가들의 목록에 포함시키고 있다. 1908년경 데커는 인기 있는 팸플릿 등에 산문을 썼으며『런던의 시종』(*The Bellman of London*, 1608)이 대표적인 산문 글이다. 그의 산문은 재코비안(Jacobian) 시대 런던 사람들의 일상적인 삶에 대한 정확한 묘사를 보여주고 있다.

데커는 많은 작품을 썼음에도 불구하고, 경제적인 어려움을 겪었으며 빚에 쪼들려 교도소 생활을 해야 한 적도 있었다. 데커는 교도소 투옥 등을 통해 어려움도 겪었지만 그의 전체적인 작품을 통해 보면 그가 어려운 사람들에 대한 동정심을 지니고 있음을 알 수 있고, 명랑하고 유쾌한 기질을 소유한 인물임을 알 수 있다. 데커는 생계를 위해 헨즐로에 고용된 직업작가로서 흥행을 위해 대중의 취향에 영합해야 했고, 상업적인 공연을 위해 작품을 급조하거나 공동제작에 참여할 수밖에 없는 현실적인 제약을 갖고 있었다. 하지만 데커는 당대 도시민의 삶을 생생하게 묘사하는 유머와 해학이 담긴 작품들을 쓴 가치 있는 극작가이다.

▬ 작품 소개

데커의 극『구두장이의 휴일』의 원전은 토마스 딜로니(Thomas Deloney)의 단편 이야기 모음집인『젠틀 크래프트』(*The Gentle Craft*, 1597) 1부를 이루고 있는 세 가지 이야기이다. 첫 번째 이야기는 구두장이들의 후원자였던 세인트 휴(St. Hugh)의 이야기이고, 두 번째는 크리스핀(Crispine)과 크리스피아누스(Crispianus) 형제 이야기이며 세 번째는 사이먼 에어(Simon Eyre)의 이야기인데, 데커는 두 번째와 세 번째 이야기에서 많은 내용을 빌려 오고 있다. 황제의 압제를 피해 구두장이가 되고 그 과정에서 황제의 딸과 결혼하는 크리스핀과 프랑스 전쟁에 징집되는 크리스피아누스 이야기는 로즈(Rose)와 레이시(Lacy)의 플롯이 되고, 세 번째 이야기는 이 극의 중심이 되는 에어의 신분 상승 이야기와 관련된다.

그러나 데커는 딜로니의 원전에서 많은 것을 빌려 오긴 했지만, 많은 것을 변화시키고 압축하였다. 에어의 인물 묘사는 딜로니의 정형화된 인물로부터 개성 있는 인물로 변모되었다. 주요 플롯에 두 개의 사랑 이야기를 결합한 것은 데커가 당대의 영국 극작의 관행에 영향을 받은 것이다.

이 극은 소위 '도시 희극'(city comedy)이다. 도시희극이란 일반적으로 신랄한 풍자와 악행에 대한 고발을 위주로 하는 풍자극을 지칭하기도 하지만, 16세기 말에서 17세기 초의 르네상스기에 이르러 대도시로 성장한 런던에 배경을 두고 당대 도시사회에서 발생하는 관심사를 다룬 극을 말한다. 런던이 대도시가 되면서 도시적인 경험이 증가하고, 새로운 도시적인 문화가 등장함에 따라 극작가들은 런던시민의 삶과 런던을 배경으로 당대 시민들의 모습을 희극으로 형상화하였는데, 이를 도시희극이라 부르며 『구두장이의 휴일』은 이 부류에 속하는 대표적인 작품이다.

도시희극의 주된 소재는 도시에서 발생하는 사건들 즉 런던 생활을 중심으로 이루어져 있다. 도시가 발달하여 시민계급이 등장하고 새로운 부가 창출됨으로 해서 그로 인한 계급간의 이동이 가능해지고 이로 인해 혼란이 야기되기도 하면서 도시희극에서는 계급이동과 사회질서 유지에 대한 소재가 다루어졌다. 또한 부와 권력을 획득하기 위한 과정에서 사랑과 관련된 다양한 성적인 계략을 다루기도 하였으며, 새로이 부상되는 자본주의 체제에서 중상주의의 대두와 함께 부와 지위의 추구 문제가 다루어졌다. 또한 도시희극에서는 런던의 실제적인 특징이 강조되면서, 런던의 거리, 술집, 건물 등의 명칭이 실제로 등장한다.

데커는 당대의 새로운 경향으로 부각된 도시와 도시의 어리석음 및 부패를 드러내는 도시희극에 관심을 가졌을 것이고, 『구두장이의 휴일』도 이러한 영향을 반영하고 있다. 그러나 이극은 풍자에 중점을 두는 극이라기보다는 비판적인 의도 없이 도시에서의 축제적인 분위기를 즐기도록 의도되었다. 데커는 사회적 신분 이동으로 혼란을 초래한 런던 사회를 극화하면서도, 그 안에서의 사회 안전에 관심이 있었기 때문에 『구두장이의 휴일』에서는 인간의 악행을 고발하고 풍자하는데 중점을 두지 않고 있다. 따라서 『구두장이의 휴일』은 축제적인 분위기로 극화함으로써 모든 사람이 바라는 사회적인 신분 상승에 대한 환상을 제공하고 밝고 명랑한 희극으로 그려지고 있다.

데커는 이극에서 구둣방 주인으로부터 런던시장에 이르기 까지 신분 상승을 이루는 주인공 데커를 통해 축제분위기를 조성하고 있다. 이 작품에서 드러나는 축제적 요소는 일차적으로 에어의 구둣방에서 일하는 구두장이들의 노래, 춤, 음담이 섞인 명랑한 대사, 술 등을 통해 이루어진다. 에어의 구둣방에서 이루어지는 노동은 고양된 축제적 분위기에서 이루어지며, 구두장이들은 일을 하면서 노래를 부르고 술을 마신다. 데커는 노동과 축제 정신을 통합하여 제시함으로써 런던 시민계급의 모습을 극화하고 있다.

에어와 그의 구둣방 직원들에 의해 주도되는 축제 분위기는, 두개의 부차적인 플롯인 레이시와 로즈, 랠프(Ralph)와 그의 부인 제인(Jane)과의 사랑 이야기에 의해 강화된다. 네덜란드 구두장이 한스(Hans)로 변신한 레이시는 구둣방에서 일을 하면서 로즈를 얻게 되고, 에어를 통해 왕의 사면까지 받게 된다. 전쟁에서 돌아온 랠프가 제인을 얻게 되는 것도 구두장이들의 도움을 통해서이며, 이러한 사랑의 고난과 해결과정이 모두 에어의 구둣방에서 축제적 분위기 가운데 진행된다. 두 쌍의 사랑에 대한 고난이 극의 과정을 통해 해결되고 결말에서 축복 속의 행복한 결말로 끝나는 것은 『구두장이의 휴일』이 낭만 희극의 패턴을 따르고 있음을 알 수 있으며, 이 극의 세계가 근본적으로 축제의 세계임을 말해 준다.

인물들이 보여주는 도덕과 무관한 면모는 현실의 세계에서보다는 축제의 세계에서 가능한 일이다. 에어는 불법으로 관직에 있는 것처럼 옷을 입고 선장을 속여 물건을 구입하여 이득을 취하며, 레이시는 참전 명령을 어기고 군입대를 회피하고, 랠프와 제인은 하먼(Hammon)에게서 그가 제인을 위해 준비한 선물을 받는다. 이러한 인물들의 행동은 도덕과는 무관해 보이는 행동이며 도덕적 판단이 종종 희석되는 축제적인 분위기에서 가능한 행위이다.

그러나 데커가 『구두장이의 휴일』을 유쾌한 희극으로 만들려 했다는 것은 틀림없는 사실이며, 극의 결말에서는 모든 문제가 해결되고, 모든 계급의 인물들이 모여 축제를 즐기는 것으로 마무리 되지만, 이 극의 이면에는 축제적인 면과 공존할 수 없는 사회적인 갈등과 냉엄한 현실이 존재하고 있음이 제시됨으로써 서로 조화되지 않는 면모를 보여준다. 이극에서 축제적인 요소와 어울리지 않는 현실의 냉혹함은 전쟁과 계급간의 갈등이다.

프랑스와의 전쟁은 냉엄한 현실이며, 레이시와 로즈의 관계에서 레이시는 로즈를 잃지 않기 위해 왕명을 어기고 징집을 회피한다. 랠프와 제인의 사랑 이야기도 이 전쟁과 연관되며 랠프는 전쟁에 징집되어 참여했다가 다리를 잃어 불구가 되어 돌아온다. 랠프는 비록 제인을 되찾기는 하지만 그가 다리를 잃은 것은 어쩔 수 없는 현실이다.

상업의 발달로 인해 부가 창출되고 시민 계급 신분이 상승 되었음에도 불구하고 『구두장이의 휴일』에서 귀족과 평민 사이의 갈등 구조는 여전히 존재한다. 레이시와 로즈의 결혼에 장애로 작용하는 것도 신분의 차이에서 오는 부모세대의 반대이다. 또한 징집 명령을 얻은 레이시가 왕에 의해 사면되는 점은 랠프의 전쟁 참여와 부상의 결과가 신분상의 차이에서 오는 것이라는 점을 제시해준다. 이처럼 이 극에는 극의 이면에 존재하는 냉엄한 현실의 암시로 인해 축제적 요소가 손상되고 있다.

이 작품은 1599년 애드머럴 극단에 의해 초연되었다. 주목할 만한 공연으로는 1938년 미국 브로드웨이 머큐리 극장(Mercury Theater)의 공연과, 2014년 스완 극장(Swan Theatre)에서 셰익스피어 로열 컴퍼니(Shakespeare Royal Company)에 의한 공연이 있다.

▬ 명대사 번역: 21장

에어   저의 가난한 구두장이 형제들 이름으로 전하께 겸허한 마음으로 감사를 드립니다. 하지만 제가 이 자리에서 일어서기 전에, 기왕에 전하께서는 너그럽게 베푸시고 저희는 간청하는 상황이오니, 이 사이면 에어에게 한 가지만 더 은혜를 베풀어 주시옵소서.

왕   그것이 무엇이오, 시장?

에어   저의 보잘 것 없는 잔치를 맛보아 주시옵소서. 전하께서 이 잔치에 친히 참석해 주실 것을 기다리고 있사옵니다.

왕   에어, 잔치에 대해서만은 그대의 청을 들어주지 못하겠소.
짐은 그대에게 이미 너무 많은 신세를 졌소.
안 그렇소?

에어   오, 전하. 사이먼 에어가 런던의 직공들에게 잔치를 베풀기로 약속했던 참회 화요일에 전하께서 우연히 오신 것입니다.

전하께 말씀 드리건대,

과거에 저는 물통을 졌고,

제 등에 걸칠 수 있는 제대로 된 코트 하나 없었답니다.

그러던 어느 날 아침에 정신 나간 소년들이 -

그날도 오늘처럼 참회 화요일이었는데요. -

저에게 아침 식사를 주었답니다. 그때 저는 제 물통 마개에 걸고 맹세를 했지요. 만약 제가 런던 시장이 된다면, 모든 직공들에게 잔치를 베풀겠다고요. 전하, 오늘 제가 그렇게 한 겁니다. 그래서 그놈들은 백 곱하기 다섯의 숫자만큼이나 많은 식탁을 받았답니다. 그러고 나서 그들 모두 집으로 사라져 버렸지요.

그러니 이제 귀족의 업무에 한 가지 명예를 덧붙여 주옵소서.

에어의 잔치를 맛보고,

사이먼을 행복하게 만들어 주시옵소서.

왕   에어, 내 그대의 잔치를 맛보겠소.

그리고 이보다 더 큰 기쁨을 만난 적이 없다고 말하리다.

귀족의 기술을 보유한 친구들, 그대들 모두에게 감사드리오.

그리고 친절한 시장 부인, 짐을 환대해 주어 고맙구려.

자, 경들. 여기서 잠시 잔치를 즐깁시다.

우리의 모든 여흥과 잔치가 끝날 때,

프랑스인들이 시작한 잘못을

전쟁으로 바로잡아야만 할 것이오.

모두 퇴장한다.

■ 명대사 해설

이 부분은 이 극의 마지막 장인 21장의 끝 부분을 발췌한 것으로 시장이 된 사이먼 에어가 왕과 대화를 나누는 장면이다. 이 극은 마지막에 모든 갈등이 끝이 나고 모든 고난이 사라지며 행복한 분위기로 결말을 맺는다. 불화의 주요 요인이었던 링컨(Lincoln)과 오틀리(Oatley)가 레이시와 로즈의 결혼을 막으려는 시도는 왕이 두 사람을 이혼시켰다가 곧바로 다시 결합을 선언하고, 오틀리와 링컨이 왕의 제안을 받아들임으로써 끝이 난다. 시장으로 신분상승이 된 에어는 화해의 분위기 속에서 모든 직공들에게 잔치를 베푼다. 또한 왕은 에어가 새로 지은 건물을 레든 홀(Leaden Hall)이라고 부르겠다고 하며, 월요일과 금요일에 장이 열리도록 허락해 주어 모든 문제가 원만하게 해결된다. 에어는 왕에게 참회 화요일인 오늘 자신이 런던의 모든 직공들에게 잔치를 베풀었는데, 왕도 참석해 줄 것을 간곡하게 부탁한다. 왕은 처음엔 완곡하게 거절하지만 에어의 간청에 마침내 참가하겠다고 허락한다.

이 작품의 주인공 에어는 구두장이에서 런던 시장에까지 오르는 신분상승을 보여준다. 시장이 된 에어는 왕에게 자신이 베푼 잔치를 맛보러 오라고 권한다. 여기서 에어는 왕에게 진심으로 고마움을 표하며, 신하로서 왕에게 겸손한 태도를 취한다. 또한 에어는 신분상승에 성공한 시장으로서 자신감에 차있다. 반면 왕은 왕으로서의 기품을 잃지 않으면서도 에어의 청을 처음에는 완곡히 거절하다가 그의 간곡함에 못 이겨 마음을 바꿔 잔치에 참여해 달라는 제안을 받아들인다. 에어의 대사는 고난이 끝나고 난후의 행복한 분위기와 감사의 마음을 진심으로 전달하는 것이 중요하며, 왕의 대사는 처음에 에어의 청을 거절하다가 간곡한 청을 받아들이는 심경의 변화를 표현하는 것이 중요하다. 왕은 기품을 잃지 않으면서도, 당당하게 고마운 마음을 전하면서 신하의 청을 받아들인다.

그런데 이러한 에어의 신분상승은 현실세계에서 벌어지는 사실적인 맥락이 아니라 축제의 세계에서 벌어지는 것으로 해석할 수 있다. 축제의 세계에서는 구둣방 주인이 시장이 될 수 도 있으며, 왕과 구두장이들이 함께 잔치에 참여할 수도 있는 것이다. 축제의 세계에서는 전쟁이나 법률, 사랑에 대한 방해 요소 등은 힘을 얻지 못하고 궁극적으로 현실적인 모든 갈등이 풀리고 화해와 용서 그리고 축복으로 결말을 이루게 된다.

이 극에서 그려진 사이먼 에어의 런던 세계는 열심히 일하고 인내하면 왕의 은총과 재정적인 안정, 진실한 사랑, 동료애로 보상되는 세계이지만, 이것은 여전히 실제적인 현실의 세계가 아닌 당대의 관객들이 갈망하는 이상적인 세계, 즉 축제의 세계로 볼 수 있다. 축제의 특성은 잔치가 끝나고 나면 다시 일상의 삶으로 돌아가야 한다는 것이다. 축제는 문제의 궁극적인 해결책이 될 수는 없고 구속으로부터의 일시적인 해방을 줄 뿐이다. 이극의 마지막에 왕이 하는 대사에서는 축제가 끝나면 다시 현실세계로 돌아가야 한다는 것을 밝히고 있다. 왕은 "우리의 모든 여흥과 잔치가 끝날 때 프랑스 사람들이 시작한 잘못들을 전쟁으로 바로잡아야만 하오"라고 말함으로써 축제가 끝나면 현실로 돌아가야 함을 피력하고 있다. 따라서 에어의 성공과 신분상승, 그리고 극 속에서 일어나는 다양한 축제적 특성은 현실세계를 있는 그대로 사실적으로 묘사했다기보다는 엘리자베스 시대 런던 사람들이 꿈꾸던 이상 세계를 축제의 세계로 극화하고 있는 '축제극'으로 볼 수 있다.

『인형의 집』
A Doll's House

헨릭 입센 Henrik Ibsen, 1828~1906

■

심미현

▬ 작가 소개

노르웨이 출신의 극작가 입센은 '근대극의 아버지' 혹은 사실주의 연극의 원조로 불린다. 그는 19세기 말 유럽 전역으로 퍼진 소극장 운동의 기세를 타고, 스웨덴의 요한 아우구스트 스트린드베리(Johan August Strindberg), 러시아의 안톤 체홉(Anton Chekhov)과 더불어 새로운 시대의 사상과 이념을 새로운 주제와 실험적인 극작 기법으로 담아낸 근대극의 거장이다.

입센은 노르웨이 남부의 작은 항구도시 스킨(Skien)에서 부유한 상인의 아들로 태어났다. 하지만 여덟 살 때 가세가 기울어 가난한 유년기를 보낸 이후 제대로 된 학교 교육을 받지 못하다가 열일곱 살 때 그림스타드

(Grimstad) 시의 약제사 집에서 조수로 일하며 의사 시험을 준비하기도 하였다. 그가 스물한 살 되던 해에는 유럽이 혁명과 반란의 소용돌이로 혼란스러운 시기였는데, 이때 그는 처녀작 『카틸리나』(*Catilina*, 1849)를 발표한다. 1851년에는 베르겐(Bergen) 시에 새로 건립된 국민극장의 무대감독 겸 극작가로, 그리고 1857년에는 크리스티아니아(Kristiania)(현 오슬로 Oslo) 시 소재 노르웨이 극장 감독으로 초빙된다. 1858년에는 수잔나 쏘리슨(Suzannah Thoreson)과 결혼하였는데, 이 결혼 생활을 통해 부부란 단지 함께 사는 것을 넘어서 동등한 인격체로서 각자가 독자적 인간으로 자유롭게 살아야만 한다는 것을 깨달았다. 이 시기에 그가 쓴 『사랑의 희극』(*Love's Comedy*, 1862)의 여주인공이 바로 그의 아내 쏘리슨이었다고 한다. 이 극은 당대의 연애 풍속을 해학적으로 그린 운문극으로, 그 시대의 사회제도 특히 결혼에 대해 해학적으로 비꼰 작품이다. 이러한 그의 신념은 이후 『인형의 집』(1879)에서 더욱 명백히 드러난다. 다수의 입센 비평가들은 그가 결혼 제도를 존중하지 않았다는 이유로 그를 공격했다. 노르웨이 사회도 그의 사생활뿐만 아니라 그의 작품들이 민감한 사회적 문제들을 촉발한 탓에 그를 탐탁지 않게 여겼다. 조국에서의 이러한 비판을 의식한 입센은 1864년 이태리로 건너갔다. 이후 그는 이십칠 년 동안 몇 차례의 짧은 기간 동안의 귀향을 제외하고는 조국 노르웨이에 돌아가지 않았다. 주로 로마와 독일의 뮌헨, 드레스덴(Dresden)에서 극작에 전념하면서 다수의 대작들을 저술하던 그는 1891년에야 마지막으로 다시 고국에 귀국하였다.

입센의 극작 경력은 대략 세 시기로 나누어 설명할 수 있다.

제 1기는 낭만주의기로서 로마에서 빈곤한 생활을 하면서 극작 활동을 했던 시기이다. 운문극 『브랜드』(*Brand*, 1866)와 『페르귄트』(*Peer Gynt*, 1867)

가 있다. 입센은 일약 노르웨이 최고의 극작가 대열에 확고한 입지를 굳히게 된다.

제 2기는 사회문제극들의 시기로 그가 독일에 체류하며 집필했던 시기이다. 『사회의 기둥』(*The Pillars of Society*, 1877), 『인형의 집』, 『유령』(*Ghosts*, 1881), 『민중의 적』(*An Enemy of the People*, 1882)은 개인의 해방, 여성의 권리, 찰스 다윈(Charles Darwin)으로 대표되는 새로운 과학 사상 및 유전과 성병의 문제, 그리고 지역사회 정치와 저널리즘의 부패 등 당시 사회의 어두운 면들과 사회의 억압에 억눌린 개인의 문제를 급진적으로 다루었다. 그의 작품들은 유럽 전역에서 공연되고 여러 언어들로 번역되기도 하였다. 기존의 전통적인 극의 수법에서 탈피한 이들 극들은 이후 본격적으로 발전하게 될 사실주의 연극의 기수가 되었다. 이들 극들은 사회에 만연한 제반 문제들을 객관적이고 냉철하게 관찰하고, 인물들의 대사 또한 운문이 아닌 평범한 소시민들의 일상적인 대화체인 산문으로 되어 있다는 특징을 지닌다. 그러나 이어지는 『들오리』(*The Wild Duck*, 1884), 『헤다 개블러』(*Hedda Gabler*, 1890)의 극들은 사실주의에서 멀어져 신비주의 극들로 경향이 바뀐다. 이 시기에 입센은 명실공히 국제적인 명성을 얻게 된다.

제 3기는 상징주의극의 시기로 입센이 이십칠 년간의 외국생활을 접고 조국 노르웨이의 오슬로로 되돌아온 1891년 이후를 말한다. 『건축사 솔네스』(*The Master Builder*, 1892), 『어린아이 에이올프』(*Little Eyolf*, 1894)는 무거운 주제들을 다룬다. 만년의 그는 병마에 시달리다가 1906년 5월 23일 사망하였으며, 장례는 국장으로 치러졌다.

■ 작품 소개

『인형의 집』은 입센의 대표작일 뿐만 아니라, 사실주의극의 효시로서 근대 연극사에 한 획을 그은 기념비적인 작품이다. 또한 발표 당시부터 첨예하게 대립되는 갖가지 반응과 논란을 불러일으켰던 작품이기도 하다. 페미니즘적인 입장에서는 이 극의 결말에서 여주인공 노라(Nora)가 각성하여 용기 있는 가출을 감행한 것을 두고 그녀를 신여성의 표상이요 급진적인 여성해방의 선구자라고 찬양하였다. 반면 남성 중심적인 가부장제 이데올로기에 젖어있던 대부분의 관객들은 노라를 결혼이라는 사회제도와 가정의 신성함을 파괴한 무책임하고 경솔한 가정파괴적인 여주인공이라고 맹비난하였다. 1879년 덴마크 코펜하겐 왕립극장에서의 초연 당시부터 관객들을 너무나 큰 충격에 빠뜨리고 거센 비난을 촉발했던 이 극은 당시 유럽의 여러 나라들뿐만 아니라 미국에서도 상연 금지되기도 하였다.

줄거리를 살펴보자면, 노라는 결혼 전에는 아버지의 "인형" 같은 딸에서, 결혼 후에는 남편 토르발트 헬머(Torvald Helmer)의 "인형" 같은 아내로 살아간다. 노라는 수년 전 남편 헬머가 위독했을 때 그를 살려내기 위해 남편 몰래 고리대금업자인 크록스테드(Krogstad)에게서 대출을 받아 이태리로 가는 요양경비를 마련했었다. 그런데 문제는 노라가 그 차용증서에다 그즈음에 돌아가셨던 친정아버지의 서명을 위조했던 것이다. 하지만 요양 덕분에 남편은 건강을 되찾았고, 그동안 노라는 생활비며 용돈을 절약한 데다 본인이 따로 돈벌이를 해서 남편 몰래 그 빚을 착실히 갚아 왔다. 따라서 과거의 그 위조서명은 아무런 문제없이 덮어지는 듯 했다. 노라는 자신의 희생으로 남편의 병을 낫게 했다는 데 늘 자부심을 느꼈다. 그녀는 기필코 그 빚을 다 갚고 난 후에 남편에게 자초지종을 고백한다면 남편이 크게 감동하여 그녀를 높이 평가하게 되리라고 믿어 의심치 않았다.

한편 노라의 남편 헬머는 차기 은행장 승진을 곧 앞두고 있었다. 그러나 남편의 승진 소식의 기쁨도 잠시, 같은 은행에 근무하던 크록스테드는 해고 위기에 처하게 되자 노라가 과거에 차용증서에 위조서명을 했던 사실을 새삼스럽게 들먹이며 그것을 범죄행위라고 협박한다. 크록스테드의 속셈은 노라에게 남편을 설득하도록 압력을 넣어 자신이 그 은행에서 해고되지 않도록 하기 위한 것이었다. 하지만 노라의 설득에도 불구하고 남편 헬머는 단호하게 그녀의 청을 거절한다. 전임 은행장 시절 이미 크록스테드의 해고가 결정되었기 때문에 자신이 신임 은행장이 되더라도 그 결정 사항을 번복할 수 없다는 것이다. 그동안 아내의 위법적인 위조서명에 대해서 전혀 알지 못했던 헬머는 만일 크록스테드가 해고될 경우 그가 앙심을 품고 노라의 위조서명을 폭로한다면, 자신이 은행장 자리에서 실각당하는 위기에 처할 수도 있다는 사실을 짐작조차 하지 못했던 것이다.

노라는 자신이 과거에 남편을 위해 저지른 위법행위에 대해 차마 말하지 못하고 있는 상황에서 마지막 한 가닥 희망을 품게 되고, 또한 그 희망이 이루어지리라 확신한다. 즉 그녀가 위조서명을 할 수밖에 없었던 자초지종을 남편에게 고백하면 남편이 분명 그녀의 희생적인 행위에 감사해하며 그녀를 용서하고 두둔해 주리라고 믿었던 것이다. 하지만 헬머는 크록스테드가 보내온 위조서명에 관한 편지를 직접 확인하게 되고, 노라 또한 그 사실에 대해 실토를 하자, 노라의 예상과는 정반대로 반응한다. 노라가 그 사실을 고백하기 바로 전까지만 해도 그녀에게 "종달새", "꾀꼬리", "다람쥐"라는 애칭으로 부르며 다정했던 남편의 모습은 온데간데없이 그는 갑자기 돌변한다. 헬머는 거의 광분 상태에서 그녀를 "위선자", "거짓말쟁이", "범죄자"라고 소리치며 온갖 신랄한 비난을 퍼붓고 자식들의 양육권마저 박탈하겠다고 협박한다. 그 순간 노라는 이루 말할 수 없는 충격과 혼란에 빠진다. 그녀는 자신이 그동안 그려왔던 남편의 모습이 허상이었음을 통렬히 깨닫고 그 허상 뒤에 가려졌던 남편의 권위적이고 이기적인 진면목에 환멸을 느낀다. 헬머는 그동안의 아내의 헌신적인 희생의 가치는 아예 외면한 채로 그녀의 절체절명의 위기의 순간에조차 오직 자신의 명예를 지키기에만 급급하였던 것이다. 비록 그녀가 어떤 잘못을 저질렀더라도 아내를 구하기 위해서라면 자발적으로 당당하게 책임을 질 줄 아는 헌신적이고 희생적인 남편이 될 거라고 확신하고 기대했던 노라는 비참하게 절망한다. 이렇듯 노라가 그동안 남편에게 걸었던 기대와 신뢰가 산산이 무너진 상황에서 불행 중 다행으로 때마침 그녀의 옛 고교 동창인 린드 부인(Mrs. Linde)이 찾아온다. 린드 부인은 크록스테드가 과거에 연모했던 여인이었으나 린드 부인이 가난 때문에 다른 남성과 결혼하는 바람에 헤어졌었다. 이제 미망인이 되어 고향을 다시 찾은 린드 부인은 우연히 크록스테드와 재회하여 약혼하기에 이르고, 노라의 딱한 사정을 알게 되자 그녀는 크록스테드에게 간곡히 부탁하여 위조서명의 증거가 되는 노라의 차용증서를 노라 부부에게 다시 돌려주도록 한 것이다. 린드 부인의 중재로 이제 노라 부부는 가까스로 위기를 벗어나게 된다.

그러자 노라에게 그토록 격분했던 헬머의 태도는 또다시 갑자기 돌변하여 이번에는 마치 그동안 아무 일도 없었다는 듯이 호의적으로 변한다. 정작 노라가 남편의 도움과 보호가 절실하게 필요했을 때에는 그녀를 맹비난하고 냉정하게 돌아섰던 남편 헬머가 위기를 벗어나자마자 다시금 다정한 척하는 남편의 모습으로 변하자 노라는 그 적나라한 이중적인 태도를 꿰뚫어 보고 허위와 위선에 찬 남편과 가정을 떠나기로 결심한다. 좌절과 슬픔 속에서 노라는 이제 더 이상 이기적인 남편의 "인형"이 아니라 자주적이고 독립적인 한 "인간"으로서 자아를 찾기 위해 남편의 만류를 뿌리치고 과감히 가출을 감행한다. 그녀는 사랑스럽고 헌신적인 아내이자 다정한 어머니로서의 의무를 뿌리치고, 먼저 그녀 자신에 대한 의무를 다하며 진정한 한 인간으로서 살기 위해 그녀의 집 문을 세차게 쾅 닫고 나가버린다.

▬ 명대사 번역: 3막

노라 우리 집은 그저 놀이방에 불과했어요. 여기서 저는 당신의 인형 같은 아내였던 거예요. 친정집에서는 아버지에게 인형 같은 딸이었던 것과 똑같이 말이에요. 그리고 마찬가지로 저 아이들은 저의 인형들이 었고요. 저는 당신이 저와 함께 놀아주는 게 좋았어요. 마치 제가 아이들과 함께 놀아주면 아이들이 좋아하듯이 말이에요. 우리들 결혼이란 지금껏 그런 것이었어요, 토르발트.

(중략)

노라 당신 말이 전적으로 옳아요. ─저는 아이들을 교육하는 그런 일을 맡을 적임자가 못되어요. 그보다 먼저 완수해야만 하는 또 다른 일이 있거든요. ─저 스스로를 교육하는 일이지요. 그 일에는 당신도 전혀 도움이 되지 않아요. 저 혼자서 그 일을 해내야만 해요. 당신 곁을 떠나는 이유도 그거에요. . . . 저는 제 두 발로 스스로 서게 될 거예요. 만일 저 자신과 세상에 대해 제대로 알게 된다면 말이에요. 그래서 저는 당신과 함께 여기에 더 이상 머물러 있을 수가 없어요.

(중략)

헬머　그렇지만 이건 너무 수치스러워. 당신은 당신의 가장 신성한 의무를 이런 식으로 저버리겠다는 말이야?

노라　당신이 생각하는 저의 가장 신성한 의무라는 게 뭐죠?

헬머　내가 그걸 꼭 말해 주어야 되겠어? 그건 남편과 자식에 대한 의무가 아니냐고?

노라　저에게는 그것에 못지않은 또 다른 신성한 의무가 있어요.

헬머　그런 건 있을 수가 없어. 도대체 어떤 의무를 말하는 거야?

노라　저 자신에 대한 의무이지요.

헬머　무엇보다도, 당신은 아내이고 엄마라고.

노라　이제 더 이상 그런 생각이 안 드네요. 무엇보다도 저는－당신과 똑같은－인간이라는 생각이 든다고요. . . . 그렇지 않다면 어쨌든 그렇게 되기 위해 노력할 거예요.

(중략)

헬머　하지만 당신을 잃게 되다니. － 잃다니, 노라! 안 돼, 안 돼. 상상할 수조차 없는 일이야. . . .

노라　(*오른쪽으로 나가면서*) 그래도 이제 어쩔 수 없게 된 거에요.

그녀의 외출옷과 탁자 옆 의자 위에 놓았던 조그만 가방을 들고 되돌아온다.

(중략)

헬머   그렇지만 당신은 내 아내야. - 지금도, 그리고 당신이 어떻게 되든지 말이야.

노라   이봐요, 토르발트. 지금 제가 하고 있는 것처럼 아내가 남편의 집을 떠날 경우에는, 그 남편은 아내에 대한 일체의 법적인 의무에서 자유롭다는 말을 들은 적이 있어요. 어쨌든, 저는 당신을 모든 의무에서 해방시켜 드릴게요. 그러니까 당신은 아무런 구속을 느낄 필요가 없다고요, 저 역시 그럴 거고요. 우리 두 사람 모두 완벽하게 자유의 몸이 되어야 해요. 자, 여기 당신 반지를 돌려드릴게요. - 제 반지를 주세요.

(*중략*)

노라   결과적으로 우리가 함께 하는 삶이라면 진정한 결혼이 되어야만 하겠지요. - 잘 있어요. (*거실을 통해 밖으로 나간다.*)

헬머   (*문 옆에 있는 의자 위에 주저앉으며 손으로 얼굴을 파묻으며*) 노라! 노라! (*그는 벌떡 일어나서 주위를 둘러본다.*) 텅 비었어! 그 사람은 더 이상 여기에 없다고! (*한 가닥의 희망을 걸며*) 그런데 노라가 말한 '최고의 기적. . .'이라는 건? (*아래층에서 쾅하고 문이 닫히는 소리가 들린다.*)

▄▄ 명대사 해설

『인형의 집』의 결말 부분인 위의 제 3막 장면은 노라가 그동안 미처 알지 못했던 남편의 진면목뿐만 아니라 그녀의 결혼생활의 본질에 대해 점차 깨달아 가는 과정과 그녀의 최후의 결단을 보여 준다. 여기서 노라는 그동안의 그녀의 결혼 생활이 단지 남편을 행복하고 기쁘게 해주는 어린애 같은 순종적인 아내로서의 역할만을 연기하고 살아온 것임을 깨닫는다. 노라는 결혼 전에는 아버지의 "인형" 같은 딸의 역할에서, 결혼 후에는 남편의 "인형" 같은 아내 역할을 하며 살아왔음을 새삼 인식한다. 즉 지금까지의 그녀의 삶은 아버지와 남편이 부과한 역할만을 충실히 해왔을 뿐 주체적인 삶과는 거리가 멀었다는 것을 깨닫는다. 결과적으로 그 두 남성은 그녀가 진정으로 성숙한 한 인간으로 성장하고 발전하는 것을 방해해 온 중죄를 저지른 장본인들이며, 그녀는 그들의 희생자에 불과하다는 결론에 이른다. 남편 헬머의 은행장 승진을 곧 앞두고, 과거에 노라가 위조 서명한 차용증서가 새삼 문제가 되어 그녀가 절체절명의 위기에 처했을 때 헬머가 보여준 젠더 편견과 무책임한 태도는 그동안 그녀가 남편에게 기대하고 확신했던 환상이 얼마나 헛된 것이었던가를 여실히 보여준다. 헬머는 위조 서명 사건의 원인 제공자임에도 불구하고, 남성은 사랑을 위해 자신의 명예를 희생할 수 없다는 인식에 갇혀 그것을 핑계로 일체의 책임을 회피하는 이기적이고 비겁한 태도를 취한다. 이러한 헬머의 의외의 모습은 당당하게 모든 책임을 뒤집어쓰고 그녀를 보호해 주리라고 굳게 믿고 있던 노라를 충격에 빠뜨리기에 충분하다. 일생 처음으로 남편의 야비하고 비겁한 민낯에 직면한 노라는 그동안 사회적 관습과 결혼 제도에 구속되었던 "인형"으로서의 존재에서 벗어나 이제 그 누구에게도 의존하지 않는 독립적인 한 "인간" 주체로 성장하여 스스로 무엇인가를 이루기 위해 가정을 박차고 나가기로 결단한다. 노라의 각성의 정점은 남편과 자식에 대한 의무 못지않게 그녀 자신에 대한 의무가 신성하고 중요하다는 것을 깨닫는 순간이다. 마지막 장면에서 노라가 가출을 감행하며 '인형의 집'과 같았던 그녀의 집 문을 쾅 닫고 나가는 그 소리는 노라의 과감한 결단이 절대 번복될 수 없는 최종적인 것임을 알게 해주며, 이는 곧 여성해방에 대한 경종인 것이다. 노라는 남성 중심의 가부장적 사회에서 결혼 생활의 허구를 깨닫고 독립적인 인간으로서 진정한 "자아"를 찾기 위해 남편과 자식들을 버리고 과감하게 집을 박차고 뛰쳐나간 것이다. 자신의 깨달음을 자기 확신에 넘치는 결단력 있는 행동으로 옮긴 노라야말로 가히 근대적 주체로서의 신여성이자 여성해방의 표상임을 보여주는 명장면이다.

입센은『인형의 집』에서 여성해방과 여권신장이라는 정치적인 이념을 넘어서 진정한 결혼 생활에 대한 각성을 촉구하고 진정한 의미의 가정에 대한 근대적 가치를 제기한다. 여권이 없는 결혼 생활이란 단지 남녀의 동거 생활에 불과하며, 여성에게도 남성과 대등한 인간으로서의 자유와 권리가 부여되어야만 사랑과 상호 이해를 바탕으로 한 진정한 결혼 생활이 가능하다는 것을 역설한다. 노라의 가출 감행은 전근대적인 사회적 인습과 제도 속에 갇혀 있던 여성이 그러한 현실을 자각하고 과감한 행동으로 자신을 해방시킨 도발적인 행위이다. 이를 통해 노라는 가정 내에서 여성이 그녀에게 부과된 아내와 엄마로서의 소위 신성한 의무를 실행하는 것에 앞서서 한 인간으로서의 여성 존재 자체에 대해 우선적으로 인식하고 자각하는 의무와 사명이 얼마나 중요한 것인가를 보여준 것이다.

『동물원 이야기』
The Zoo Story

에드워드 올비 Edward Albee, 1928~2016

■

이용은

━━ 작가 소개

올비는 『동물원 이야기』(*The Zoo Story*, 1958), 『누가 버지니아 울프를 두려워하랴?』(*Who's Afraid of Virginia Woolf?*, 1962), 『미묘한 균형』(*A Delicate Balance*, 1966), 『염소, 실비아는 누구인가?』(*The Goat, or Who is Sylvia?*, 2000) 등의 작품을 쓴 미국 희곡 작가이다. 그의 작품은 현대인의 삶의 조건을 극화한 것으로, 날카로운 현실 풍자와 함께, 유럽의 사무엘 베케트(Samuel Beckett), 쟝 쥬네(Jean Genet), 유진 이오네스코(Eugene Ionesco)와 같은 부조리 작가들을 잇는 부조리 적 요소가 들어 있다. 그는 주로 성숙의 과정, 결혼, 성적 관계 등을 주된 내용으로 하는 작품들을 썼으며, 1960년대 초기 전

후의 미국 연극을 다시금 번영시킨 작가이다.

올비는 태어난 지 두 주 만에 부잣집 양자로 입양되었으나, 그의 양부모들은 부모가 되는 것이 어떤 것인지를 알지 못했던 사람들이라고 올비 자신이 평가한 바 있다. 또한 올비 자신도 아들이 되려면 어떻게 행동해야 하는지 몰랐다고 말했다. 그의 양자 생활이 따뜻하고 평탄하지 않았다는 것을 보여주는 언급이라고 하겠다. 그는 십대 후반에 집을 떠나 뉴욕으로 왔고, 극작을 배우면서 여러 가지 직업을 전전하며 생활하였다. 그의 첫 번째 작품인 『동물원 이야기』는 1960년에 오프-브로드웨이(Off-Broadway)에서 공연되기 전인 1959년에 베를린(Berlin)에서 초연되었다. 이 작품은 올비가 삼주 만에 완성한 작품이다.

올비의 대표작이라고 할 수 있는 『누가 버지니아 울프를 두려워하랴?』는 1962년에 브로드웨이(Broadway)에서 초연된 이후 1964년까지 공연되었으며, 총 664회의 공연 기록을 가진 작품이다. 이 논쟁적인 작품은 1963년에 최우수 희곡에 주는 토니상을 받았으며, 같은 해에 퓰리처상에도 선정되었으나 자문위원단의 결정으로 수상이 취소되어 논란이 되기도 하였다. 뉴욕 타임즈는 올비를 "그의 시대에 가장 미국적인 극작가"로 평가하였다.

올비는 공개적으로 동성애자였고, 그는 열두 살 때 자신이 동성애자인 것을 자각했다고 한다. 그는 "우연히 동성애자가 된 작가는 자기를 초월할 수 있어야만 한다. 나는 동성애자 작가가 아니다. 나는 우연히 동성애자가 된 작가이다"라고 말하면서 동성애자인 것과 동성애자 작가인 것이 동일하지 않음을 언급하기도 했다. 올비는 뉴욕에서 여든 여덟 살을 일기로 세상을 떠났다.

▬ 작품 소개

1958년에 쓰인『동물원 이야기』는 '사실주의적 부조리극'으로 분류되는 단막극이다. 삼십대 중반의 제리(Jerry)와 사십대 초반의 피터(Peter)라는 두 남자 인물만 등장하는 작품으로, 인간 소외와 소외된 인간의 소통에 대한 열망을 주로 담고 있는 작품이다. 이 작품의 '사실주의적' 요소는 2차 대전 후의 인간 소외를 그렸다는 점에서, 뉴욕의 센트럴 파크(Central Park)라는 사실적인 공간을 중심으로 행위가 벌어진다는 점에서, 등장하는 두 인물이 추상적, 상징적이라기보다는 나이를 알 수 있고, 인물의 성향도 알 수 있는, 실제 인물 같은 구성을 보여준다는 점에서 찾을 수 있다.

이 극은 미국의 대표적인 '부조리극'으로 불리기도 하며, 유럽 부조리극이 '미국화 된' 작품으로 평가받기도 한다. 이 작품에서 부조리극적 요소는 여러 군데서 찾아볼 수 있다. 언어가 약화되어 제리의 긴 독백들을 제외하고는 등장인물들 간의 대화가 상당히 짧게 처리되어 있다는 것이 대표적 부조리 적 요소일 것이다. 그것 외에도 시적인 대사도 찾아볼 수 있으며, 열린 결말로 끝난다는 점, 또한 관객의 이성에 호소하기보다는 감성에 호소하는 극이라는 점, 나아가 원인과 결과라는 명확한 인과관계를 내용에서 찾기 어렵다는 점 등을 부조리적 요소로 꼽을 수 있을 것이다.

제리는 피터와의 의사소통을 갈망하지만 그것이 이루어지지 않자 자신의 칼을 피터가 잡도록 유도해서, 결국 피터가 들고 있던 칼에 제리가 스스로 몸을 던져서 죽게 된다. 이는 제리가 자신의 죽음에 피터가 연루되게끔 하는 장면이다. 피터는 예기치 않게 제리의 죽음에 개입한 사람이 된다. 이때 법률적으로 피터가 제리를 찌른 것은 아니다. 그러나 그가 들고 있던 칼에 제리가 몸을 던져 죽음으로써 제리의 죽음에 피터가 깊이 관여한 상황이 된다. 제리는 피터가 그 죽음의 현장에서 벗어나도록 조처하고, 자신은 죽음을 맞는다. 법률적으로 피터는 제리를 죽인 것이 아니다. 제리는 피터가 들고 있던 칼에 몸을 던져 스스로 찔렸을 뿐이다. 그러나 두 딸이 있고, 부인이 있고, 잉꼬도 두 마리나 있는 안락한 자신의 집으로 돌아간 피터가 이제 아무 일도 없었다는 듯이 제리를 잊을 수 있을까 하는 질문이 남는다. 이것이 '열린 결말'이다. 죽은 제리를 놓고 피터가 앞으로 어떤 반응을 보일 것인가가 관객의 관심의 핵심이며, 피터가 앞으로 어떤 반응을 보일지 작가도 정확히 제시해주지 않는다. 가능성만이 있는 결말인 것이다. 즉, 관객에게 질문을 던져 관객을 상상하게 하는 결말을 이끌어낸 작품이라는 점에서 '열린 결말'을 이 작품은 활용하고 있다.

또한 인과관계가 확연히 보이지 않는 내용 역시 이 작품에서 찾아볼 수 있다. 제리가 자신의 하숙집에서 다른 가족이 기르는 개를 독약 넣은 햄버거를 먹게 해서 사경에 이르게 한다는 내용과 그럼으로써 개의 자신에 대한 반응을 확인해보려는 내용과의 인과적 연결은 약하다. 제리가 죽이려고까지 했다는 것을 개가 안다면 어떤 반응을 보일까하는 궁금증과 그걸 알기 위해 죽이려고 한다는 설정은 사실주의적 상황이 아니다. 매우 극단적인 성향이 있는 인물의 동기를 정확히 파악할 수 없는 행동으로 보는 것이 더 정확한 파악일 것이다. 그러나 이 작품에서 개를 죽이려 하는 행위는 실제로 발생하는 일이다. 이는 제리가 피터의 변화를 유도하기 위해 스스로를 죽이는 행동만큼이나 사실적인 상황으로 파악하기 어려운 내용이다. 인과적, 논리적 상황에서는 파악되기 어려운 내용을 이 극은 극화하고 있다. 이 점에서 이 작품은 부조리 적이라고 할 수 있다.

이 작품은 무의미해 보이는 세상에서 '의미'를 찾는 것만이 단절된 인간

관계의 회복 조건이라는 것을 말하고 있다. 이것이 이 극의 주제이기도 하다. '의미'를 찾기 위해 제리는 죽는다. 죽음으로써 제리는 단절된 관계를 회복시킨다. 피터가 제리를 잊지 못할 것이기 때문이다. 그래서 제리가 스스로 죽는 행위의 의미심장함이 결말에 남는다. 소통을 위해, 단절된 관계의 회복을 위해, 인간 소외 상황에서 벗어나기 위해 죽음을 맞는다는 것은 현 사회가 철저히 서로 단절된 상황 속에 놓여 있음을 보여준다. 죽음만이 세상을 변화시킬 힘이 된다는 것이다. 이는 현사회가 얼마나 위기에 놓여 있는가를 보여준다. 올비는 이 작품에서 위기 속의 사회를, 위기 속의 사람들을 어떻게 구원할 수 있을까에 대한 자신의 고민을 담아내었다.

▬ 명대사 번역: 단막극

제리   그건 . . . 그건 . . . (*이제 제리가 비정상적으로 긴장한다.*) . . . 사람들과 관계가 안 된다면 다른 곳에서 시작을 해봐야 한다는 거지. 동물들과! (*이제 훨씬 더 빠른 속도로, 그리고 음모자같이*) 모르겠어? 사람은 무언가와 어떤 식으로든 관계를 맺어야 해. 사람들과 안 된다면 . . . 사람들과 안 된다면 . . . 무엇인가와. 침대하고, 바퀴벌레하고, 거울하고 . . . 아니, 그건 너무 딱딱하지. 그건 마지막 방법 중의 하나야. 바퀴벌레와, 으음 . . . 카펫과, 화장실 휴지와 . . . 아냐, 그건 아냐. 으음 . . . 그건 거울 같은 거야. . . . 어디서? 시작다운 시작이 될 거야! 이해하고 그리고 아마도 이해받을 수 있는 . . . 이해의 시작으로 개와 시작하는 것보다 더 나은 시작이 (*여기서 제리가 거의 그로테스크한 피로에 빠지는 것처럼 보인다.*) 어디 있을까. 바로 그거지. 개와.

이때 잠깐 동안의 침묵이 흐른다. 그러고 나서 제리는 피곤한 듯이 자신의 이야기를 마무리 짓는다.

개와. 완벽하게 그럴듯한 이야기처럼 보여. 인간은 개의 최고 친구니까, 그걸 기억해 둬. 그래서 그 개와 나는 서로를 바라봤지. 내가 개를 더 오랫동안. 그리고 그때 내가 본 것은 그때부터 똑같았어. 개와 내가 서로를 볼 때마다 우리 둘은 그 자리에 멈춰 섰지. 우리는 슬픔과 의심이 섞인 채 서로를 쳐다봤어 그러고 나서 우리는 무관심한 척했지. 우리는 안전하게 서로를 지나쳐 걸어갔어. 우리 사이에는 서로에 대한 이해가 있었어. 정말 슬펐지만 그건 이해라는 걸 인정해야 하지. 우리는 접촉하려는 시도를 여러 번 했지만 실패했지. 개는 쓰레기로 돌아갔고, 나는 외롭지만 자유롭게 개 옆을 지나갈 수 있었어. 나는 돌아가지 않았지. 내 말은 내가 외롭지만 자유롭게 개 옆을 지나갈 수 있었다는 거야. 그것이 그 많은 상실이 얻어낸 것이라고 말할 수 있다면. 친절이나 잔인함 그 하나만으로는, 서로에 대해 독립적으로는, 그 자체를 넘어서는 어떤 효과도 창출하지 못한다는 것을 배웠지. 또 그 둘이 함께 동시에 결합되었을 때가 무엇인가를 말하는 감정을 창출한다는 것도 배웠지. 그리고 얻어낸 것은 잃은 거야. 그리고 그 결과는 무엇일까. 개와 나는 어떤 타협에 도달했지. 아니 거래라고 말해야 할 것 같아. 우리가 서로에게 도달하려고 노력하지 않기 때문에 우리는 사랑하지도 상처주지도 않아. 그리고 개에게 (독을) 먹이려고 했던 것은 사랑의 행위였을까? 그리고, 아마도, 개가 나를 물려고 했던 것이 사랑의 행위가 아니었을까? 우리가 그렇게 오해한다면, 그렇다면, 왜 우리는 애초에 사랑이라는 단어를 만들어냈던 것일까?

침묵이 흐른다. 제리는 피터가 앉은 벤치로 이동하여 그의 옆에 앉는
다. 연극 중에 이번이 제리가 처음으로 앉은 때다.

제리와 개의 이야기 이것으로 끝.

피터는 침묵을 지키고 있다.

▬ 명대사 해설

제리는 피터와 특별한 관계를 맺기 위한 준비 작업으로, 개를 독약으로 죽
이려했던 경험담을 말해준다. 그리고 죽이려는 시도 후에 잠시 개와 자신
사이에 '이해'라는 것이 존재했었다는 것을 말해준다. 그러나 이 긴 독백을
들은 피터는 이해할 수 없다고 말할 뿐이다. 그래서 제리는 피터가 손에 든
칼로 자신이 죽기로 작정하고 이를 실천한다. 제리가 죽음을 맞이하기 직전
에 하는 대사가 바로 위의 제리의 독백이다.

　위의 독백은 왜 제리가 개를 죽이려고 했고, 자신 역시 죽기로 결심했는
지 그 이유를 설명해준다. 사람과 관계맺음이 수월하게 이루어지지 않으면
인간 아닌 동물과, 나아가서는 동물도 아닌 사물과라도 관계를 맺어야 한다
는 것이 제리의 주장이다. 인간이라면 누구나 다른 사람과 긍정적인, 속 깊
은 관계를 맺으면서 살아가기를 원한다. 그런데 문제는 그 기본적인 것으로
여겨지는 의사소통이, 관계맺음이 가능하지 않은 사람도 있고, 상황도 있다
는 것이다. 그럴 때는 소통을 포기할 것이 아니라 사람 아닌 다른 것과라도,
즉 어떤 종류의 관계라도 맺으려는 시도를 해야 한다는 것을 위의 대사는
말한다. 그래서 바퀴벌레와, 침대와 관계를 맺어야한다는 제리의 언급이 나

오는 것이다. 우리의 일상을 돌이켜보면 사실 다른 사람과 진정한 관계맺음이 없이 그냥 하루가 흘러가는 경우가 많다는 것을 부인하기 어렵다. 그래서 아침에 침대에서 일어나기 전에는 침대 시트와, 일터에 와서는 따뜻한 커피 한잔과, 집으로 돌아가서는 텔레비전과 관계를 맺는 일은 우리 현대인에겐 흔한 일이다. 침대와 관계 맺기라도 해야 한다는 제리의 독백은 이미 혼술과 혼밥을 하는 우리 현대인의 일상사인 것이다. 그만큼 현대인이 마음을 나눌 상대방이 없다는 것을 보여주는 언급이라고 하겠으며, 올비가 그런 현실을 통찰하고 있는 언급이라고 하겠다.

제리는 또 다른 중요한 언급도 한다. 친절함과 잔인함이 함께 했을 때 진정한 관계의 파장을 일으킨다는 언급이 그것이다. 친절함만으로는, 단지 잔인함만으로는 관계 형성이 잘되지 않는다는 이 말은 인간관계에서 사랑과 증오가 결합될 때 비로소 진정한 감정의 표현이 가능하다는 지적이라고 하겠다. 이 말은 액면 그대로 받아들이기에는 다소 무리가 있지만, 인간관계에서 때로는 따뜻함, 편안함, 친절함, 부드러움만으로 형성되지 않는 '진한' 관계가 따로 존재한다는 것을 의미한다. 친절하기만 했던 연인보다 어딘지 좀 못되게 굴었던 연인이 더 기억에 남는 것도 같은 이치일 것이다. 개에게 독을 먹이려는 것도, 또는 개가 사람을 물려고 달려드는 것도 관심의 표현일 것이기 때문이다. 애초에 관심도 없었다면 물려는 행동도 발생하지 않았을 것이라는 이 말은 좀 나쁜 의도가 들어있다고 할지라도 관심을 표현하는 것이 무관심보다는 낫다는 지적이다.

『어떻게 운전을 배웠는가』
How I Learned to Drive

폴라 보겔 Paula Vogel, 1951~

■

이용은

▬ 작가 소개

보겔은 1951년 워싱턴 D.C.(Washington D.C.)에서 태어나 현재 예일 스쿨 오브
드라마(Yale School of Drama)의 교수로 재직 중이다. 그녀는 1970년대 후반부
터 많은 작품들을 쓰고 발표하고 있으며, 퓰리처상, 오비상등을 수상한 여성 작
가다. 대표적 작품으로는 에이즈와 관련된 작품인 『볼티모어 왈츠』(*The
Baltimore Waltz*, 1992), 퓰리처상을 받은 그녀의 대표작 『어떻게 운전을 배웠는
가』(*How I Learned to Drive*, 1997), 『데스데모나, 손수건에 관한 극』(*Desdemona,
A Play About A Handkerchief*, 1993), 『가장 오래된 직업』(*The Oldest Profession*,
1981) 등이 있다. 『데스데모나』는 셰익스피어(William Shakespeare)의 작품 『오

셀로』(*Othello*, 1603)에 등장하는, 순종적이면서 수동적이어서 잘못이 없으면서
도 남편에 의해 살해되는 여주인공 데스데모나(Desdemona)가 자신의 욕망을
실현시키고, 남편을 속이며 살아가는 새로운 타입의 현대 여성으로 등장하는
내용으로, 고전을 비틀어 새로운 의미를 창출한 작품이다. 『가장 오래된 직업』
은 2004년에 오프 브로드웨이(Off-Broadway)에서 처음으로 공연되기도 했다.

　보겔의 작품이 어떤 특정한 한 가지 주제를 대표하는 것이 아니지만, 그
녀는 주로 성적 학대와 매춘같이 전통적으로 논쟁거리가 되어온 소재를 선택
해서 창작해 왔다. 보겔은 자신의 작품에 주된 이슈가 들어 있는 것은 아니라
면서, 자신의 삶에 직접적으로 영향을 미치는 그런 주제들을 써왔다고 말한
다. 또한 독자들이 자신의 작품을 접하고 당황스러워 한다면 그것은 자신이
쓴 글이 효과가 있는 것이라고 말하기도 했다. 그녀는 극화하기에 섬세하고
어려운 내용들을 선택하는 경향이 있으며, 그녀의 작품은 창의적이고, 매우
상상력이 풍부하며, 놀라울 정도로 솔직하다는 평을 받는다. 또 보겔은 각각
의 작품이 그 이전의 작품과는 다른 작품이 되도록 글을 쓰고 있다.

　보겔은 레즈비안으로 2004년 브라운 대학(Brown University)의 교수이자
작가인 앤 포스터-스털링(Anne Fausto-Sterling)과 결혼해서 생활하고 있다.

▬ 작품 소개

1997년에 쓰인 이 작품은 한 여성, 릴빗(Li'l Bit)이 어린 시절에 이모부인 펙
(Peck)으로부터 성추행을 당하지만 그 행위의 의미를 정확히 파악하지 못하
고 있다가, 대학에 들어가면서부터 이모부가 한 행위의 의미를 자각하게 되
면서 이모부를 미워하고 고통에 빠지게 되는 이야기이다. 그러나 이모부가
죽고 그녀가 30대 중반의 나이에 이르면서, 증오와 고통 속에서 나이가 들어

가는 것보다 이모부와의 관계에서 얻은 것은 없는가를 반추하면서 이모부를 마음으로 용서하게 된다는 내용이다.

용서는 이모부에게서 나쁜 것만 얻은 것이 아니라 제대로 배운 것도 있다는 인식에서 비롯한다. 그것이 바로 '제대로 운전하기'이다. 용서를 통해 릴빗은 수동적이고 고통 속에서 자신을 통제하지 못하는 성숙하지 못한 여성인물이 아니라, 주체적이고, 관용적이며, 독립적이며, 상황을 다각도로 볼 줄 아는 성숙한 여성으로 성장한다. 한 여성의 성장을 그리고 있는 이 작품은 이모부로부터 추행이라는 견디기 힘든 성적 학대를 당한 여성이 자신의 과거로부터 어떻게 벗어나서 자유로워질 수 있는가를 탐구한 것이다. 한 여성이 자신이 처한 어려움을 이겨내고 '진정한' 삶의 의미를 찾아가는 내용은 시사하는 바가 크다.

이 작품은 거리두기 기법을 많이 활용하고 있다. 이 극은 기본적으로 회상극 형식을 취하고 있으며, 고통스러운 내용을 전달하면서도, 유머를 극의 곳곳에 심어 놓아 고통 속에서도 삶의 밝은 부분을 독자가 느끼도록 유도하고 있다. 또한 가해자를 부정적으로만 그리고 있지 않아 가해자에 대한 거리두기를 하고 있으며, 가해자 일반에 대한 편견으로부터도 거리두기를 하고 있다. 가해자의 매력적인 면모들을 부각시켜 독자는 극을 따라가면서 성추행자인 가해자에게 동조할 수 있는 여지를 남긴다. 또 가해자와 피해자의 관계만이 극의 초점이 아니라, 엄마, 할머니, 할아버지, 이모 등의 인물들과 릴빗이 맺는 관계도 그려 넣고 있어서 성추행이라는 소재에만 독자가 몰두하지 않도록 유도하고 있다. 또한 독자는 마지막 순간에 이르러서야 어린 릴빗과 이모부의 관계의 핵심이 성추행인 것을 알게 된다. 즉, 이들의 관계는 단지 성추행으로만 축소되지 않는 다른 풍성한 관계맺음도 있었음을 알게 되어, 독자는 이 극을 오로지 성적 학대에 관련된 극으로만 파악하지 않을 수 있게 한다. 이런 거리두기 기법을 활용한 것은 작가가 하고 싶었던 말이 단지 성추행의 끔찍함만을 전달하려고 한 것이 아니기 때문이다.

한편 이모부로 부터 '운전 배우기'를 통해 릴빗은 삶을 살아가는 법을 배운다. 이모부가 알려준 대로, 운전할 때는 책임감 있게 해야 하며, 운전대를 잡으면 다른 장난은 해서는 안 되고, 운전하기 전에는 차 아래에 어린아이나 고양이 등이 있는가를 확인해야 하며, 운전대를 잡고서는 어떤 경우에도 생존해야 한다는 것을 그녀는 배운다. 이런 가르침은 그녀에게 삶에 대한 지침이 된다. 다시 말하면 릴빗은 이모부로부터 고통만을 받은 것이 아니라 삶의 교훈도 얻었던 것이다. 이는 이 극이 관객에게 전달하려는 내용과 부합한다. 이 극은 결국 삶을 바라보는 시선의 문제를 말하고 있기 때문이다. 이 극은 삶에는 고통이 있지만 고통 속에서도 고통 이외의 다른 긍정적인 것들이 있다는 것을 말하고 있다.

또한 성추행의 가해자인 이모부를 그리는 방식에도 주목할 필요가 있다. 이모부인 펙은 멋지고, 술을 좋아하며, 무슨 일 때문인지는 밝혀지지 않지만 전쟁에서 마음의 상처를 입은 사람이고, 결혼생활에 만족하지 못하는 인물이며, 릴빗의 가족 중에서 유일하게 릴빗을 이해해주는 인물로 설정되어 있다. 즉, 펙은 상당히 긍정적, 포괄적으로 묘사되고 있으며, 단순히 악인으로만 그려지지 않고 있고, 릴빗에 대한 사랑 때문에 죽음을 맞는 인물이기도 하다. 펙을 이렇게 그린 이유는 처음에 릴빗과의 관계가 어린아이에 대한 비정상적인 애정으로 시작하였지만, 펙이 성인이 된 릴빗을 진정으로 사랑했다는 것을 강조함으로써, 펙에게 진정성이 있었음을 말하고 있다. 관계의 진정성을 가진 인물을 관객은 미워할 수만은 없다. 이런 펙을 그려냄으로써 작가는 성추행의 가해자를 단순한 악의 전형으로 축소시키지 않고 있고, 관객은 인물의 다면성, 상황의 다양성을 생각하게 한다. 이 작품은 매우 충격적인 소재를 사용해서 인생에 대한 시선과 태도의 문제를 말하고 있는 수작이라고 할 수 있다.

▰ 명대사 번역: 단막극

릴빗 그 날은 내 몸으로 살았던 마지막 날이었지. 난 목 윗부분으로 살았어. 그리고 그 때부터 내 머리 속에는 "불"이 들어 있었지. 그리고 그때는 오래, 오래 전인 것 같아. 우리 둘 다 매우 어렸을 때. 그리고 몰랐겠지만 나는 곧 서른다섯 살이 될 거야. 여성이 되는 때지. 그리고 좀 더 어린 사람이 결코 믿으려 하지 않는 것들을 믿고 있는 나를 발견했어. 가족 그리고 용서 같은 것. 난 내가 운이 좋다는 걸 알아. 몸을 흔들고, 춤추는 느낌이 어떤 건지 난 아직도 모르지만. 몸을 "움직이는" 그 어떤 것도, 난 댄스 플로어에서 혹은 뜀뛰는 길에서 몸을 흔들고 있는 사람들을 바라보는 걸 좋아해. 그리고 난 말하지―좋군 하고.

릴빗은 기분 좋게 자동차로 이동한다.

내가 내 몸으로 살고 있다고 느끼는 것에 가장 가까운 감각을 나는 아마도 운전할 때 느끼는 것 같아. 오늘 같은 날에. 지금은 새벽 다섯 시. 라디오에서 날씨가 맑고 상쾌할 거라고 하네. 오늘 고속도로로 갈 길이 오 백마일이나 남았고, 국도로도 좀 가야지. 어젯밤에 기름을 채워 넣었고, 엔진 오일도 점검했어. 타이어 점검도 했지. 자동차는 존경심을 갖고 다루어야 하니까. 내가 하는 첫 번째 일은 자동차 아래를 점검하는 일이야. 두 살짜리 어린아이나 애완 묘가 그 아래

쭈그리고 앉아있지 않은지, 자동차 뒤 타이어 아래에 머리통을 전략적으로 놓아두고 있지 않은지를 보려고.

릴빗은 몸을 웅크린다.

없군. 그럼 이제 차에 올라타서는.

릴빗은 그렇게 한다.

문을 잠그고. 그리고 자동차 키를 돌리지. 그리고 계기판에 있는 가장 중요한 것인 라디오를 맞춰.

릴빗은 라디오를 킨다. 우리는 그리스 코러스가 라디오 소리 안에 조용히 끼어드는 것을 듣는다.

여성 그리스 코러스

(*끼어들면서*) "너는 너무 작아서 내 손 안에 딱 들어오는군."

남성 그리스 코러스

(*끼어들면서*) "침대에 눕는데 셰익스피어가 왜 필요하지."

10대 그리스 코러스

(*끼어들면서*) "내가 잘하고 있는 걸까요?"

릴빗은 라디오 주파수를 세밀하게 맞춘다. "내가 사랑하는 사람에게

헌신하여", 오비슨의 "달콤한 꿈들" 같은 노래가 흘러 나와 그리스 코
러스의 말들을 차단한다.

아 . . . (노래의 박자에 맞춰) 의자를 몸에 맞추고. 안전벨트를 매고.
그러고 나서 오른쪽의 사이드 미러를 점검하고, 왼쪽도 점검하지.
(릴빗이 그렇게 한다.) 마지막으로 룸미러를 점검하고.

릴빗이 룸미러를 점검할 때 희미한 불빛이 자동차 뒷좌석에 앉아 있는
이모부 펙의 영혼을 깨운다. 그녀는 거울로 그를 본다. 그녀는 그에게
미소를 짓고, 그는 그녀에게 고개를 끄덕인다. 그들은 함께 긴 드라이브
를 갈 예정이어서 행복하다. 릴빗은 일단 기어를 넣고, 관객에게 말한다.

그러고 나서—출발합니다.

차가 출발하는 소리가 들리고. 암전.

▬ 명대사 해설

위의 독백에서 특히 두 가지를 파악하는 것이 중요하다. 하나는 자동차를
아주 조심스럽게, 존경하듯이 다루고 있는 릴빗이 첫 번째로 하는 일이 자
동차 아래에 어린아이나 애완 묘가 머리를 들이밀고 있지 않은 지 살피는
일이다. 그 일을 꼭 해야 한다고 가르쳐준 사람이 다름 아닌 이모부인 펙이
다. 삼십대 중반의 릴빗은 아직도 이모부의 지시와 가르침을 성실히 따르고
있다. 이는 펙이 릴빗에게 삶의 중요한 것을 가르쳐준 사람이며, 다시 말하
면 삶의 지침을 알려준 사람이며, 릴빗의 성장과 성숙에 펙의 역할이 크다

는 것을 시사하는 대목이다. 그리고 릴빗은 사이드 미러, 룸미러, 안전벨트 등을 꼼꼼히 점검한다. 릴빗은 성장하면서 이모부가 단지 자신을 이해해준 사람일 뿐 아니라 성추행이라는 끔찍한 경험을 하게 한 증오의 대상이라는 것을 알게 된다. 그래서 고통스러워한다. 그러나 큰 고통에도 불구하고 그녀는 펙의 모든 역할, 모든 행위를 부정하지는 않는다. 그에게서 얻은 것이 있었고, 그것이 그녀에게 긍정적인 영향을 끼친 바도 있음을 릴빗은 인정하고 있다. 이는 삶에 대한 합리적인 계산법이다. 릴빗은 펙을 통해 자신의 삶을 포괄적으로, 전면적으로 이해하는 법을 깨우친 것이다.

또 하나 중요한 장면은 릴빗이 앞자리에서 운전을 하고, 뒷자리에 펙이 타고 있으며, 둘은 서로 미소 짓고 교감하며 긴 드라이브를 떠나려 한다는 점이다. 위에 인용된 독백에는 빠져있지만 릴빗에 대한 펙의 성추행이 시작된 곳은 다름 아닌 자동차 안에서였다. 자동차 운전석에 펙이 타고 있고, 그의 무릎 위에 릴빗이 앉아 있었으며, 성추행은 그 단어 자체가 시사하듯, 펙에 의해 '일방적으로' 발생한 일이었다. 그런데 이제 서른다섯 살의 릴빗은 이미 죽은 펙의 영혼을 깨워 그를 뒷자리에 앉힌 채, 드라이브를 하려고 한다. 그리고 이들은 룸미러를 통해 서로 미소를 주고받는다. 이는 매우 중요한 릴빗의 변화와 상황의 변화를 말해준다. 릴빗은 이제 죽고 없는 펙을 진심으로 용서했으며, 그와 교류하고 싶었던 욕구가 있었음을 내비치며, 이제 죽었으니 다시는 보지 않아도 되고, 생각도 말아야겠다는 것이 아니라, 그와 드라이브를 통해 같은 공간에 함께 있고자 한다. 복수심, 고통, 증오로부터 릴빗은 이제 벗어나 있다. 이미 죽은 펙이지만 릴빗은 그와 새로운 관계를 맺고 싶어 한다. 새로운 관계가 요구될 만큼, 릴빗에게 있어 펙은 중요한 인물이다. 펙이 뒷자리에 앉아 있다는 것은 더 이상 릴빗에게 그가 위험한 인물이 아니라는 것이다.

　삶에 있어서 마음에 들지 않는 것이 있어도 그것을 수정하고 변경해서, 위험이 되는 요소를 빼고 나면 다시 어느 정도 만족스러운 관계가 가능하지 않을까? 과거에 싫었던 관계라고 해서 그 관계를 전면적으로 없앨 필요는 없다는 것이 작가의 삶에 대한, 관계에 대한 성숙한 관점이라고 할 수 있을 것이다. 그래서 결과적으로 릴빗은 독립적인 인물, 용서하는 인물, 관계에서 좋고 나쁜 것을 취사선택할 줄 아는 인물, 주체적인 인물로 거듭나게 된다.

2부

명장면

『죽음의 춤』
The Dance of Death

어거스트 스트린드베리히|August Strindberg, 1849~1912

■

송옥

▰ 작가 소개

스트린드베리히는 1849년 1월 22일 스웨덴에서 태어났다. 이는 니체(Friedrich Nietzsche)보다 5년 후, 입센(Henrik Ibsen)보다 21년 후이다. 그는 자신을 '여종의 아들'이라고 불렀는데 그의 어머니는 실제로 여종이었다. 그의 자서전 (*Son of a Bondservant*, 1886)에서 어머니를 구약성경에 나오는 이삭의 아내의 여종인 하갈에 비하고 자신을 하갈의 아들 이슈마엘에 비교하였다. 어머니는 선박업 지배인으로 있는 장차 남편 집에서 가정부 겸 정부로 있으면서 정식 결혼하기 전에 이미 세 명의 사생아를 낳았다. 19년을 함께 살면서 12명의 아이를 낳았으나 그 중 7명이 살아남았고, 어머니는 스트린드베리히가

13살 때 죽었다. 어머니가 세상을 떠나자 아버지는 일 년도 못되어 두 번째 가정부와 결혼했다. 부모로부터 사랑을 받지 못하고 할머니로부터 종종 매를 맞고 자란 스트린드베리히의 환경은 예민한 소년을 더욱 신경질적으로 만들었고, 아버지에 대한 증오와 공포심은 훗날 자신의 정신적 문제, 경제문제, 결혼생활 등에 비관적 뿌리를 깊이 심어준 원인이 되었다. 18세에 웁살라 대학에 들어가서도 여전히 궁핍한 생활을 했던 그는 격렬한 성격의 정신분열증이 있는 비관주의자였다. 국비(국왕) 장학생으로 문학 공부에 심취하던 그에게 왕이 죽자 장학금도 끊겼다. 왕립도서관에 취직하여 그곳에서 철학과 중국어를 공부했으며, 이때에 그가 쓴 『스웨덴 민족』(*The People of Hemsö*, 1887)은 성경 다음으로 스웨덴에서 가장 인기 있는 책이 되었다. 글로 돈을 벌 수 있다고 안심한 그는 왕립도서관을 그만두고 스위스로 은퇴하여 집필에 몰두하였다.

스트린드베리히는 세 번 결혼해서 세 번 모두 이혼했다. 가정적인 여인을 이상적인 어머니상으로 여겼으나 그가 결혼한 여인들은 가정적 이라기보다는 사회성 강한 직업여성들로, 두 여인은 배우였고 한 여인은 신문 기자였으며, 모두 귀족 내지 상류사회 출신들이었다. 이는 그 역시 활발한 여자를 좋아했음을 단적으로 말해주고 있다. 결혼생활의 파경과 네 아이들을 빼앗긴 상실감은 그를 알콜 중독에 빠지게 하였으며 작가로서의 명성은 얻었으나 불행하게 삶을 마감했다.

그는 이성과 비이성, 환상과 현실, 과학과 종교, 역사와 동화, 온전한 정신과 온전치 못한 정신 사이의 모순 속에 창작활동을 했다. 극작가로서의 스트린드베리히를 유명하게 만든 작품은 1887년과 1889년 사이에 쓴 『아버지』(*The Father*, 1887), 『미스 줄리』(*Miss Julie*, 1888), 『채권자』(*Creditors*, 1889)

같은 자연주의 극이다. 그러나 그가 극을 쓰기 시작한 것은 1869년 그의 나이 스무 살 때로 1870과 1882년 사이에 이미 역사극들을 썼고, 자연주의 시기 이후, 1899년 다시 『구스타브 바사』(*Gustav Vasa*, 1899), 『에릭 14세』(*Erik XIV*, 1899) 등 15편의 일련의 역사극들을 썼다. 후반에는 『유령 소나타』(*The Ghost Sonata*, 1908)를 비롯한 상징주의와 표현주의의 실험성 강한 4편의 실내극을 썼고, 1909년 종교 색 짙은 『위대한 공도(公道)』(*The Great Highway*, 1909)를 마지막으로 물경 50여 편의 극을 썼다.

무신론을 주장하던 때에도 그의 마음에서 종교가 떠난 적이 없다. 그는 성경을 "유일한 진리"라고 여기어 탐독했고 죽을 때는 성경을 가슴에 껴안고 죽었다. 그의 종교세계, 그가 추구하는 정신적 순례를 모르면, 『아버지』, 『미스 줄리』, 『죽음의 춤』(*The Dance of Death*, 1901)과 같은 작품의 예술성이 심리적 병적 상태로 축소될 우려가 있다.

스트린드베리히는 19세기 말과 20세기 초 드라마의 최고 집대성자가 되었으며 그가 20세기 드라마에 끼친 영향을 안톤 체홉 다음으로 중요하다고 생각하는 평자들이 있다. 피란델로, 뒤렌마트, 유진 오닐, 테네시 윌리엄스, 에드워드 올비 같은 작가들은 스트린드베리히가 보여준 범례 없이는 국제적으로 명망 있는 작가가 될 수 없었을지 모른다. 올비의 『누가 버지니아 울프를 두려워하랴?』(*Who's Afraid of Virginia Woolf?* 1962)의 모델이 『죽음의 춤』이다. 뒤렌마트는 『스트린드베리히 놀이』(*Play Strindberg*, 1969)라는 제목의 극에서 이 극작가를 집약해서 보여준다. 스트린드베리히의 문학유산은 특히 독일 표현주의와 2차 대전 후 활발했던 부조리극의 발전에 지대한 공헌을 하였다.

그가 현대연극에 끼친 가장 중요한 공로는 비이성적 요소를 연극적 수단으로 변화시켜, 비논리적인 내용을 연극적 형태로 수용하여 발전시킨 방법을 찾아낸 것이다. 이런 성취를 가능케 한 극작가가 스트린드베리히 혼자만은 물론 아니었다. 그에 앞서서 게오르그 뷰크너(Georg Buchner)와 하인리히 클라이스트(Heinrich von Kleist)가 있었고, 모리스 마텔링크(Maurice Maerterlinck)와 알프레드 자리(Alfred Jarry)는 그와 동시대인들이지만 스트린드베리히 만큼 현대감각을 대변한 작가들은 아니었다. 20세기 문턱에서 이성 없는 무의식 상태의 소재를 오늘날 현대인이 이해하는 형태로 변화시킨 현대적 감각의 선구자는 프로이트와 함께 스트린드베리히가 나란히 서있다. 주제와 형식의 새로운 실험을 성공시킨 그의 혁신을 평가할 때 현대라는 거대한 틀에서 스트린드베리히의 위치는 선봉적 인물로 평가받고 있다.

그의 드라마 발전에 특히 자극을 준 요인은 동료 스칸디나비아 극작가 입센의 소위 "잘 짜여 진 극(well-made plays)"에 대한 공격과 도전이었다. 1880년대와 90년대에 대성공을 거둔 입센의 사실주의와 자연주의 극의 한계를 벗어나서 스트린드베리히는 초현실주의의 더 복잡한 극을 시도했다. 그의 후반기 작품들은 자연주의 기법과 초현실주의와 표현주의로 드러나는 독특한 심리관을 어우르고 있다. 사실주의 극이면서, 이를테면, 『죽음의 춤』에서 보여주는 결혼반지, 요새, 화환, 피아노 등이 표현하는 고도의 상징을 사용한 기법은 유럽드라마에 혁명을 가져왔다.

"스트린드베리히의 노력은 그의 손을 다 태워가면서 실험한 연금술처럼 보잘 것 없는 재료를 하찮은데서 높은 것으로 끌어 올리는 변화에 있다"고 말한 비평가 로버트 브르슈틴을 새겨본다. 스웨덴의 이 거장을 흠모한 미국의 가장 위대한 극작가 유진 오닐은 노벨수상식에서 "나를 극작가로 만든 사람은 당신네 나라의 스트린드베리히였다"라고 선언했다. 아일랜드의 션

오케이시는 "입센이 인형의 집에 들어 앉아 조용히 극을 쓸 때 스트린드베리히는 지옥과 천국 사이를 오가며 썼다"면서 그의 창작세계를 극찬했다.

■ 작품 소개

유진 오닐은 "내가 가장 쓰고 싶은 극은 스트린드베리히의 『죽음의 춤』과 같은 작품이다"고 언급한 바 있다. 스트린드베리히의 마지막 계열에 속하는 『죽음의 춤』은 1부와 2부로 되어 있으며, 근본적으로 자서전적 자료를 활용하고 있다. 두 주인공 에드가와 앨리스를 가리켜 죽기까지 싸우는 괴물들로 일컫는 평자도 있다. 두 인물은 그러나 결혼생활이라는 올무에 걸려 어찌할 바를 모른 채 살아남기 위해서 끝까지 싸우는 존재들이다. 서로 마주보고 으르렁대는 모습은 흡사 야생짐승들의 싸움 같다. "흡혈귀(vampire)"와 "식인자(cannibal)", 이 두 단어는 이 극의 의미 있는 이미지들로, 현대문학에서 가장 처참한 형태의 부부상(夫婦像)을 드러내준다. 집요한 애증관계는 어느 한쪽이 죽기 전에는 헤어날 길이 없어 보인다. 1부가 끝날 무렵 두 사람은 "은혼식이나 즐기자"며 웃어 버리고 "그래, 그대로 살아가자"고 외친다. 어쩌면 참고 인내하며 살아가는 것이 이극의 메시지인지도 모른다. 2부 끝에서 에드가가 죽었을 때 앨리스는 남편의 영혼이 평안하기를 기도한다. 두 사람이 서로 갈구했던 것은 평화였을 것이다.

앨리스나 그녀의 딸 주디스(Judith) 같은 복수심이 강한 여성들은 의도적으로 남성을 파괴로 몰고 가는 경향이 있으나 이는 작가 자신의 정신적 분열증이 드러난 결과물이기도 하다. 1912년 그는 20년간이나 서로 보지 않고 지내던 첫 부인의 사망소식을 듣고 기절하여 쓰러졌다. 그리고 3주 후에 그도 죽었다. 그의 장례에 참석한 수는 3만 명에 달했고, 그를 평생 괴롭힌 남녀의 성의 대결은 이로서 막을 내렸다.

『죽음의 춤』 1부는 어른들의 세계를 다루고 2부는 그들의 아이들 관계를 다루면서 "애증의 굴레"라는 같은 주제를 반복한다. 1부에서 앨리스와 에드가는 은혼식을 앞두고 있는, 25년에 걸친 불행한 결혼생활을 이어가는 부부이다. 스웨덴 해변 어느 외딴 섬의 요새에 살고 있는 은퇴한 포병대위 에드가는 폭군성향의 인간 혐오자이다. 오래 전에 감옥으로 쓰였던 탑에 살면서 그는 위스키를 마시고 시가를 피우고 그와 관계된 모든 주위 사람들을 통제하며 지낸다. 이들 부부에게는 성인이 된 아들과 딸 주디스가 있다. 자녀들은 부모들이 등지게 한 까닭으로 함께 살지 않는다. 에드가를 가리켜 앨리스는 약자를 괴롭히는 노예근성의 "흡혈귀"라고 묘사한다. 아내는 부유한 가정의 유망한 여배우 출신이다. 남편에 대한 증오심으로 가득 차있는 아내는 "증오하는 남자와 함께 탑 속에 갇혀 살면서 오직 그가 죽기만 기다리고 사는 나는 저 자가 죽는 그날, 기뻐서 큰 소리로 웃을 것이다!" 하고 외친다. 증오심에 찬 이들 부부의 결혼생활은 은혼식을 앞두고 정점에 이른다.

극이 열리면 앨리스의 사촌 커트(Kurt)가 15년간 미국에 살다가 이 섬의 검역관 공무원으로 온다. 에드가와 앨리스를 맺어준 사람이 커트이다. 몇 년 전 커트는 아내와 이혼했고 그 결과, 아이들의 보호권을 상실했다. 에드가는 커트가 앨리스를 자기에게 짐으로 떠넘겼다고 주장한다. 앨리스가 피아노로 치는 루마니아 군대행진곡에 맞춰 에드가는 격렬하게 춤을 춘다. 이를 보면서 그가 죽기를 바라는 앨리스는 그녀의 희망이 곧 이루어질 것을 예감한다. 인생의 의미와 죽음에 대한 얘기를 커트와 나누면서 에드가는 소파에 쓰러진다. 다음날 아침 후배 장교들이 그의 병을 위로하는 뜻에서 꽃을 보내고, 딸 주디스는 병문안을 할 수 없음을 알린다.

에드가는 술 마시기를 포기하고 다가올 그의 죽음과 그의 인생을 다시 생각한다. 그는 커트의 이상해진 아들을 읍내에서 만났다며 이 섬에서 자기 밑에서 일하도록 초청했다고 한다. 에드가는 모든 재산을 그의 아내 앨리스에게 남긴다는 유언장을 찢어버리고 앨리스와의 이혼청구서를 제출했다고 말한다. 앨리스는 결혼반지를 그에게 던지고 에드가가 자기를 바다에 빠뜨려 죽이려했었다고 커트에게 이른다. 앨리스는 또 에드가가 공금횡령에 관여했음도 말한다. 그녀는 커트에게 이곳을 몽땅 날려버리고 자유를 찾고 싶다는 속마음을 털어놓는다.

그날 저녁 에드가는 시가, 위스키, 연애편지, 아내의 사진들을 모두 없애버린 후, 촛불을 켜고 혼자 앉아있다. 한편 앨리스와 커트는 선정적인 춤을 춘다. 앨리스는 자유를 상상하며 에드가 앞에서 그녀와 커트와의 관계를 스스럼없이 드러내자 에드가는 칼을 들고 죽음의 춤을 추고 쓰러진다. 커트는 앨리스를 거부하고 떠난다. 부부는 다시 둘만 남아서 "인생이 심각한 것인지 짓궂은 장난에 불과한 것이지" 궁금해 한다.

『죽음의 춤』 2부는 같은 인물들이 등장하고 커트의 집에서 극이 시작한다. 커트의 아들 앨런(Allan)은 이곳 연대의 사관후보생으로 에드가 밑에 있다. 첫 장면에서 주디스는 머리를 뒤로 땋아 내리고 아주 짧은 치마를 입고 앨런에게 애교를 보인다. 그러나 주디스에게는 그녀를 열렬히 사모하는 중위가 있어서 앨런은 주디스와 그와는 미래가 없다고 생각한다.

커트는 아들 앨런과 다시 합하게 된 것을 기뻐하지만 앨리스는 이들의 부자관계를 훼방하려는 에드가의 악의를 조심하라고 경고한다. 에드가는 커트의 검역방법을 음험하게 훼손하여 그의 위치를 무너트리기 위해서 커트의 전문적 자질을 의심하는 글을 정기간행물 잡지에 기고한다. 에드가는 의도적으로 커트의 명성에 흠집을 내고 가차 없이 그를 가난뱅이로 만들어 독립할 수 없게 한다. 에드가는 커트의 투자가 실패했다면서 그의 모든 재산을 팔게 한다. 커트의 집을 사들인 에드가는 이 집을 옛 모습으로 다시 꾸민다. 에드가는 검역소의 검시관이 되어 커트의 상관이 된다. 자신의 출세를 위해서 딸 주디스를 늙은 대령에게 결혼시키려 하여 앨런은 절망한다. 주디스는 앨런에 대한 사랑을 선언하지만 앨런은 이미 유럽의 최북부(最北部) 라플란드로 전출가게 되어 있는 상황이다. 한편 커트는 그의 재정사정으로 국회 진출이 막히게 되자 에드가가 그 자리를 차지하고 싶어 한다. 커트는 그의 모든 일들을 에드가가 고의적으로 망하게 한 것을 인식한다. 앨리스는 커트에게 복수를 권하지만 이성을 지키고 싶어 하는 커트는 이를 거부한다. 앨리스는 병든 남편이 앨런과 주디스, 그리고 아내인 자신을 완전히 파괴시키기 전에 남편이 죽기만을 기다리고 있다.

에드가는 딸 주디스를 그의 야심을 채우는데 도움이 되는 남자에게 결혼시키려는 계획을 계속 추진하면서 주디스보다 나이가 40살이나 더 많은 대령과 짝지우려 한다. 주디스는 이 결혼에 동의하는 것으로 보인다. 앨리스는 이 결혼을 막으려고 시도하지만 그녀가 방해할 목적으로 쓴 앨리스의 편지를 에드가가 중간에 가로채어 이를 아내에게 되돌려준다. 주디스는 그녀의 참된 애인은 앨런임을 선언하면서 에드가의 계획을 무력화한다. 주디스는 대령에게 전화로 모욕을 주고 약혼을 파기한다. 어머니의 도움으로 주디스는 앨런이 주둔해 있는 군대로 가려고 한다. 에드가는 그의 계획이 수포로 돌아가자 간질 발작을 일으키고 쓰러진다. 남편 때문에 온 가족이 고통을 당한데 대한 보복의 날이 드디어 찾아왔다고 생각한 아내는 기뻐하며 "당신 같은 사람은 정원에 묻기도 아깝다"고 한다. 언어력을 잃은 남편은 그녀의 얼굴에 침을 뱉는다. 에드가가 죽은 몇 시간 뒤 앨리스와 커트는 그의 죽음이 죽은 자에 대한 이들의 태도를 변화시켰음을 인정한다. 앨리스는 남편을 증오한 만큼 그를 사랑했음을 말하고 그의 영혼에 평화가 깃들기를 기도한다.

인간의 심리적 고통을 다룬 점에서 스트린드베리히는 도스토예브스키(Mikhail Dostoevsky)와 견줄만하다. 평생 그는 내면의 느낌과 겉으로 드러나는 표현 사이의 인간의 이중성에 집착했다. 이 극은 놀랍도록 적나라하게 인물들의 억압된 생각을 표현한다. "인생이 끔찍하니 않으냐?" 이에 대한 대답은 "그래, 끔찍하기 짝이 없다"이다. 보통의 사람들은 속으로 느낄 줄은 알아도 표현하기 어려운 점들을 말로 서슴없이 드러낸다. 1부 첫 장면에서부터 앨리스와 에드가의 대화는 제 정신이 아닌 사람들 말처럼 들린다. 근본적으로 비관적인 이 극은 가난과 불안에 시달린 작가의 실생활과 유사하다. 그의 자연주의 극이 보여 준 남녀의 극렬한 갈등문제는『죽음의 춤』에서 한층 더 강도 높다.

『죽음의 춤』의 중요 공연기록을 보면 1부는 1905년 쾰른(Köln)에서 첫 공연이 있었고 같은 해 후반에 베를린에서 있었다. 1909년에는 스트린드베리히 실내극장에서 공연이 있었고, 1965년에는 런던에서 로렌스 올리비에(Laurence Olivier), 제랄딘 머크완(Geraldine McEwan) 주연으로 올드빅(Old Vic)에서의 공연이 있었는데 이 공연은 영어권 나라들에 이 극을 알리는 계기가 되었다. 최근 공연으로는 2007년 스톡홀름에서 외르얀 램베르히(Orjan Ramberg), 스티나 에크블라드(Stina Ekblad) 주연으로 1부와 2부를 함께 공연했으며, 2013년에는 뉴욕에서 다니엘 데이비스(Daniel Davis)와 라일라 로빈스(Laila Robins) 주연으로 공연되었다.

■ 장면 번역: 2부 1장

앨런은 책상 앞에 앉아서 계산에 열중한다. 주디스는 머리를 하나로
묶고 짧은 여름옷을 입고 등장한다. 한 손에는 모자를 또 한 손에는 테
니스 채를 들고 있다. 앨런은 자리에서 일어나 정중한 태도를 보인다.

주디스 (*신중하면서 친근하게*) 앨런, 너 왜 테니스 치러 나오지 않는 거야?

앨런 (*수줍어하며 감정을 숨기려한다.*) 바빠서―

주디스 내가 자전거를 저쪽 반대쪽에 두지 않고 참나무 쪽을 향해서 세워둔
걸 보지 못했니?

앨런 봤어, 주디스.

주디스 그래. 그렇다면 내가 자전거를 그렇게 놓은 건 무슨 표시지?

앨런 그건― 나보고 테니스를 치러 나오라는 표시지― 주디스, 그런데 난
할 일이 많아― 숙제가 많아. 거기다 너의 아버지는 엄격한 선생님
이잖아.

주디스 너 우리 아버지 좋아하니?

앨런 그래, 좋아해. 학생 하나하나한테 세심한 관심을 보여주셔.

주디스 우리 아빠는 누구한테나 무엇에나 관심이 많은 분이니까. 너 테니스
치러 올 거지?

앨런 가고 싶어 하는 내 마음을 잘 알면서 왜 그래. 그렇지만 난 갈 수 없
다니까.

주디스 아빠한테 허락을 받아줄게.

앨런 그러지 마. 사람들 입에 괜히 오르내리는 거 싫으니까.

주디스 넌 내가 우리 아빠를 다룰 줄 모른다고 생각하니? 우리 아빠는 내가
원하는 대로 하는 걸 좋아하셔.

앨런 그건 네 성질이 사나워서 그런 거야!

주디스 너도 나처럼 사납게 행동해 보렴.

앨런 우리 가족은 너처럼 늑대 족이 아니거든.

주디스 그럼 넌 양 가족이겠구나.

앨런 양이 차라리 낫지.

주디스 어디 말해봐. 너 왜 테니스 치러 오지 않겠다는 거니?

앨런 알면서 왜 물어.

주디스 그래도 네 입으로 말해봐. 너 중위 때문에 그러지?

앨런 그래. 넌 나한테 관심 없잖아. 그러면서도 넌 또 나 없이 중위하고만 지내는 것도 싫은 거겠지. 옆에서 고통스러워하는 나를 볼 수 없으니까.

주디스 내가 그렇게 잔인하니? 난 모르겠다.

앨런 네가 잔인한 사람인 걸 이젠 너도 알겠구나.

주디스 그럼 인제부터는 착하게 행동할게. 나도 잔인한 건 싫거든. 내가 나쁜 애로 보이는 건 싫단 말이야— 너한테는 그렇게 보이고 싶지 않아.

앨런 넌 나를 네 영향아래 다시 두고 싶어서 말로만 그럴 뿐이야. 내가 이미 너의 노예가 된 걸로 만족하지 않고 너의 노예가 짐승한테 던져져서 고문 받는 꼴이 보고 싶은 거지! 중위는 벌써 네 손아귀에 들어왔는데, 네가 이제 나하고 무슨 볼일이 더 있겠어! 날 그냥 내버려두고 네 갈 길이나 가렴.

주디스 날 쫓아버리는 거니? (*앨런은 대꾸하지 않는다.*) 좋아. 얌전히 사라져 줄게. 그래도 너하고 나는 사촌간이니까 이따금 마주 칠 일이 있겠지. 널 귀찮게 하지는 않을 거야.

앨런은 책상 앞에 앉아 하던 계산문제를 다시 시작한다. 주디스는 나가지 않고 방안으로 들어와서 앨런이 앉아있는 책상으로 천천히 다가온다.

주디스 나한테 신경 쓰고 놀랠 것 없어. 나 곧 갈 거야. 검역관 선생님 방이 어떤지 보고 싶어서 둘러보는 거니까. (*둘러본다.*) 흰색과 금빛으로 되어 있구나. 피아노도 있고. 베흐슈타인 제품이네! 음! 우린 여전히 아빠 연금으로 살고 있는데. 25년간 요새에서 그대로 살고 있지. 자선기부금에 의지해서 살고 있는데 말이야. 그런데 너의 집은 부자지. 네가 소유한 재산은―

앨런 (*조용한 소리로*) 우린 부자가 아니야.

주디스 너는 그렇게 말하지만, 네가 입는 옷을 보면 알 수 있어. 넌 멋쟁이잖아― 무얼 입어도 근사하게 잘 맞고. 내 말 듣고 있니? (더 가까이 다가간다.)

앨런 (*순종적으로*) 듣고 있어.

주디스 계산인지 뭔지 하고 있으면서 어떻게 듣는다는 거야?

앨런 눈으로 듣는 건 아니니까.

주디스 눈, 그래 넌 네 눈을 거울로 들여다 본적이 있니?

앨런 네가 어서 나가주었으면 좋겠다.

주디스 넌 날 경멸하고 있어!

앨런 주디스, 난 지금 네 생각을 하고 있지 않아.

주디스 (*더 가까이 간다.*) 군인들이 쳐들어와도 계산만 하고 앉아있을 아르키메데스! (*그의 종이들을 테니스 채로 흩으러놓는다.*)

앨런 내 종이들 건드리지 마!

주디스 그게 바로 아르키메데스가 한 똑같은 소리야. 물론 넌 내가 너 없이는 살 수 없을 거라고 상상하겠지.

앨런 날 제발 좀 조용히 내버려둘 수 없겠니?

주디스 정중하게 행동해봐. 그럼 네 시험문제를 내가 도와줄 수도 있어―

앨런 네가?

주디스 그래. 출제자들을 내가 알고 있으니까—

앨런 *(엄숙하게)* 무슨 뜻이야?

주디스 출제자들이 네 편이면 너한테 도움 된다는 걸 몰라서 물어?

앨런 너의 아버지 하고 중위를 말하는 거니?

주디스 대령도 있지.

앨런 네 도움을 받으면, 그러면 난 공부하지 않아도 된다는 뜻이니?

주디스 비열하게 해석하는구나.

앨런 네가 애초에 한 말이 비열하니까.

주디스 부끄러운 줄도 모르고 그런 소리를 하다니! 너 정말 고약하구나!

앨런 난 지금 너 때문에 그리고 또 나 때문에 그냥 이러고 있는 거야. 네 말을 듣고 있는 자체가 불쾌하다. 가라는데 왜 가지는 않고 그러는 거야?

주디스 내가 여기 있는 걸 네가 좋아하니까. 그래, 넌 항상 일부러 내방 창문 쪽을 향해 지나가잖아! 너는 심부름거리를 갖고 내가 증기선 탈 때를 기다렸다가 꼭 그 시간에 맞춰 나하고 읍내를 같이 가려고 하잖아. 넌 내 도움 없이는 배를 탈수도 없으니까 말이야.

앨런 *(수줍어하면서)* 어린 여자 애가 그런 식으로 말하면 못쓰지.

주디스 앨런, 너는 날 어린애로 취급하니?

앨런 이따금 너는 유쾌한 어린애지만, 때로는 머리를 교활하게 쓰는 게 내 눈에 다 보인단 말이야. 넌 나를 마치 네 양이라도 된 듯 다루고 있어.

주디스 그래 넌 한 마리 양이야. 그래서 내가 보호해 줘야해.

앨런 *(일어난다.)* 이리는 언제나 양을 잡아먹는 고약한 개라는 사실을 모르냐? 넌 날 잡아먹고 싶어 하니까— 그게 사실이야. 네 아름다운 눈을 담보로 내 두뇌를 보상 받고 싶은 거지.

주디스 오, 넌 내 눈을 들여다 본 적이 있구나? 너한테 그런 용기가 있는 줄은 미처 몰랐네.

앨런은 종이들을 모아들고 나가려고 한다. 주디스는 앨런과 문 사이를 가로막는다.

앨런 네가 사내애라면, 그냥 한대 갈겨 줄 수도 있는데ㅡ! 계집애라서.

주디스 그래서?

앨런 넌 눈 곱 만큼의 자존심도 없니? 남자한테 채인 줄 알면 창피해서 벌써 사라졌어야지!

주디스 (*화가 나서 유리문 쪽으로 간다.*) 너 후회 할 거야! 너 반드시 후회하고 말 거야!

앨런 확실히 그렇게 되겠지.

주디스 두고 봐. 꼭 후회하게 만들 테니까. (*나간다.*)

▬ 장면 해설

에드가와 앨리스는 서로가 서로를 고문할 것을 알고 살아간다. 증오의 분위기로 인한 파경의 세계는 다음 세대에 또 다시 일어난다. 과연 그럴까?『죽음의 춤』1부는 관객에게 그런 의구심을 안겨주고 끝난다. 에드가와 앨리스의 딸 주디스는 부모들보다 행복을 더 얻으려 시도한다. 그러나 주디스는 어린 "흡혈귀"로 그려져 있고 이 가족의 애증 사이클이 계속 이어짐을 감지하게 한다.

여기 발췌된『죽음의 춤』2부의 첫 장면은 그 변주가 가능함을 보여줌으로써 시작한다. 1부의 분위기는 축축하고 어두운 겨울인데 2부는 찬란하게 눈부신 여름이다. 이런 대조 자체는 풍자적이다. 단순한 애증, 희열과 분노의 감정 폭을 말해줄 뿐만 아니라, 두 청춘남녀의 대사는 이들의 희망찬 미래를 파괴하는 씨앗을 보여준다. 앨런의 아버지 커트의 방은 흰 빛과 황금색 벽으로 되어있다. 창밖은 꽃이 만발하여 생동감을 준다. 그럼에도, 주디스와 앨런, 두 청춘의 사랑은 어두운 미래를 보여줄 뿐만 아니라 과거를 돌아보게 하고, 이들 부모가 알고 지냈던 과거, 이들 부모가 잊어버린 과거, 또 이들이 결코 도피할 수 없는 불행한 인생을 들여다보게 한다.

『피의 결혼식』
Blood Wedding

가르시아 로르카^{Garcia Lorca, 1898~1936}

■

김일환

■ 작가 소개

1936년 8월 19일 스페인 내란 초기에 팔랑헤(Falange) 당원들의 총검으로 한 문학적 거목이 암살당한다. 더욱 비극적인 것은 그의 주검조차 제대로 수습되지 못한 채 오늘날까지도 숨진 장소와 묻힌 장소까지 논란이 되고 있다. 혐의는 극우주의자들이 덧씌운 근거가 없는 소련 스파이라는 것이었다. 이 비극적인 죽음으로 음유시인으로서의 명성에 덧붙여 로르카에 대한 문학적 숭배현상이 자연스럽게 대두되었다.

　　로르카는 1898년 6월 5일 스페인 그라나다(Granada) 근처의 알파마(Alfama)에서 태어나 어린 시절을 보내며 안달루시아(Andalusia) 지방의 예술적 토양이 그의 저작생활의 보고가 되었다. 젊은 시절에는 그라나다 아트 클럽(Granada Art Club)에 가입하여 여러 문학적 동지를 만나 국제적 시각을 갖게 되었다. 특히 대학에서의 체험은 아방가르드 문학운동 등 전통을 현대적으로 재해석하는 국제적 문학적 조류에 흐름을 같이한 계기가 되었다.

그는 프랑코(Francisco Franco) 독재 치하에서 많은 핍박을 받은 작가임에도 불구하고 작품은 정치적 성향이 크게 부각 되지 않고 특정 이데올로기에 편향되지 않고 스페인 고유의 정서를 드러내는데 작가적 사명감을 가졌다. 어떤 사회 현상에 몰입하기보다는 전통을 현대적으로 해석하는데 더 주안 점을 두었다. 즉 전통의 아이이면서 그것에 반대하는 반항아였다.

로르카의 문필생활은 시 창작으로부터 시작되었다. 『시 모음』(*Book of Poems*, 1921), 『노래집』(*Songs*, 1928), 『집시이야기 민요집』(*Gypsy Ballads*, 1928), 『뉴욕에 온 시』(*Poet in New York*, 1940) 등 스페인 특유의 정서가 깃들어 있는 시집들을 출간하였다. 미국 여행 후 스페인 여성의 고통과 좌절이라는 주제에 천착한다. 한결같이 이 시집들은 스페인의 전통을 깨뜨리지 않고 세계적 흐름에 동참하였다. 특히 살바도르 달리(Salvador Dali)를 포함한 초현실의 작가들과 교유하여 차후 연극에서 그러한 경향성이 자리 잡게된다. 로르카의 전통에 대한 태도는 흔히 싱(J. M. Synge)의 『바다로 가는 사람들』(*Riders to the Sea*, 1904)의 문학적 형상화와 비유되곤 한다.

로르카가 연극에 관심을 기울인 계기는 미국 방문을 통하여 콜롬비아대학에 머문 때였다. 1932년 바퀴벌레와 나비 간의 이루어지지 않는 사랑을 다룬 『나비의 저주』(*The Butterfly's Evil Spell*, 1919)라는 극에서 출발하였다. 주제는 주로 안달루시아 지방의 한의 정서와 에로티시즘의 결함과 유사한 것이다. 1927년 그는 『마리아나 피네다』(*Mariana Pineda*)라는 극을 썼고 달리가 무대를 꾸려서 1927년 바르셀로나(Barcelona)에서 공연되어 큰 찬사를 받았다. 그 후 로르카는 스페인의 아방가르드 운동에 매진한다.

로르카는 극과 시뿐만 아니라『두엔데의 연극과 이론』(*Plays and Theory of the Duende*, 1933)과 같은 예술창작과 공연이론을 정립한 저작을 내기도 했다. 그에 의하면 위대한 예술은 죽음에 대한 생생한 인식, 이성의 한계에 재한 인식"에 있다고 주장한다.

로르카의 죽음에 대해서는 상반된 견해가 있기도 하다. 죽음의 원인이 성적 지향과 같은 정치적인 것이 아니라 개인적인 비정치적 동기에서 비롯되었다는 주장도 있다. 이안 깁슨(Ian Gibson)의 저서『가르시아 로르카의 암살』(*The Assassination of Garcia Lorca*, 1979)에서 그가 살해에 대하여 상세하게 설명했다. 그의 사후 프랑코 정권은 1953년까지 로르카의 작품을 금지했다. 프랑코의 사망 이후에 비로소 로르카의 삶과 작품이 공개적으로 논의되었다. 2009년에 이르러 일군의 역사가들과 고고학자들이 30년이 지난 유해 발굴에 나섰으나 구체적인 결실을 맺지 못했다. 로르카의 삶은 여전히 미스터리에 묻혀있다.

연극사에 있어서 로르카의 발자취는 시극의 가능성을 열었다는 점이다. 언어 중심적인 서구 극의 방향을 시적인 차원으로 확대했다는데 의의가 있다. 위대한 극은 모두 시극이었다는 생각으로 시극의 가능성을 역설했다. 엘리엇(T. S. Eliot)과 비교되는 시극의 성과를 거두었다고 평가받는다.

▬ 작품 소개

이 극은 1932년에 쓰여 이듬해 마드리드에서 초연되었다. 비평가들은 『예르마』(*Yerma*, 1934), 『베르나르다 알바의 집』(*The House of Bernarda Alba*, 1936)와 더불어 전원 3부작(rural trilogy)으로 짝짓기도 한다. 1935년에 미국의 브로드웨이(Broadway)에서 공연되기도 하였다. 그 후 여러 차례에 걸쳐 이 작품은 영화화되었으며 오페라로 각색되기도 했다.

이 극의 서사구조는 매우 단순해, 흔히 이러한 유형의 극 소재에서 늘 볼 수 있듯이, 이루어지지 않는 두 사람의 비극적 사랑이야기이다. 스페인판 『로미오와 줄리엣』(*Romeo and Juliet*, 1595)이라고 일컬어지는 비극이다. 서로 경쟁관계에 있는 두 가문의 청년과 한 여인과의 이루어질 수 없는 사랑의 삼각관계가 이 극의 서사구조이다. 극의 내용은 두 가족이 대대로 원한을 쌓아가는 중에 두 남녀가 사랑에 빠지게 된다. 그러나 신부는 다른 사람과 결혼을 정하여 그 준비에 분주하다. 신부는 결혼식이 정해지기 전에 연인 레오나르도(Leonardo)가 있다는 게 드러난다. 그리고 지금도 옛 애인에게 심정적으로 이끌리고 있다. 레오나르도가 결혼식장에 난입하여 신부를 구출하여 달아나고, 추격대에 붙잡혀 신랑과 결투를 벌여 두 사람 모두 숨을 거둔다. 그 후 슬픔에 잠긴 세 여인들만 남는다는 이야기이다.

이러한 기본적인 플롯에 어두운 비극의 서정적 분위기가 감싸고 있다. 『피의 결혼식』에서 가장 두드러진 것은 죽음이라는 존재가 늘 곁에 도사리고 있다는 것이다. 죽음은 피해야할 대상이 아니라 오히려 죽음에 마력을 느끼고 끊임없이 접근을 시도한다. 풍요롭고 관대한 태도를 취한다.

극의 주제는 죽음, 개인 대 사회, 여성의 역할이라고 할 수 있다. 죽음은 두 가지 면에서 어머니와 연결된다. 첫째, 죽음은 삶의 불가피한 종말이자,

육체적 정신적으로 다른 사람과의 관계를 단절하는 행위이다. 둘째, 삶 속의 죽음, 생명은 살아있으나 처한 상황이 죽은 것이나 다른 없는 삶이다. 개인 대 사회의 주제는 레오나르도와 신부의 탈주로 나타난다. 이러한 탈주는 사회의 관행을 깨뜨려 변화를 꾀하는 것에 대한 작가의 태도를 드러내고 있다. 사회 속에서의 여성의 역할에 대한 것은 집안에 구속되어 있는 존재로서의 여성의 운명이 암시되어 있다. 여성은 아버지의 소유물이었다가 신랑의 소유물로 대물림되는 존재로 그려져 있다.

극의 분위기를 색의 이미저리를 통하여 표현하고 있다. 1막은 "노란색으로 칠해진 방"에서 진행되고, 2막 2장은 "회색빛이 도는 흰색과 차가운 청색 톤의 조명" 3막 2장은 "하얀 방, 오른 편과 왼편에 하얀 계단" 등의 극의 분위기를 좌우하는 색채가 지배적이다. 장면뿐만 아니라 인물의 성격조차도 색깔로 표현되어 있다. 예를 들어 신랑은 금색, 레오나르도는 적색과 은색, 신부는 백색 어머니는 흑색으로 언급되고 있다. 각기 다른 색채로 인물간의 대립관계를 드러내고 있다.

이 작품의 한국적 수용은 언어 중심의 극에서 음악, 미술, 색채 등 총체적인 공연으로의 모색과 관련이 깊다. 이 작품이 한국에 소개된 것은 대체로 1965년으로 여겨진다. 한국적 제의 극을 굿의 양식을 계승하여 그 양식을 응용하여 외국작품을 무대화하는 단계로 나갔다. 김정자의 연출로 "창작극 같은" 번역극을 지향하며 자유극장의 정식 레퍼토리로 자리 잡게 되었다. 2014년 이윤택의 〈로르카의 피의 결혼〉에서는 플라밍고 춤을 우리 장단으로 어울리게 하여 "춤추고, 노래하고 육체적인 연극적인" 연극을 모색하였다.

레오나르도   조용히!

신부   여기서부터 나 혼자 가겠어요.

　　이제 가! 너는 돌아가!

레오나르도   조용히 하라고 했어!

신부   이빨과 손을 가지고 할 수 있다면

　　내 순결한 목에서

　　이 쇠사슬을 치워 주고

　　나를 저 멀리 우리 집

　　외진 곳에 내버려둬.

　　나를 작은 뱀처럼

　　죽이고 싶지 않다면

　　신부인 내 손에

　　총신(銃身)을 놓아줘.

　　아, 한탄과 불꽃이

　　머리로 솟구치네!

　　내 혀에 박힌 유리 파편들!

레오나르도   이제 길을 떠날 테니 조용히 해!

　　우리를 가까이서 뒤쫓고 있어

　　너를 데려가야만 해.

신부   그렇지만 강제로 그렇게 해야 할걸!

레오나르도   강제라고? 누가 먼저

　　계단에서 내려섰지?

신부   내가 먼저 내려섰지.

레오나르도   누가 말에 새로운 고삐를

걸었지?

신부 내가 직접 했지. 그래.

레오나르도 어떤 손이 내게

　　　 박차를 달았지?

신부 당신의 것이기도 한 이 손이지.

　　　 하지만 이 손들은 당신을 봤을 때

　　　 파란 가지들을 부숴버리고 싶어 했고

　　　 당신 핏줄의 흐르는 소리를 거두고 싶어 했지.

　　　 사랑해! 사랑해! 떨어져!

　　　 당신을 죽일 수만 있다면

　　　 바이올렛 칼날로 만든

　　　 수의를 입힐 텐데

　　　 아, 한탄과 불꽃이

　　　 머리로 솟구치네!

레오나르도 내 혀에 박힌 유리 파편들!

　　　 너를 잊고자 했기에

　　　 네 집과 내 집 사이에

　　　 돌담을 쌓았건만.

　　　 그렇지. 너 기억나지 않니?

　　　 멀리서 너를 봤을 때

　　　 내 눈에 모래를 뿌렸지.

　　　 하지만 말을 타면

　　　 말은 네 집으로 가곤 했지

　　　 은색 핀들로

　　　 내 피는 검은 빛으로 변했고.

꿈이 나를 잡풀로 된

살로 가득 채우네.

나는 잘못이 없네.

잘못은 대지에 있고

네 가슴과 머리에서 나는

그 향기에 있네.

신부 아 말도 안 돼! 침대도 식사도

너랑 함께 하고 싶지 않았어.

그런데 하루 중 단 한순간도

너랑 함께 있기를 원하지 않는 때는 없었어.

네가 나를 끌고 왔고 나는 간다.

돌아오라고 네게 말했고

마치 왕겨처럼

바람 따라 너를 따라 간다.

나는 강한 한 남자를

그의 모든 후손들을

결혼식 중간에

화관을 얹고서

네게는 보복을 받으리니

그렇게 되는 것을 나는 원하지 않네.

나를 혼자 내버려둬! 너는 도망쳐!

너를 옹호해 줄 사람은 아무도 없어.

레오나르도 아침 새들이

나무에서 지저귀고 있네.

밤은 돌 날 속에

죽어가고 있네.
내가 영원히 너를 사랑할 수 있는
어두운 구석으로 우리 가자
내겐 사람들도
우리에게 퍼붓는 독설도 상관없네.

그녀를 꼭 껴안는다.

신부   네 꿈을 지키기 위해
네 발치에서 잠들 테야.
발가벗은 채, 들판을 바라보면서,
(*극적으로*)
마치 암캐라도 된 듯.
그것이 바로 나니까! 너를 바라보네.
네 아름다움이 나를 태우네.

레오나르도   불과 불이 타오르네.
바로 그 작은 불꽃이
두 이삭을 함께 죽이네.
가자! (*그녀를 잡아끈다.*)

신부   나를 어디로 데려가는 거니?

레오나르도   우리에게 다가오는 이 사람들이
따라올 수 없는 곳으로.
내가 너를 바라볼 수 있는 곳으로!

신부   (*빈정거리며*)
결혼식의 침대시트를

깃발처럼 바람에 날리며

정숙한 여자의 고통을

사람들이 볼 수 있도록

여기저기 끌고 다니지 그래.

레오나르도 사람들이 생각하는 대로 나도 생각한다면

나도 너를 놓아두고 싶어.

그러나 네가 가는 곳으로 나도 간다.

너도 마찬가지야. 갈 수 있다면 가 봐라.

달로 만든 못이 내 허리와

네 허리를 묶고 있는걸.

이 모든 장면이 격정적이면서 관능으로 가득 차있다.

신부 내 말 들어?

레오나르도 사람들이 온다.

신부 도망가!

머리엔 가시를 쓰고

물속에 발을 담그고

바로 여기서 내가 죽도록.

가엾은 여인이자 처녀인

나를 위해 나뭇잎이 울어주도록.

레오나르도 조용히 해. 벌써 그들이 올라온다.

신부 어서 가!

레오나르도 조용히. 그들이 우리를 찾지 못하게.

네가 앞서서 가. 자, 어서 그렇게 해!

신부가 망설인다.

신부 둘이 함께 있어!
레오나르도 *(그녀를 껴안은 채)*
　　　좋을 대로!
　　　만약 우리를 갈라놓는 것이 있다면
　　　그건 내가 죽었기 때문이지.
신부 내가 죽었거나.

▬ 장면 해설

두 연인이 결혼식장에서 달아나 추격대의 추적을 받으면서 숲 속에 도피해
있다. 그곳에서만 누릴 수 있는 본능의 자유를 누린다. 두 사람은 함께 미래
를 꿈꾼다. 두 사람은 불안에 휩싸여 있고 서로에 대한 정열적인 사랑을 확
인한다. 어두운 숲에서 서로의 사랑을 확인하고 있다, 배경이 되는 숲은 칠
흑같이 어둠에 휩싸여 있고 세 명의 나무꾼이 등장하여 두 연인의 지난날과
앞으로 전개될 일에 대하여 예언과 같은 대화를 나눈다. 나무꾼 상호간에
대화를 나눈다는 점을 제외하고는 그리스극의 코러스와 같은 역을 하고 있
다. 뿐만 아니라 달과 죽음이 의인화하여 전개될 연인의 운명을 알려 주는
역할을 하기도 한다.

　달이 아직 비추지 않는 어둠의 세계는 본능만이 지배하는 세계로의 이
성적인 개입이 원초적으로 차단된 공간이다. 여기에서 사회적 제약이 힘을
발휘할 수 없고 오직 자연이 주는 본능만이 이들을 좌우한다. 그러나 그 가
운데에서도 완전히 이성을 저버리지는 않는다. 신부가 레오나르도에게 이곳

을 떠나라고 애원하는 것이다. 그는 거절하고 결투의 운명을 맞게 된다. "초록 빛 얇은 천"과 같은 달이 떠올라 연인의 모습이 드러나고 신랑과의 결투에서 두 사람 모두 목숨을 잃게 된다. 이 장면이 진행되는 동안 구슬픈 2대의 바이올린 소리가 울려 퍼진다.

이 결정적인 장면에서 이 극의 주제라고 할 수 있는 정열, 증오, 사랑, 운명이 펼쳐진다. 사회적 제약 따위는 고려의 대상이 되지 못하고 단지 사랑을 완성 지으려는 본능만이 이들에게는 중요한 것이다. 그러나 극의 말미에는 남자를 잃은 세 여인만이 남게 되어 앞으로 어떻게 삶을 살아가야 할지 막막한 상태에서 내버려지고 만다. 물론 여자들의 힘으로 극복해내야 할 일이긴 하지만 여성들의 단결된 힘으로 역경을 극복하려는 적극적 의지가 보이는 것은 아니다.

『의자들』
The Chairs

외젠 이오네스코^{Eugène Ionesco, 1909~1994}

■

이승아

━ 작가 소개

이오네스코는 20세기 초반 루마니아 태생의 프랑스 극작가이다. 단막극인 『대머리 여가수』(*The Bald Prima Donna*, 1949)를 필두로 '반(反)연극'(anti-theatre)이라는 혁신적 기법으로 부조리극의 시발(始發)에 기여하였다. 그는 어린 시절을 프랑스에서 지냈으나, 1925년 루마니아로 돌아간다. 후에 프랑스에서 박사과정을 하면서 1942년 이후 파리에 정착하기에 이른다. 교정 담당자로 일을 시작하면서 영어를 배우기로 결심하는데, 당시 공부한 영어 교과서 속의 무미건조한 문구들을 보고 영감을 얻어 『대머리 여가수』의 딱딱하고, 부자연스럽고, 무의미하고, 진부한 언어들이 탄생했다.

비논리적인 대화와 되풀이되는 대사들을 통해서 이오네스코는 자기 소외와 의사 전달의 어려움이라는 주제를 매우 효과적으로 드러내었다. 이러한 주제에 맞게 결과적으로 그는 죽음에 대한 공포, 단절되는 의사소통이라는 주제를 담은 『수업』(*The Lesson*, 1951), 『의자들』(*The Chairs*, 1952) 등의 작품들을 성공시켰다. 그의 대부분의 대표작인 단막극들은 그 정교함과 긴밀함으로 사랑받았지만, 『아메데』(*Amédée*, 1954), 『코뿔소』(*The Rhinoceros*, 1959) 등의 장막극에서는 통일성의 부족으로 고전을 면치 못했다. 하지만 그 후『왕이 죽다』(*Exit the King*, 1962)와 『공중 산책자』(*A Stroll in the Air*, 1963) 등의 작품에서 극적 통일감과 철학적 깊이를 더하면서 이전의 명성을 이어갔다.

연극 역사에서 이오네스코가 이룩한 업적은 가히 '혁신적'이라고 말할 수 있을 것이다. 그는 추상적이고 초현실주의적인 다양한 기법들을 소개하고, 당시 리얼리즘 연극에 익숙해져있는 관객들과 연극계에 새로운 기법과 깊이 있는 통찰력을 선보임으로써 성공을 얻을 수 있었다. 이런 업적을 기반으로 반(反)연극 작가로서 사무엘 베케트(Samuel Beckett)와 함께 대표적인 부조리극작가로 인식되고 있다. 특히 한국에서는 초기의 단막 작품들로 잘 알려져 있다. 그의 작품은 초기의 전위적 부조리극, 중기의 사회풍자극들, 그리고 후기의 내면적 작품들로 나뉘어 분류되고 있다.

■ 작품 소개

『대머리 여가수』 공연 일 년 후인 1951년에 집필이 시작된 『의자들』은 1952년 4월 22일에 초연되었다. 삼 개월에 걸친 공연에 대한 고민과 연습을 거쳐 한 달여의 공연을 했으나, 큰 성공을 거두지는 못했다. 그러나 이 초연은 많은 혹평 속에서도 베케트와 아서 아다모프(Arthur Adamov)의 전폭적인 지지를 받았다는 점에서 큰 의의를 가진다. 유럽 부조리극의 기념비적인 역할을 하는『대머리 여가수』의 입지를 더욱 견고하게 해줌과 동시에 이오네스코 자신의 이름도 역사에 각인될 수 있게 한 견인차가 된 작품이 되었기 때문이다. 이후의 여러『의자들』공연은 학문적 측면뿐만 아니라 공연사적 측면에서도 점점 더 인정을 받게 이른다. 부조리극에 대한 유럽 관객들의 관심이 높아지면서 작품은 브로드웨이(Broadway)에 진출하게 되는 쾌거를 이룬다. 부조리극은 연기와 연출 스타일로 인해서 대중적이기보다는 교육적 측면에서 더욱 인기가 많은 장르인 것이 사실이다. 현대 포스트모더니즘 작가들의 글쓰기 기법에 구조나 내용에서 큰 영향을 미쳤으며, 연극의 역사에 있어서 하나의 거대한 '사건' 혹은 '변화의 축' 정도로 인식되고 있다. 부조리극은 기본적으로 단절과 소통의 부재를 논한다. 이오네스코의 초기 단막극들은 그런 면에서 특히 최적화된 텍스트라고 할 수 있다.

　단막극『의자들』은 늙은 남자(Old Man; 이하 노인)와 늙은 여자(Old Woman; 이하 노파), 그리고 대변인(Orator) 세 명의 배우들이 등장하지만 실질적으로는 두 노인 역으로 이루어졌다고 해도 지나치지 않다. 다리를 절고 구십을 넘긴 나이에 서로 밖에 의지할 곳이 없는 부부는 바다 한가운데 섬에 살고 있다. 보잘 것 없는 인생을 살아온 이들은 서로를 위로하며 세상에 자신의 메시지를 전달하기 위해 마지막으로 손님들을 기다린다. 무대 위의 손님들은 보이지 않는다. 오직 노부부의 행동과 대화로 그들이 존재한다는 것을 믿어야만 한다. 부부는 손님들을 위해 절룩거리면서도 발 빠르게 의자를 가져와 점점 방을 의자들로 채워간다. 더 많은 손님들이 올수록 두 사람은 설 자리가 없어지게 된다. 특히 마지막 손님으로 황제가 등장하면서 노부부는 격한 감정에 사로잡힌다. 그들은 자신의 인생을 마감하는 성명서를 대변인을 통해 손님들과 모든 인류에게 전달하고자 하며, 마침내 대변인이 도착하자 물 위로 뛰어들며 생을 마감한다. 드디어 대변인은 입을 열지만 그는 귀머거리이자 벙어리이다. 세상에 자신의 메시지를 전달함으로써 섬에서의 단절된 외로운 삶으로 부터 탈출하고 싶었던 노인의 기대는 결국 대변인의 언어 소통 불능으로 무너지게 된다. 결국 텅 빈 의자들을 채우는 보이지 않는 손님들은 노부부를 영원히 소통할 수 없는 타자(他者)로 만들게 되면서 막이 내린다.

이 극은 단절이 된 현실이 야기하는 언어의 비극을 무대 위의 텅 빈 의자들로 형상화하여 관객들에게 전달하고자 한다. 노부부는 세상과 단절이 되어있으며, 이는 그들이 새로운 손님을 맞이하고 응대하는 태도에서 지속적으로 드러난다. 또한 부부의 몸짓과 표정이 관객들에게 전달되면서 그들의 인생의 보잘 것 없음을 느끼게 된다. 오랜 시간 기다려온 대변인에게 모든 것을 맡기고 자신은 인생을 마감하는 두 부부를 뒤로하고, 불완전한 언어로 더듬거리는 대변인의 첫 마디는 관객들에게 큰 충격을 안겨주며, 결국 극 전체에 대한 무상함을 시각적 그리고 청각적으로 보여준다. 결국 맨 마지막에는 빈 의자들만이 무대를 지배하면서 노인들이 지금까지 진행해왔던 보이지 않는 인물들과의 대화 역시 그 진위 여부에 대해 의문을 품게 만든다. 작품 전반에 걸쳐 부부와 손님들의 관계가 무대 위에서 펼쳐지는 모습은 관객들에게는 생소한 불편함이자 그럴듯한 공감이며, 비극이자 희극이기도 하다. 우스꽝스러운 행동과 말로 자기 자신을 지속적으로 희화화하여 보여주는 노부부와 무대의 의자들은 부조화를 이룬다. 극의 시작에는 텅 빈 무대 위에 애매하게 서있는 구십대 노부부에게서 공허함을 느끼고, 의자들이 무대를 채우면서 점점 가득 차는 느낌을 주지만 결국 의자들에 앉아있는 수많은 인물들이 '보이지 않음'으로써 관객들은 이해와 당황 사이에서 완급 조절을 해야만 한다. 『의자들』은 배우들뿐 아니라 관객들도 매우 피곤한 공연이다. 쉴 틈 없이 '생각'하면서도 오히려 '생각하지 않을' 때 작품을 온전히 받아들이게 되기 때문이다.

『의자들』의 거대한 무대 위에 빼곡하게 위치하고 있는 빈 의자들과 노부부의 이미지는 관객들로 하여금 극이 전달하는 주제를 더욱 명확하게 인식하게끔 만든다. 1952년 실뱅 돔므(Sylvain Dhomme) 연출로 랑크리 극장(Theatre Lancry)에서의 초연을 필두로 1956년 쟈크 모클레(Jacques Mauclair) 연출로 샹젤리제 스튜디오(Studio des Champs Elysées)에서 그 명맥을 이어가는 듯 했으나, 사실상 1950~80년 사이에 두드러지는『의자들』공연은 찾아볼 수 없다. 본격적으로 인기를 끈 것은 1990년대 후반에 이르러서인데, 사이먼 맥버니(Simon McBurney) 연출 아래 영국의 로열 코트 극장(Royal Court Theatre)과 콤플리시떼 극단(Théâtre de Complicité)의 협업으로 진행된 1997년 공연과 일 년 뒤에 브로드웨이의 존 골든 극장(John Golden Theatre)에서의 재공연이『의자들』을 히트시킨 공연이었다. 맥버니의 연출과 견줄만한 공연제작으로는 2004년에 공연되었던 데이비드 고든(David Gordon)의 연출과 그의 아내인 발다 세터필드(Valda Setterfield)의 무용이 겸비되어 개작된 버전의『의자들』을 들 수 있다. 고든의 공연은 바비칸 센터(Barbican Center)에서 시작되어 시애틀, 워싱턴, 그리고 뉴욕 등지를 돌면서 인기를 얻었으며 2006년에 런던에서 재공연 되기도 하였다.

『의자들』은 다수의 보이지 않는 인물들로 인해서 영화화되기 매우 어려운 작품 중에 하나로 여겨진다. 영화로 제작된 작품은 총 세 편인데, 독일의 피터 자덱(Peter Zadek)의 〈의자들〉(*Die Stühle*, 1964), 노르웨이의 잉브 노드

월(Yngve Nordwall)의 〈의자들〉(*Stolene*, 1962), 그리고 핀란드의 야코 파카스비타(Jaakko Pakkasvirta)와 유카 시필라(Jukka Sipilä)의 〈의자들〉(*Tuolit*, 1961)이다. 모두 1960년대 초반에 제작이 되었는데, 이는 당시 유럽의 부조리극에 대한 관심을 드러내는 지표의 예로 생각할 수 있다. 그러나 위 세 작품을 제외한 『의자들』의 이후 영화제작은 전혀 없는 것으로 보인다. 이는 영화보다는 연극이 작품을 표현하기 위한 매개로서 더 효과적이기 때문이며, 동시 다발적으로 행위가 이루어지는 극의 특성상, 영화적인 해석에 어려움이 많은 작품인 것으로 볼 수 있다. 특히 세 명의 배우만으로 여러 인물과 대화하는 장면을 담는 것은 실험적이면서 동시에 난해하게 표현되는 한계가 존재한다.

한국에서도 부조리극에 대한 관심이 지속되면서 이오네스코의 작품들이 제작되어 왔다. 그 중에 『의자들』은 횟수로는 많지 않지만, 공연 자체에 의의가 깊은 제작들이 많았다. 자신만의 뚜렷한 색깔로 독특한 공연을 만들어낸 극단 여행자의 2001년과 2005년 〈의자들〉(연출 양정웅), 미술, 음악, 연극을 동시에 볼 수 있는 새로운 퍼포먼스로 각색된 극단 무음의 2007년 〈Timekeeper〉(연출 서승준), 용산 참사를 기리기 위하여 소통의 부재, 허무함, 그리고 그 폭력성을 무대에 형상화 시킨 극단 76의 2009년 〈용산, 의자들〉(연출 기국서), 시아버지를 홀로 모시고 있는 이혼한 며느리의 이야기로 새롭게 각색한 극단 Art-3 Theatre의 2011년 〈의자들〉(연출 정은경) 등은 최근 몇 년간 한국에서의 대표적인 『의자들』 공연 제작들이다.

장면 번역: 단막극[1]

노파는 8번문에서 의자를 들고 등장한다.

노인   세미라미스― 두 분이 오셨어― 의자가 하나 더 필요해요.

노파는 이미 있는 의자들 옆에 들고 있는 의자를 놓고 다시 8번문으로 나가서 잠시 후에 5번문으로 의자를 하나 더 들고 등장한다. 노파가 좀 전에 놓았던 의자 옆에 들고 온 의자를 놓을 때쯤 노인은 두 명의 손님과 함께 노파 옆으로 온다.

노인   자아. 안으로 들어갑시다. 몇 분은 이미 모여 있습니다. 소개해드리리다. 자, 자, 자, 우리가 흔히 알고 있는 '미녀'이십니다, '마드무아젤'. . . 지금은 많이 꺾이셨지만 . . . 허나 네, 물론, 여전히 늘 아름다우시지. 두 눈은 여전히 백내장 너머로 반짝거리고 있고, 머리칼도 여전히 분홍빛으로 버짐이 피어있는 두피 사이로 폭포수처럼 드리워져 있고 말이지. 이쪽으로, 이쪽으로 . . . 아니, 이게 뭡니까? 안사람을 위한 선물이라구요? (*의자들 들고 막 도착한 노파에게*) 세미라미스. 이 분이 바로 그분이에요. 기억해요? 우리 동화속의 미녀 말이우. . . . (*육군원수와 처음에 온 보이지 않는 귀부인에게*) 두 분에게 전설적인 미인을 소개해도 될까― 제발 낄낄거리지 좀 마시오. ― 그리고 남편 분이십니다. (*노파에게*) 내가 종종 이야기 하곤 했던 어린 시절 친구와 그 남편분이에요. (*다시 한 번 육군원수와 처음에 온 보이지 않는 귀*

---

1) 『의자들』은 단막극이다. 본 장면은 극의 1/3 지점으로서 세 번째와 네 번째 손님인 미녀와 인쇄사 부부가 등장하는 장면부터 그들이 의자에 앉기까지이다. 본 번역은 마틴 크림프(Martin Crimp)에 의해서 1988년에 번역된 영문 번역본을 따른다.

부인에게) 그리고 남편 분께서는. . .

노파 *(무릎 굽히며 인사하며)* 아이고. . . 저명하신 분인 것이 확실하네요. 안녕하세요, 미녀 분. 안녕하세요, 남편 분. *(새로운 손님들에게 먼저 온 보이지 않는 손님들을 가리키면서)* 맞아요. ―우리 친구 분들.

노인 *(노파에게)* 남편 분이 당신을 위해 선물을 가져왔구려.

노파는 선물을 받는다.

노파 맞춰볼까요. 혹시 . . . 남자? 아니면 나무? 혹시 양? 아니면 호박벌일까나?

노인 *(노파에게)* 시시하긴. 사진이잖소.

노파 그렇지요! 사진이지. 멋지기도 해라! 너무 감사해요. *(처음에 온 보이지 않는 레이디에게)* 아가, 이거 보고 싶으면 보려무나.

노인 *(보이지 않는 육군원수에게)* 원수님도 보고 싶으시면 보시구려.

노파 *(동화 속 미녀의 남편에게)* 의사선생님, 의사선생님, 나 맥박이 오르고요, 얼굴도 다 빨개지고요, 수술이 필요한 거 같아요, 다리에 감각이 없고요, 손가락 동상에 걸렸고요, 눈에도 동상이 걸렸고, 의사선생님, 의사선생님, 어떻게 해야 할까요. . . ?

노인 *(노파에게)* 에고, 이 신사 분은 의사선생님이 아니야, 인쇄사요.[2]

노파 *(처음에 온 귀부인에게)* 다 봤으면 이제 걸어 놓아볼까. *(노인에게)* 인쇄고 뭐고, 아무렴 어때요, 이렇게 멋있는데. 눈부시게 잘 생겼구먼. *(인쇄사에게)* 들으란 소린 아니었어요.

노부부는 이제 의자들 뒤에서 거의 등을 맞대고 있는 상태로 서있어야

---

2) 원문에서는 "offsetlitographer"라고 되어 있지만 '오프셋 인쇄사' 대신 간단하게 '인쇄사'라고 번역한다.

한다. 노인은 동화 속의 미녀에게, 노파는 인쇄사에게 말하고 있다. 두 사람은 어쩌다 한 번씩 말을 전하기 위해서 처음 온 손님들 중 하나에 게 돌아선다.

노인   난 지금 가슴깊이 감명을 받았소. . . . 무엇보다, 여전하시구료. . . . 백 년 전에 당신을 사랑하던 때랑 . . . 너무 많이 변하긴 했지만 . . . 아, 전혀 변하지 않았소만 . . . 그때도 사랑했고, 지금도 사랑하지요. . . .

노파   (*인쇄사에게*) 아니, 아니, 아니, 전혀 안 그래요. 정말 안 그렇다니까 요. 진짜로, 진짜로 아니에요.

노인   (*육군원수에게*) 내 그 말에는 동감합니다.

노파   (*인쇄사에게*) 아니, 아니, 아니에요. 진짜 들으란 소리가 아니라니까 요. (*처음에 온 귀부인에게*) 직접 벽에 걸어주어서 고마워. . . . 번거 로웠다면 미안하구나.

조명은 이제 더욱 강렬해진다. 다른 손님들이 등장을 할 때마다 점차 조금씩 환해진다.

노인   (*거의 흐느끼며, 동화 속 미녀에게*) 지난해의 잔설들은 어디에 있는 가?[3]

노파   (*인쇄사에게*) 진짜 아니라니까. 진짜, 진짜, 정말로 일부로 들으란 소 리 아니었어요.

노인   (*처음에 온 귀부인을 가리키며*) 우리 부부의 어린 친구요. . . . 좀 조

---

3) 원문의 "Where are the snows of yesteryear?"는 단테 가브리엘 로제티(Dante Gabriel Rossetti)가 프랑스와 비용(François Villon)의 시를 영역해서 소개한 뒤로 무상함을 나타내는 유명한 시구가 되었다. 여기에서는 "인생 참 무상하지요" 정도로 해석할 수 있다.

용한 편이죠. . . .

노파 (*육군원수를 가리키며*) 그래요. 원로 기마병 대령 출신이오. . . . 남편의 동료인데, 뭐 동급이라고 할 수는 없구요. . . .

노인 (*동화 속 미녀에게*) 헌데 예전에는 귀가 이렇게 뾰족하지 않았던 거 같은데! . . . 저런, 기억나지 않으시오?

노파는 장면이 진행되면서 인쇄사에게 점점 더욱 그로테스크한 행동을 취한다. 멍청하게 웃으면서 두꺼운 붉은색 스타킹을 보이며, 여러 겹의 치맛자락을 들춰대고, 좀이 갉아먹어 구멍이 송송 뚫린 속치마를 드러내면서 늙고 늘어져버린 젖가슴을 풀어 헤쳐 내보인다. 그리고서, 허리에 손을 댄 채, 에로틱하게 비명을 지르며, 머리를 뒤로 젖힌다. 노파는 골반을 앞으로 내밀면서, 다리를 벌리고, 늙은 창녀처럼 웃어재낀다. 이러한 행동은 이전에 봤던 혹은 이후에 볼 노파의 모습과는 판이하게 다른 모습으로, 노파의 내면에 숨겨졌던 면모를 드러내는 장면이다. 곧 갑자기 멈춘다.

노파 이 나이 먹고서 이건 불가능하겠지요? 네? 아니라구요?

노인 (*동화 속 미녀에게, 매우 로맨틱하게*) 우리 젊었을 적엔 달도 살아있는 별이었소. 아이고―그렇지!―우리가 그럴 수 있었다면―허나 우린 참으로 애들 같았지. 노력하면 잃었던 시간을 다시 얻을 수 있을까? 그럴 수 있겠소? 그렇게 하겠소? 아닐게요. 천년이 지나도 불가능할거요. 시간은 기차와 같이 빠르게 지나 우리 얼굴에 이렇게 기다란 철길들을 만들어냈지. 성형수술을 하면 좀 나아질라나? (*육군원수에게*) 우린 둘 다 군인이죠. 군인들은 영원히 젊음을 유지하지―군대는 신과도 같아. . . . (*미녀에게*) 이렇게 되어서는 안 되었소. . . . 아,

아, 신이시여, 모든 것을 잃었소. 우리는 행복을 만끽할 수도 있었을 텐데, 엄청나고 엄청난 행복을 말이오. 아직 눈밭에서 꽃이 필수 있을까요? . . .

노파 (*인쇄사에게*) 아휴, 이런 못된 거짓말쟁이 같으니라고. 보기보다 젊어 보인다구요? 약아빠진 사기꾼 같으니. 날 달아오르게 만드는군요.

노인 (*미녀에게*) 우리가 트리스탄과 이졸데와 같은 연인이 될 수 있겠소?[4] 아름다움은 영혼에 담겨 있소. . . . 모르겠소? 기쁨, 아름다움, 영원 그 자체가 모두 우리 것이 될 수 있었소. . . . 우리가 원했다면 말이오. 우린 의지가 약했지. 모든 걸 다 이 손으로 내다 버렸단 말이오.

노파 (*인쇄사에게*) 아니, 아니, 아니, 아니, 아니, 안 돼요. 온몸이 전율하고 있어요. 당신도 떨리시나요? 내가 너무 예민한가? 부끄럽게 . . . (*웃는다.*) 내 속치마가 어때요? 스타킹 좋아하시나요?

노인 (*미녀에게*) 걸레자루랑 양동이 들고 다니는 기구한 인생이었소.

노파 (*귀부인에게 돌며*) 그림의 떡을 어떻게 만드냐구? 기름 한 통, 고기 한 장, 그리고 거위즙만 있으면 된단다. (*인쇄사에게*) 아 맞다 — 그냥 손가락을 거기에 . . . 아 거기에 . . . 그렇게 . . . 아 . . .

노인 (*미녀에게*) 세미라미스가 어머니 역할을 하는 셈이오. (*육군원수에게*) 거, 대령, 분명히 말했지만; 어디서 찾든 진실은 진실일 뿐이오.

노파 (*인쇄사에게*) 정말 여자가 나이에 상관없이 언제든지 애를 밸 수 있다고 생각하세요?

노인 (*미녀에게*) 내면의 세계, 내면의 고요함, 금욕, 과학적이고 철학적 연구, 나의 메시지 — 이것들이 나를 지탱해주던 것들이오. . . .

노파 (*인쇄사에게*) 남편을 속인 적은 없어요. . . . 너무 격해, 바닥에 떨어

---

4) 트리스탄(Tristan)과 이졸데(Isolde)는 켈트족 전설에 등장하는 기사와 공주로서, 이룰 수 없는 사랑으로 고민하다 함께 죽음을 맞이하는 서양의 연인의 표본이다.

지겠어. . . . 난 단지 불행한 엄마일 뿐이에요! (*흐느낀다.*) 멀리 떨어진, 떨어진, (*인쇄사를 밀치며*) 떨어진 . . . 그런 관계요. 이건 . . . 의식의 외침이야. 내 인생에서 장미 따위를 거둘 리가 없지.[5] 다른 행복을 찾아봐요. 기회의 순간은 지나가버렸어요.

노인 (*미녀에게*) . . . 최우선의 것에 삶을 헌신했소. . . .

노인과 노파는 미녀와 인쇄사를 다른 보이지 않는 손님들 쪽으로 이끌어 의자에 앉도록 만든다.

노인과 노파 자, 자, 어서 앉아요.

▬ 장면 해설

장면은 노인과 노파의 첫 번째 손님인 육군원수와 젊은 귀부인이 도착한 후에 두 번째 손님들이 도착한 직후이다. 『의자들』의 모든 손님은 보이지 않는다. 온전하게 두 배우의 움직임과 표정만으로 상대방에 대한 정보를 얻을 수 있다. 동화 『미녀와 야수』에 등장하는 미녀와 그녀의 남편인 인쇄사가 등장한 이후로 노인과 노파의 새로운 내면적 감정 혹은 성격적 이면이 드러나게 된다. 이전의 장면에서 손님맞이용 가면을 얼굴에 쓴 것 같은 노부부는 두 번째 손님들로 인해서 무장해제가 된다. 노인의 경우는 과거에 사랑했던 미녀에게 끊임없이 지나간 세월에 대해 후회하고 그리워하는 모습을 보이고, 노파는 잘생긴 인쇄사에게 말 그대로 '치근덕거린다.'

---

5) 원문인 "Life's roses aren't for me to gather"는 "Gather roses while you may"(할 수 있을 때 장미를 모아라; 젊을 때 인생을 즐겨라)를 염두에 두고 한 말로, 현재를 즐길 수 없는 상태의 불행함을 강조하기 위해서 쓴 표현이다.

노부부는 오랜 시간 함께 하면서 오직 두 사람만의 대화 속에서 살다가 정말 오랜만에 타인과 이야기하게 된다. 손님들이 오면서 점차 감정적으로 고조가 되는데, 여기서의 두 사람의 성격은 다른 어떤 장면과도 다르다. 과거를 추억하는 노인에게서는 애잔하지만 공감하기 힘든 쓸쓸함이 묻어나고, 에로틱한 장면을 연출하는 노파에게서는 어떠한 성적 매력도 느낄 수 없고 추함과 비참함만이 남는다. 장면을 기점으로 노인의 경우는 점점 이성을 잃어가고, 노파의 경우는 점점 존재감이 사라지게 된다. 이 장면 이후에 노인과 노파는 노인의 어머니에 대한 이야기를 여러 보이지 않는 인물들에게 전하는 과정에서 서로 다른 기억을 가지고 있다는 것이 드러나는데, 여러 인물들에게 반응하는 두 부부의 모습에서 시간에 대한 무상함, 현재에 대한 공허함, 그리고 헛된 희망 등을 엿볼 수 있다.

『의자들』은 무대 위에서 빈 의자들을 놓고 연기를 해야 하기 때문에, 두 사람의 '몸'과 '톤', 그리고 '표정'이 보이지 않는 인물들을 대할 때마다 각자 달라야하고, 그들의 가상의 성격을 부여해야 하기 때문에 연기의 폭도 넓고 몸의 움직임 역시 다양한 면모를 보여줄 수 있어야 한다. 특히 노파의 경우는 이전에도 이후에도 없는 '욕망'의 왜곡된 형태의 표출이 이뤄지는 장면이기 때문에 더욱 심도 깊은 이해와 연구가 필요한 장면이라고 할 수 있다. 기존의 노파의 성격에서 완전히 다르지는 않으면서도 판이하게 달라야 한다. 또한 그 와중에 귀부인, 육군원수, 미녀, 인쇄자뿐만 아니라 서로에 대한 태도 역시 달라야 하므로 두 사람의 호흡이 정말 중요하게 작용하기 시작하는 장면이기도 하다. 미녀와 인쇄사의 등장은 노부부에게 극명한 감정적 변화를 주는 장면이며 황제가 등장해 감정선이 절정에 이르게 되기까지의 시작점이라고 할 수 있다. 무대로 내리쬐는 조명이 점진적으로 밝아지는 것처럼 두 사람의 감정을 조금씩 끌어올려야하는 장면으로서 배우들의 감정과 호흡이 매우 세밀하게 다뤄져야 한다. 또한 여러 사람과 대화하는 장면을 보이지 않고, 들리지 않는 상태에서 연기해야 하기 때문에 여유로운 접근이 필요하다. 그렇기에 감정연기뿐만 아니라, 마임과 같은 동작모사 훈련을 하는 것이 배우들에게 도움이 될 것이다. 짧은 문장이라도 세세하게 분석하고 각 구절의 목적을 구분할 수 있도록 한다.

『밤으로의 긴 여로』

Long Day's Journey into Night

유진 오닐Eugene O'Neill, 1888~1953

■

최보람

■ 작가 소개

오닐은 당시 제대로 정립되지 못했던 미국 연극계에서 사실주의 및 표현주의 연극 양식을 시도함으로써 불모지나 다름없었던 미국 희곡을 세계적인 수준으로 발전시킨 거장이다. 미국 독립 이후 19세기 말까지 미국 연극은 영국을 중심으로 한 유럽 작품들이 우세했으며, 예술성을 추구하기보다는 상업적이고 오락성이 강한 작품들, 이를테면 권선징악이나 멜로드라마적 특성이 강한 통속극이 주를 이루었다. 이 때문에 오닐은 자연히 유럽 연극에 관심을 두게 되었고, 특히 당대 유럽의 연극을 주도하던 입센(Henrik Ibsen)과 스트린드베리히(August Strindberg)의 영향을 많이 받았다. 그 외에도 그의 작품에는 수많은 유럽 작가들, 이를테면 윌리엄 셰익스피어(William Shakespeare), 오스카 와일드(Oscar Wilde), 프리드리히 니체(Friedrich Nietzsche), 샤를 보들레르(Charles Baudelaire), 러디어드 키플링(Rudyard Kipling), 크리스티나 로제티(Christina Rossetti), 그리고 앨저넌 스윈번(Algernon Charles Swinburne) 등으로부터 받은 영감이 고스란히 녹아있다.

1888년 미국 뉴욕 브로드웨이(Broadway)에 있는 한 호텔 방에서 연극배우 제임스 오닐(James O'Neill)과 엘랜 퀸란 오닐(Ellen Quinlan O'Neill)의 셋째 아들로 태어난 오닐은 어린 시절부터 아버지의 영향을 받아 공연과 극장에 대해 남다른 경험과 지식을 갖게 되었다. 그는 작품을 통해 크게 세 가지 주제를 탐구하였는데, 하나는 대체로 바다 또는 뉴잉글랜드 지방의 황량한 자연환경으로, 자연이 인간을 시험하는 동시에 그가 성장할 수 있도록 한다는 것이다. 또 다른 하나는 인간의 탐욕으로 물질주의에 심취한 인간의 모습을 노골적으로 그려냄으로써 인간의 숨겨진 욕망을 탐구하고자 하였으며, 마지막으로 인간의 정체성이라는 주제를 통해 겉으로는 드러나지 않는 숨겨진 자아의 모습을 진실 되게 그려내고자 하였다. 이 주제들은 자연주의, 상징주의, 그리고 표현주의 등 현대극에서 사용되는 거의 모든 극 형식을 통해 시도되었고, 이는 오닐의 끊임없는 실험정신과 도전정신을 엿볼 수 있도록 해준다.

오닐의 작품이 처음 인정을 받기 시작한 때는 그가 주로 해양 극을 썼던 시기로, 대개 "글렌케언 극들(The Glencairn Plays)"이라고 불린다. 특히 1916년에 그는 매사추세츠 주 프로빈스타운(Provincetown)에서 진보적인 예술가들과 함께 프로빈스타운 플레이어스 (Provincetown Players)를 조직하였고, 이곳에서 많은 작품들은 공연하였다. 이 시기에 가장 주목할 만한 단막극은 『카디프를 향하여 동쪽으로』(*Bound East for Cardiff*, 1914), 『환상 지대』(*In the Zone*, 1917), 『먼 귀향 항로』(*The Long Voyage Home*, 1917), 『카리브 해의 달』(*The Moon of the Caribbees*, 1917), 『밧줄』(*The Rope*, 1918), 그리고『십자가가 가리키는 곳』(*Where the Cross Is Made*, 1918) 등이 있다.

단막극을 쓰며 습작기를 보낸 후, 오닐은 1920년부터 장막극을 쓰기 시작하는데, 『지평선 너머』(*Beyond the Horizon*, 1920)와 『애나 크리스티』(*Anna Christie*, 1920)로 퓰리처상을 받으며 극작가로서의 지위가 더욱 확고해졌다. 그의 작품 중 『황제 존스』(*The Emperor Jones*, 1920)는 사실주의와는 다소 거리가 먼 작품으로 미신과 공포에 사로잡힌 한 오만한 인간이 무너지는 모습을 상징적이고 표현주의적인 수법으로 묘사하고 있다. 1924년에 오닐은 가장 훌륭한 작품이라고 할 수 있는 『느릅나무 밑의 욕망』(*Desire Under the Elms*)을 썼는데, 계모와의 사이에 아이를 낳는 비극을 그려냄으로써 뉴잉글랜드 청교도 지방에서 억압된 인간의 욕망과 성애의 위험성을 다루고 있다. 1925년부터 약 10년 동안 오닐은 8편의 작품을 썼는데, 대체로 공허할 정도로 이상에 치우친 문제들을 다루거나 연극적 효과에 의존한 경향을 보인다. 특히 세 번째 퓰리처상을 받은 『이상한 막간극』(*Strange Interlude*, 1926~27)은 인물들의 심리를 장황하게 묘사하고 있는데, 각 인물은 그들의 내적 세계를 의식의 흐름 기법으로 보여주고 있다.

오닐의 명성은 1936년 노벨 문학상을 받은 이후로 점차 쇠퇴하였다. 이 시기에 그는 6편의 작품을 더 썼지만, 오직 『어름장수 오다』(*The Iceman Cometh*, 1939)만이 그의 생전에 공연되었다. 오닐의 마지막 시기에 주목할 만한 작품은 무엇보다도 『밤으로의 긴 여로』라고 할 수 있다. 이는 오닐의 네 번째 퓰리처 수상작으로 "피와 눈물로 씌어졌다"고 할 만큼 고통스러웠던 젊은 시절의 가족사를 가혹하게 파헤친 자전적인 작품이다. 이 작품을 포함하여 오닐은 그의 후기 작품들에서 연극적 실험을 추구하기보다는 사실주의로 돌아왔는데, 이들은 많은 비평가들에 의해 뛰어나다는 평가를 받고 있다.

1910년대 중반에 시작되어 생애 말인 1940년대까지 왕성한 극작 활동을 했던 오닐은 총 4번의 퓰리처상과 노벨상 수상으로 20세기 전반을 대표하는 세계적인 극작가로 기억되고 있다. 오닐의 작품들은 후대의 미국 극작가들에게 많은 영향을 미쳤는데, 특히 테네시 윌리엄스(Tennessee Williams), 아서 밀러(Arthur Miller), 샘 셰퍼드(Sam Shepard) 등에 이르기까지 오닐이 구현했던 사실주의 전통을 충실히 따르는 작가들이 출현하게 되었다.

■ 작품 소개

오닐의 대표작 『밤으로의 긴 여로』(1956)는 4막 5장으로 이루어진 자전적인 작품으로, 남들에게 드러내기에는 치명적인 가족의 모습을 그대로 묘사함으로써 작가의 젊은 시절의 고뇌와 인생에 대한 비극적인 관점을 잘 드러내고 있다. 극은 1912년 8월 어느 날 아침 8시 30분부터 시작되어 하루 동안 타이론(Tyrone)가 식구들에게 일어난 일을 보여준다. 이 작품의 플롯과 형식은 매우 단순하며 오닐의 다른 작품들과는 달리 상징적인 표현이나 내적 독백과 같은 실험적인 기교도 거의 드러나지 않는다. 각각의 등장인물들은 자신의 고통스러운 과거를 파헤치며 상대방에 대한 증오를 드러내고 있지만, 그 과정 속에서 인간의 내면에 있는 진실된 마음을 솔직하게 드러냄으로써 서로에 대한 동정과 이해를 이뤄내는 모습을 담아내고 있다.

어린 나이에 아버지로부터 버림받고, 열 살부터 공장에서 일하는 등, 찢어지게 가난했던 어린 시절을 보냈던 아버지 타이론(James Tyrone)은 푼돈한 푼까지도 아끼는 구두쇠가 되었다. 본래 그는 셰익스피어 극을 전문으로

하는 배우로 성공하고자 했으나 돈이 잘 벌리는 통속극에 전념하여 일생을 망친 것을 후회하면서 부동산투기를 일삼는 수전노가 되고 만다. 돈을 아끼려 했던 탓에 아내 메리(Mary)를 좋은 시설의 병원 대신 싸구려 의사에게 맡긴다. 에드먼드(Edmund)를 낳으며 극심한 산고에 시달린 메리에게 의사는 모르핀을 투여하고, 결국 이는 습관성이 되어 평생 동안 그녀 자신뿐만 아니라 가족들을 고통스럽게 하는 원인이 된다. 본래 메리는 수녀학교에서 피아노를 잘 치는 수녀가 되고자 했으나 남편 제임스(James)에게 반하여 결혼했지만, 배우였던 그를 따라 싸구려 호텔방을 전전하면서 안정된 집도 없이 외로운 삶을 살게 된다. 그녀는 두 어린 아들 제이미(Jamie)와 유진(Eugene)을 친정에 맡겨두었는데, 제이미가 유진에게 홍역을 옮기는 바람에 유진이 죽고 만다. 죽은 아들을 대신해 두 부부는 에드먼드를 낳게 되었지만 애를 낳는 고통을 줄이기 위해 투여한 모르핀 때문에 메리는 중독자가 되어버린다. 제이미는 죽은 유진과 에드먼드에게 부모의 사랑을 빼앗겼다고 생각하고, 또한 에드먼드의 문학적인 재능을 질투한 나머지 그에게 술을 가르치는 등 나쁜 행실을 하도록 유도했다고 아버지로부터 비난 받는다. 그러나 그는 사실 어머니와 동생의 건강을 염려하면서 아버지에게 돌팔이 의사 대신 전문의가 있는 고급시설의 요양소에서 어머니가 치료받을 수 있도록 해달라고 애를 쓴다. 에드먼드는 아버지로부터 그가 어린 시절 겪었던 고생담을 듣고, 또 동생을 질투하여 의도적으로 나쁜 길로 인도한 죄책감에 알코올 중독자가 되어 방탕한 삶을 살게 되었다는 제이미의 고백을 들으면서 두 사람을 이해하고 동정하게 된다.

이 작품의 중심에 놓인 질문은 타이론 가의 불행한 삶이 누구의 책임이냐는 것이다. 특히 어머니 메리의 모르핀 중독이 누구 때문이었는지 추적하고 있다. 제이미와 에드먼드는 출산 후 값싸고 손쉬운 처방으로 사용된 모르핀 투약이 중독으로 이어졌다는 점에서 싸구려 의사를 고용한 아버지를 비난한다. 하지만 부모님의 관심과 사랑을 받은 동생 유진을 질투하여 그에게 일부러 홍역을 옮겨 죽음에 이르게 함으로써 어머니로 하여금 에드먼드를 낳게 만든 제이미 역시 불행의 원인을 제공한 인물이다. 또한 아이를 잃은 슬픔에서 벗어나지 못한 채 에드먼드를 낳다가 치료 목적으로 투약한 모르핀을 끊지 못하고 계속해서 의지하게 된 메리 자신도 그 책임으로부터 자유로울 수 없다. 역시 메리의 모르핀 투약이 에드먼드를 낳는 과정에서 시작되었다는 점에서 막내 에드먼드의 책임이 없다고 할 수 없다. 타이론 가의 하루에 걸친 "긴 여로"는 서로에 대한 비난과 공격, 변명과 회피의 연속으로 이루어진다. 극이 진행되어 갈수록 가족 간의 갈등은 점점 가열되고, 오늘의 불행한 삶을 초래한 과거의 기억들이 가까운 시간부터 먼 시간까지 다시 살아나 끊임없이 이들을 괴롭힌다.

　타이론 가 사람들은 서로를 이해하고 보듬어 주려고 하지만, 가까이 다가갈수록 오히려 그들 자신과 서로에게 상처를 남길지도 모른다는 두려움 때문에 거리를 둔다. 가족이라는 울타리 안에서 상대방에게 던지는 비난은 스스로에 대한 깊은 자책감을 우회적으로 표현하는 것이며, 각 인물들이 느끼는 증오 또한 가족에 대한 사랑의 또 다른 이면이라고 할 수 있다. 서로에 대한 원망과 비난이 거세질수록 역설적으로 서로에 대한 연민과 사랑이 교차하면서 관객들은 작품 전체를 통해 타이론 가 사람들이 겪는 증오와 사랑의 양면을 목격하게 된다. 이 작품을 통해 오닐이 자신의 가족과 자기 자신에 대한 진실을 정면으로 마주하고 각 인물에게 동정 어린 시선을 던짐으로써 궁극적으로 자기 자신을 돌아보고 자신의 아픔을 치유하려 했음을 짐작할 수 있다.

　이 작품은 1941년에 쓰였지만 오닐이 죽은 뒤 1956년에서야 공연되었다. 첫 공연은 그의 정신적 지주였던 스트린드베리의 모국인 스웨덴 스톡홀름에 있는 로열 드라마 극장(Royal Dramatic Theatre)에서 이루어졌다. 약 네 시간 반 동안 지속된 이 작품은 벵그트 에케로트(Bengt Ekerot)에 의해 연출되었으며, 비평가들에 의해 크게 호평 받으며 큰 성공을 거두었다. 같은 해 브로드웨이 헬렌 헤이즈 극장(Helen Hayes Theatre)에서 호제 퀸테로(José Quintero)에 의해 공연되었는데,[1] 최우수 작품상으로 토니 상(Tony Award)과 뉴욕 비평가 상을 수상하였다. 퀸테로는 "작가와 작품에 대한 믿음과 극중 인물에 대한 깊은 공감"만 있으면 누구라도 이 극을 성공적으로 무대화할 수 있다고 말했다.

이 작품은 1962년 영화로 처음 각색되었으며 연출은 시드니 루멧(Sidney Lumet)이 맡았다. 같은 해 깐느 영화제에서 타이론, 에드먼드, 메리 역을 맡았던 랄프 리차드슨(Ralph Richardson), 딘 스톡웰(Dean Stockwell), 그리고 케서린 헵번(Katherine Hepburn)이 최우수 연기상을 수상했다. 이 작품은 1973년 영국 텔레비전 프로그램(ITV Sunday Night Theatre)에서 1971년에 녹화된 국립 극장(National Theatre)의 작품을 방영하였으며, 이 때 타이론 역을 맡았던 로렌스 올리비에(Laurence Olivier)가 최우수 배우상을 받기도 했다. 이 작품은 이후로도 여러 편의 TV 시리즈 및 영화 버전이 만들어졌으며, 이에 참여했던 많은 배우들이 그들의 훌륭한 연기로 상을 받았다.

오닐의 작품들이 한국에 소개된 것은 1920년대 중반 무렵이었으며, 그 이후 오닐의 작품은 학계와 연극계에서 꾸준히 연구되었다. 한국 연극계에 사실주의 극에 대한 관심이 증가되면서 『밤으로의 긴 여로』는 1962년 오화섭 번역, 이해랑 연출 및 주연으로 초연되었다. 이 작품은 2009년에는 명동

---

1) 브로드웨이 초연 공연에서 제임스 타이론 역은 프레드릭 마치(Fredric March), 메리 역은 플로렌스 엘드리지(Florence Eldridge), 제이미 역은 제이슨 로바즈(Jason Robards Jr.), 그리고 에드먼드 역은 브래드포드 딜먼(Bradford Dillman)이 맡았다.

예술극장에서 이해랑 서거 20주년 추모공연으로 임영웅에 의해 재공연 되었는데, 이 때 김명수, 손숙, 그리고 김석훈이 각각 타이론, 메리, 그리고 에드먼드 역으로 출연하였다. 이 공연 외에도 이 작품은 지난 십년 동안 꾸준히 공연되어 오닐 작품에 대한 대중의 관심을 불러일으켰다.[2] 특히 2012년 명동 예술극장에서 쿠리야마 타미야(Kuriyama Tamiya)에 의해 연출된 공연에는 이호재와 예수정이 각각 타이론과 메리 역을 맡으며 뛰어난 연기력을 선보인 바 있다. 이 공연은 무대 및 조명 디자인을 효과적으로 이용하여 낡고 허름한 공간을 연출하였는데, 이는 각 인물들의 불안정한 내면의 심리 상태를 상징적이면서도 사실적으로 그려냈다는 평가를 받았다.

▆ 장면 번역: 4막

제이미 (*울음을 참으려 애쓰며*) 난 너보다 훨씬 더 오래전부터 엄마 일을 알고 있었어. 처음 알게 된 날을 도저히 잊을 수가 없어. 엄마가 주사 놓는 걸 봤거든. 맙소사, 난 창녀가 아닌 여자가 마약을 한다는 건 상상도 못했어! (*사이*) 그 다음엔 네가 결핵에 걸린 거야. 난 완전히 좌절했지. 우리는 형제 이상으로 가까운 사이였으니까. 넌 내 유일한 친구야. 널 정말 사랑한단다. 너를 위해서라면 무슨 짓이든 할 수 있어.

에드먼드 (*손을 뻗어 그의 팔을 토닥이며*) 잘 알아, 형.

제이미 (*울음을 그치고 얼굴에서 두 손을 떨어뜨린다. 묘하게 빈정대는 어조로*) 엄마와 가스파르 영감이 내가 최악의 사태가 일어나기만 바란다고 헛소리하는 걸 너도 들었을 거야. 그래, 너도 지금 내가 속으로는

---

2) 임영웅과 쿠리야마 타미야 연출 외에 이 작품은 2004년 김성옥, 2007년 최범순, 그리고 2013년과 2014년 김정이 연출에 의해 공연되었다.

아버지가 늙어서 오래 못 살고 너까지 죽게 되면, 엄마랑 내가 아버지 재산을 다 차지하기를 은근히 바란다고 . . .

에드먼드 (*화가 나서*) 그만해, 이 멍청이! 어떻게 그런 말도 안 되는 생각을 할 수 있어? (*비난의 눈빛으로 형을 노려본다.*) 그래, 그게 바로 내가 알고 싶은 거야. 왜 그런 생각이 든거지?

제이미 (*혼란스러운 듯, 다시 취기가 오른 것처럼 보인다.*) 바보야! 내가 말했잖아! 난 항상 최악의 사태가 일어나길 바란다고! 어쩔 수가 없어. (*술김에 화를 내며*) 너 지금 뭘 하려는 거야? 날 비난하려고? 내 앞에서 잘난 체 하지 마! 난 네가 아는 것보다 인생에 대해 더 많은걸 알고 있어! 고상한 글 좀 읽었다고 날 바보 취급할 생각은 마! 넌 덩치만 컸지 어린애야! 엄마의 애기, 아버지의 귀염둥이! 가문의 희망! 너 요즘 아주 건방져졌어. 쥐뿔도 아닌 거 가지고! 촌구석 신문에 시 몇 편 실린 게 뭐라고! 젠장, 나도 학교 다닐 때 문학잡지에 그보다 더 나은 작품들을 실었다고! 그러니까 꿈 깨! 넌 지금 세상에 이름을 떨치고 있는 게 아니야! 촌구석 얼간이들이 장래가 촉망된다느니 하면서 듣기 좋은 말들을 늘어놓는 거라고 . . . (*갑자기 뉘우치는 듯한 톤으로 변한다. 에드먼드는 형을 보지 않은 채 그의 장광설을 무시하려 애쓴다.*) 젠장, 막내야, 방금 내가 한 말 잊어버려. 그건 얼간이들한테나 하는 말이지. 진심이 아니라는 걸 잘 알 거야. 그 누구보다도 난 네가 유명해지길 바라고 있어. 네가 잘 되기 시작했을 때 나보다 더 너를 자랑스러워 한 사람도 없었다고. (*취해서 우기듯이*) 그러지 못할 이유가 없잖아? 젠장, 이건 지극히 이기적인 생각인데, 네가 잘되면 나한테도 좋으니까. 네가 이렇게 될 수 있도록 제일 공들인 사람은 바로 나야. 내가 여자들 속성을 잘 알 수 있도록 해줘서 네가 희생양이 된 적도 없고, 원치 않는 실수를 한 적도 없잖아! 그리고 처음으로 네가 시를 읽을 수 있도록 해준 게 누구냐? 예컨대 스윈번을? 바로 나야! 한때 나도 글을 쓰고 싶어 했기 때문에 언젠가 너도 글을 쓸 수 있을 거라는 생각을 심어준거라고! 젠장, 너는 나에게 동생 이상이야. 내가 널 만들었어! 넌 나의 프랑켄슈타인이야! (*술에 취해 점점 오만해진다. 에드먼드는 이제 재미있다는 듯 웃는다.*)

에드먼드 그래, 난 형의 프랑켄슈타인이야. 그러니 술이나 마시자고. (*웃으며*) 형은 정말 미쳤어!

제이미 (*잠긴 목소리로*) 난 마시겠지만, 넌 안 돼. 건강을 챙겨야지. (*사랑이 가득한 바보 같은 미소를 지으며 동생의 손을 잡는다.*) 요양원 일로 겁먹을 거 없어. 젠장, 넌 쉽게 이겨낼 거야. 반년만 지나면 얼굴에 혈색이 돌 거다. 어쩌면 결핵이 아닐 수도 있어. 의사들 대부분이 사기꾼이거든. 몇 년 전에 나한테 술을 끊지 않으면 곧 죽을 거라고 했지만, 난 지금 이렇게 멀쩡하다고. 그들은 모두 사기꾼이야. 너한테서 돈을 뜯어내려고 별짓 다하는 거야. 그 주립 요양원도 부당이익을 취하고 있는 게 확실해. 의사들이 환자 한 명씩 보낼 때마다 얼마씩 받아먹는 거라고.

에드먼드 (*역겨워하면서도 흥미를 느끼며*) 형은 정말 못 말려! 아마 최후의 심판에서도 사람들한테 그런 말들을 지껄일 거야.

제이미 내 말이 맞을걸. 심판관한테 몇 푼이라도 찔러주면 구원받겠지만, 빈털털이면 지옥에 떨어질 거야! (*자신의 불경스러운 말에 미소 짓고, 에드먼드도 웃을 수밖에 없다. 제이미는 계속한다.*) "그러니 지갑 속에 돈을 넣고 다녀라."[3] 그게 유일한 비결이지. (*조롱하듯*) 그게 내 성공의 비결이라고! 그 비결이 날 어떻게 만들었는지 봐! (*에드먼드가 술을 가득 따라 마시는걸 그냥 내버려둔다. 그는 몽롱하지만 애정 어*

---

3) 셰익스피어의 『오셀로』 1막 3장 중 대사.

린 눈으로 에드먼드를 바라보다가 그의 손을 붙잡고, 잠긴듯하지만 이
상하게도 설득력 있는 진지한 목소리로 말하기 시작한다.*) 잘 들어, 막
내야, 이제 넌 여길 떠날 테니까. 아마도 얘기할 수 있는 기회가 또
없을지도 몰라. 아님 너한테 진실을 말할 수 있을 정도로 취하는 경
우가 또 없을지도 모르고. 그래서 지금 말해야겠다. 오래 전에 너한
테 다 털어놨어야 하는 얘긴데, 널 위해서 말이야. *(그는 말을 멈추고,*
자기 자신과 씨름한다. 에드먼드는 감동받은 동시에 불안한 듯 그를
바라본다. 제이미는 불쑥 말한다.) 이건 취해서 하는 헛소리가 아니라
"취중진담"이라는 거다. 그러니 진지하게 듣는 게 좋을 거야. 나를 조
심하라고 경고하고 싶다. 엄마하고 아버지 말이 맞아. 난 너한테 나
쁜 영향을 줬어. 정말 최악인건 내가 고의로 그랬다는 거야.

에드먼드 *(불편해하며)* 그만해! 듣고 싶지 않아.

제이미 쉿, 막내야! 잠자코 들어! 난 일부러 널 건달로 만들려고 했어. 내 일
부분이 그렇게 했지. 큰 부분이. 그 부분은 오랫동안 죽은 것처럼 지
내왔어. 그건 삶을 증오해. 네가 내 실수를 보고 배워서 현명해지도록
했다는 거 말이야, 나도 그렇게 믿었었는데, 실은 다 거짓이야. 난 내
실수를 그럴듯하게 꾸몄어. 취하는 걸 낭만적인 것처럼 보이도록 했
지. 창녀들을 가난하고, 어리석고, 병든 게으름뱅이라고 하는 대신 매
혹적인 흡혈귀라고 했어. 노동은 멍청이들이나 하는 짓이라고 조롱했
지. 네가 성공해서 내가 한심한 인간인 것처럼 비교되는 게 싫었어.
네가 실패하길 바랬다구. 널 항상 질투했지. 엄마의 애기, 아버지의
귀염둥이! *(점점 더 적대감을 드러내며 에드먼드를 노려본다.)* 엄마가
마약을 하기 시작한건 다 네가 태어났기 때문이야. 네 탓이 아니라는
걸 알아, 그렇지만, 빌어먹을 놈, 그래도 널 증오하지 않을 수 없어!

에드먼드 *(겁에 질려서)* 형! 그만해! 완전히 미쳤어!

제이미 하지만 오해하진 마, 막내야. 너를 미워하는 마음보다 사랑하는 마음이 더 크니까. 내가 이런 말을 하는 게 바로 그 증거야. 네가 날 증오할 수도 있다는 걸 알면서도 털어놓는 거야, 내게 남은 유일한 사람인 너한테. 아까 내가 너한테 한 말은 진심이 아니었어. 대체 내가 왜 그런 말을 했는지 모르겠구나. 내가 말하고 싶었던 건, 네가 크게 성공하는 걸 보고 싶다는 거였어. 하지만 조심하는 게 좋을 거야. 왜냐하면 내가 널 망치려 기를 쓸 테니까. 나도 어쩔 수 없어. 난 나를 증오해. 복수를 해야 하거든. 모든 사람들에게. 특히 너한테 말이야. 오스카 와일드의 『레딩 감옥의 발라드』에도 속이 뒤틀린 멍청이가 나오지. 그 인간은 죽었고, 그래서 사랑했던 것들을 죽여야만 했어. 그건 필연적인거야. 내 안의 죽은 부분은 네가 낫지 않기를 원해. 아마도 엄마가 다시 마약을 하게 된걸 기뻐할지도 몰라! 그 녀석은 함께할 누군가를 원해, 혼자서 시체가 되어 집안을 돌아다니길 원하지 않거든! (*그는 괴로운 듯 쓴 웃음을 보인다.*)

에드먼드 맙소사, 형! 정말 미쳤구나!

제이미 잘 생각해보면 내 말이 맞다는 걸 알게 될 거다. 나랑 떨어져서 요양원에 있게 되면 잘 생각해보도록 해. 날 지우겠다고, 네 삶에서 날 몰아내겠다고, 내가 죽었다고 생각하고, 사람들한테도 "형이 있었지만, 죽었어요"라고 말해. 그리고 다시 돌아오게 되면 나를 경계하도록 해. 난 '오랜 친구' 어쩌고 하면서 널 반기고 기꺼이 손을 내밀겠지만, 기회만 있으면 네 등에 칼을 꽂을 테니까.

에드먼드 그만해! 더 듣다간 미쳐버리고 말거야.

제이미 (*듣지 못한 것처럼*) 그래도 날 잊지는 마. 널 위해 경고했다는 걸 기억해. 그 점만은 인정해줘. 자기 자신으로부터 동생을 구하는 것보다 더 큰 사랑은 없을 거야. (*크게 취해서 머리를 꾸벅거린다.*) 이게 다

야. 이제야 마음이 한결 낫구나. 고백을 하고 나니까. 넌 날 용서해줄
거야, 그렇지, 막내야? 이해해줄 거야. 넌 좋은 녀석이니까. 그래야만
해. 넌 내가 만들었으니까. 그러니 가서 병을 다 고치고 오렴. 나를
두고 죽으면 안 돼. 나한테 남은 건 너뿐이야. 네게 축복이 깃들기를.
(*그의 눈이 감긴다. 중얼거린다.*) 마지막 잔에−완전히 정신을 잃는
군. (*술에 취해 졸고 있지만, 완전히 잠든 것은 아니다. 에드먼드는 그
의 참담한 마음에 두 손에 얼굴을 파묻는다.*)

▬ 장면 해설

이 장면은 4막의 중간 부분으로, 에드먼드와 타이론의 대화 도중 술에 취한
제이미가 등장한 이후 벌어지는 내용이다. 에드먼드는 어머니가 모르핀을
시작하게 된 것은 돈을 아끼려 했던 아버지의 인색함 때문이며, 이제는 결
핵을 앓고 있는 자신마저도 싸구려 요양원으로 보내려 한다며 아버지를 비
난한다. 타이론과 에드먼드는 서로에게 차마 입에 담지 못할 말들을 내뱉으
며 상처를 주지만, 이 치열한 언쟁은 타이론에게는 부끄러움을, 또 에드먼드
에게는 피할 수 없는 죄의식을 느끼도록 한다. 대화 도중 잔뜩 취한 채 등장
한 제이미는 어머니의 모르핀 중독으로 깊은 절망감에 빠져 있다. 더욱이
어머니의 불행이 동생이 태어남으로써 비롯되었다는 사실은 그로 하여금
동생을 증오할 수밖에 없도록 만든다. 이 장면에서 제이미는 동생에 대한
시기심과 악의로 뭉쳐진 자신의 모습을 있는 그대로 드러냄으로써 오랜 시
간 동안 쌓아온 동생에 대한 열등감과 증오의 감정을 거침없이 쏟아낸다.
그러나 증오심이 클수록 동생에 대한 그의 애정 또한 남다르다. 그는 자신
의 목숨보다도 더 동생을 사랑하고 있다는 진심을 털어놓으며 고통스러웠

던 자신의 심정을 드러낸다. 에드먼드에 대한 제이미의 고백은 철저한 자기 폭로의 행위로 더 이상 자신의 파괴적인 실체와 증오심을 드러내는 것이지만, 동시에 그의 선택은 최악의 감정 상태에서도 가족에 대한 믿음과 회복 의지가 있기에 가능한 일이다. 비록 이들은 서로에 대해 분노와 실망감을 느끼고 있지만, 가족이라는 벗어날 수 없는 굴레 안에서 결국 모든 책임을 나눠질 수밖에 없다는 사실을 받아들이고, 이는 결국 그들의 관계가 다시금 동정과 사랑의 정서로 회복될 수 있는 기반이 된다.

이처럼 오닐의 작품 속 등장인물들은 늘 한 감정에서 정반대의 감정 사이를 오가는 극단적인 정서적 경험을 하고 있다. 증오에서 사랑으로, 비난에서 용서로 급변하는 강렬한 심리적 변화는 인물들의 불안정한 상태를 나타내는 동시에 이들이 이처럼 대립된 감정의 골을 극복할 수 있는 길을 모색할 수밖에 없도록 한다. 타이론 가 사람들의 고통스러운 상황을 지켜보면서 관객들은 그들이 겪고 있는 고통 그 자체보다는 그것을 넘어설 수 있는 가능성이 각 인물들 안에 내재되어 있음을 지켜보고자 한다. 즉, 고통을 잊기위해 현실로부터 도피하는 것이 아니라 고통의 심연까지 기꺼이 들어가 그것을 기꺼이 껴안음으로써 자기 자신에게 혹독한 인물들에게 동정과 연민의 감정을 느끼게 되는 것이다. 따라서 이 장면은 각 인물들의 심리적 상태를 충실하게 묘사해야 할 필요가 있으며, 무엇보다도 그들의 상반된 감정변화를 설득력 있게 연기하는 것이 중요하다. 그들의 섬세하고 민감한 성격과 내면적 심리 묘사가 많은 이 장면은 오닐이 자신의 기억을 더듬어 만들어졌다는 점에서 생생한 리얼리티를 갖게 된다. 이들이 늦은 시각까지 잠 못 이루고 술을 마시는 행위는 허심탄회하게 자신의 속내를 털어놓는 동시에 맨 정신으로는 도저히 받아들이기 힘든 상황들을 겪고 있음을 우회적으로 나타내는 것으로 볼 수 있다.

『덤웨이터』
The Dumb Waiter

해롤드 핀터Harold Pinter, 1930~2008

■

송현옥

▬ 작가 소개

핀터는 배우이자, 극작가, 연출가로서 활동한 영국이 낳은 세계적인 작가이다. 1930년 유태인 상인의 아들로 태어난 그는 1942년에 이스트 런던(East London)의 핵크니 문법학교(Hackney Downs School)에 다녔는데, 학교 공연에서 주역 배우로 활동하면서 연극을 처음 접하게 되었다. 졸업 후 왕립 연극 아카데미(Royal Academy of Dramatic Art)에 입학하는데, 아카데미 재학 시 핀터는 군복무의 명령을 받는다. 그는 양심선언을 통해 군대에 가지 않았지만 그 일로 재판을 받기도 하였다. 배우로 활동하는 동안 핀터는 데이비드 배론(David Baron)이라는 예명을 사용하며, 영국 전역의 레퍼토리 극장에서 활동하였다. 1956년에 배우 비비안 머천트(Vivien Merchant)와 결혼하였는데, 그녀는 핀터의 극작에 영감을 불러 넣는 뮤즈가 된다.

1957년, 핀터는 『방』(*The Room*)을 발표하면서 극작가로서의 길에 들어서고, 1963년에는 영화에도 관심을 가져 조세프 루시(Joseph Losey) 감독의 『관리인』(*The Caretaker*, 1960)을 시나리오로 각색하는 것을 필두로 많은 시나리오 작품들도 남긴다. 뿐만 아니라 그는 연출가로서도 활동하였으며 국내외로 명성이 높아 1966년에 『귀향』(*Homecoming*, 1964)으로 CBE상을 받는 것을 위시하여 여러 상을 받는데, 특히 주목할 만한 상은 로렌스 올리비에 특별상(1996) 그리고 2005년에 노벨 문학상 수상이다.

핀터는 2차 세계대전 당시 반 유태인 집단으로부터 폭력을 당한 경험이 있는데, 이는 핀터의 잠재의식에 영원한 상처로 각인된다. 이러한 개인적인 경험은 인류 보편의 존재론적 상처로 승화되어 그의 작품 세계를 이루는 철학적 근간이 된다. 핀터의 초기 극들을 보면 등장인물들이 정체를 알 수 없는 위협에 공포를 느끼는 데, 그러한 주제는 바로 그의 실재 경험에서 비롯된 것이다. 그는 『최후의 한 잔』(*One for the Road*, 1984) 등의 1980년대 작품을 제외하곤 정치적인 이슈를 노골적으로 드러내지 않는다. 그러나 거의 모든 작품은 매우 정치적인 은유를 담고 있다. 그 이유는, "두 사람 만 있어도 파워게임이 존재 한다"는 핀터 자신의 진술에서와 같이, 인간관계를 미시정치로 파악하기 때문이다.

'부조리 극작가'라고 알려진 핀터의 극은 사실 다른 부조리극들과는 매우 다르다. 예를 들어, 베케트(Samuel Beckett) 극에 있어서 휠체어나 쓰레기통 등의 소품은 인간의 부동성이나 시간의 정체를 나타내는 은유가 된다. 그러나 핀터 극에서의 안락의자는 실제로 우리가 거실에서 사용하는 의자인 것이다. 『고도를 기다리며』(*Waiting for Godot*, 1953)에서의 당근은 먹을 수 있는 것으로서의 음식이 아닌 것, 즉 허무한 것(nothing)일 뿐이라는 형이상학적인 의미를 위한 오브제이나 『생일파티』(*Birthday Party*, 1957)에서의 콘플레이크는 아침마다 사람들이 먹는 일상적인 식사인 것이다. 그러나 극이 진행되어 나갈수록 차츰 관객은 그러한 사실주의적인 의미의 아침 식사가 베케트적인 허무를 포함하고 있음을 알 수 있게 되는 것이다. 즉, 베케트가 시적인 이미지로 인간의 현 상태를 표현했던 소품들은 핀터로 오게 되면서 사실주의적인 의미를 첨가하고 그 결과 핀터의 소품들은 이중적 의미를 갖는 패러디가 되는 것이다.

핀터의 관객은 지극히 사실적인 무대와 인물들이 등장하기 때문에 너무도 당연히 자신들이 익숙하게 알아 온 사실주의 형식의 논리로 극을 이해하게 된다. 그러나 인물들의 행동에는 동기가 빠져있고, 심리도 일관되지 않으며 마치 메뚜기의 뜀뛰기처럼 줄거리는 띄엄띄엄 이어진다. 그렇기에 '핀터레스크(Pinteresque)'라는 표현도 나올 정도이다. 그렇다면 핀터는 왜 그런 형식을 이용하는 것일까? 그것은 작가가 관객에게 게임을 걸고 있는 것이라고 할 수 있다. 마치 퍼즐 놀이를 할 때와 같이, 작품의 빈틈을 관객의 상상력으로 채우도록 유도하고 등장인물들의 전략이나 작가가 세운 규칙을 알아맞히는 게임을 유도하고 있는 것이다. 그의 작품은 이렇듯 무대와 관객과의 게임이자 등장인물들 서로간의 게임인데, 이는 기본적으로 진실이나 현실은 절대적인 것이 아니라 협상할 수 있는 개념이며 결국 인생 자체가 놀이라는 철학에 그 바탕을 두고 있기 때문이다.

▬ 작품 소개

『덤웨이터』는 1957년 발표된 핀터의 두 번째 단막극이다. 이 작품은1959년 독일의 프랑크푸르트(Frankfurt)에서 초연되었고, 1960년에 영국의 햄스테드 극장(Hampstead Theatre)에서 상연되었다. 핀터는 자신의 작품에 많은 영향을 끼친 것은 사뮈엘 베케트, 프란츠 카프카(Franz Kafka), 그리고 미국의 갱영화 라고 말한 바 있는데, 이 작품은 마치 미국의 갱영화 또는 알프레드 히치콕 (Alfred Hitchcock) 영화와 같은 분위기를 가지고 있으면서도 현대인의 실존적 정체성을 극화하고 있는 베케트의 부조리극과 같은 의미를 담고 있다.

두 갱스터, 벤(Ben)과 거스(Gus)는 지하실의 침대에서 일어나 구두를 풀 었다 묶었다 한다. 그러면서 그들은 바깥과 격리된 무료함과 불안함을 소일 거리를 하면서 달래고 있다. 벤은 신문을 보면서 기사에 대해 이야기하면, 거스는 그에 대해 엉뚱한 상상을 하는 등 두 사람은 놀이를 하고 있는 것 같이 보이지만, 이 둘은 엄청난 기 싸움을 하고 있는 중이다. 즉, 자신이 처 한 상황과 조직을 의심하는 거스와 상황에 순응하면서 거스의 일탈 행위를 막으려는 벤 사이에는 끊임없는 갈등과 투쟁이 생기는데 그러한 양상이 우 습기도 하고 위협적이기도 하다. 그러던 중, 위에서부터 요리승강기를 타고 음식물의 이름이 적혀있는 종이가 내려온다. 무엇일까 어리둥절해 있는 두 사람은 그저 종이에 적혀 있는 내용이 자신들이 해야 하는 임무 중의 하나 인 줄만 알고 그 메뉴대로 음식들을 올려 보내려 하지만 주방엔 그러한 음 식이 없다. 그래서 엉터리로 음식을 올려 보내면서, 총을 들고 경계태세를 갖춘다. 그리고 결국 벤은 문을 열고 들어오는 사람을 죽이라는 명령을 받 게 되는데, 막상 문을 열고 들어오는 사람은 바로 거스인 것이다. 이 극은 벤이 거스에게 총을 겨누고 서로 노려보는 장면으로 끝을 맺는데, 과연 벤은 거스를 죽일 것인가에 대해 열린 결말(Open Ending)로 남는다.

원래 이들은 구체적인 장소를 알 수 없는 방으로 들어가서 어느 정도의 시간을 기다린 다음, 첫 번째로 문을 들어오는 사람을 죽이라는 명령을 받았다. 그러나 우리는 이 극에서 사실주의 극에서 중시하는 사회적, 심리적 배경, 즉, 그들이 맡은 임무가 구체적으로 무엇이며 그것의 동기가 무엇인지 또는 그들이 어떻게 해서 살인 청부업자가 되었는지에 대하여 전혀 알 길이 없다. 또한 그들이 명령을 기다리면서 하는 행위들은 상황과 어울리지 않게 레스토랑 웨이터인 척하는 게임이나 탐정놀이 등의 가장의 게임이며, 말꼬리 잡기나 힘겨루기 등의 파워게임 형태이다.

이렇듯 이 작품은 자신들의 불확실하고 위협적인 삶의 조건을 극복하기 위해서 게임과 같은 삶의 방식을 유지하고 있는 두 인물을 보여준다. 그런데 이는 현대인의 생존 방식을 관객들에게 감각적이면서도 지적으로 체험하게 하는 효과를 가진다. 즉, 무대 위에서 일어나고 있는 이상한 일들에 대해 관객들은 매우 불안한 마음을 갖게 되는데, 그러한 체험은 마치 안락하고 안전하다고 믿었던 우리 집 찬장 문을 열었을 때 그 안에 족제비 한 마리가 나를 노려보고 있는 것과 같은 상황이라고 상상할 수 있다. 사실주의적인 (정통적인) 드라마 흐름을 가진 이 극을 보는 관객은 "왜?"라는 동기나 "무엇"이라는 목표가 없이 무대 위에서 "어떻게"라는 것만 볼 수 있다는 점에서 마치 조각들이 엉기성기 빠져있는 퍼즐 놀이와 같은 체험을 하게 된다. 이러한 드라마 퍼즐에서 마지막 조각 찾기는 결국 관객의 몫인데 확실한 것은 없이 단지 추측으로 그 조각을 맞추게 될 뿐이다. 이렇듯 익숙한 것이 낯설게 되고, 없는 것을 유추하면서 한 편의 드라마를 완성시켜야 하는 과정을 통해서 관객 역시 작가가 만들어 놓은 게임의 동참자가 된다. 이러한 방식으로 핀터의 관객은 불확실성이라는 주제를 머리로 배우기보다는 그러한 불확실성에 직접 개입하는 방식을 통해서 불확실성에 대응하는 방법 자체를 배우게 되는 것이다.

이 극의 원제목인 '덤웨이터'는 요리 승강기라는 뜻인데 또한 '말없이 (명령을)기다리는 자'라는 의미도 포함한다. 이 극의 인물들은 마치 고도(Godot)를 기다리듯, '윌슨(Wilson)'이라는 보이지 않는 존재의 명령을 기다리고 있다. 그러나 덤웨이터를 통해 내려오는 주문들은 우스꽝스럽고 상황에 맞지 않은 것들이다. 그럼에도 이들은 기다리기만 할 뿐 어떠한 의문이나 의혹도 표현하지 못하는 덤(벙어리) 웨이터가 된다. 그들은 기다림이라는 한계 상황에서 기다림의 허무와 공백을 메우기 위한 다양한 시간 보내기용 게임을 만들어낸다. 마치 『고도를 기다리며』의 인물들과 같은 상황이지만, 오지 않는 고도와 달리 이 극의 윌슨은 나타난다. 그러나 윌슨은 직접 모습을 보이는 것이 아니라, 요리승강기를 통해 벤과 거스가 제공할 수 없는 음식의 주문으로만 메시지를 계속 내려 보내는 것으로 나타난다. 그런데 그 상황은 처음엔 그 부조리함으로 인해 웃음이 나지만 그것의 누적되는 반복에 의해 차츰 공포로 바뀌게 되는 효과를 준다. 즉, 윌슨은 고도를 우스꽝스럽게 흉내를 냄으로써 불확실성이라는 형이상학적 의미와 소극(farce)적인 효과를 동시에 갖게 되는 것이다. 이렇게 볼 때 이 극은 『고도를 기다리며』의 패러디라 할 수 있을 것이다.

이 작품은 1964년 더스틴 호프만(Dustin Hoffman)이 제작하고 출연하기도 한 연극과 영화[1]로 잘 알려져 있으며, 한국에서도 극단에서 제작되었다.

---

1) 이 공연에서 벤 역할을 맡은 더스틴 호프만은 신문을 읽는 행위를 연기하는 데 있어, 신문을 거꾸로 들고 있는 행동을 보였다. 이는 벤이 진정으로 신문을 읽는 것이 아니라 이야기를 지어내고 있음을 형상화한 것이다.

60년대, 임영웅 연출로 〈덤웨이터〉 공연이 올려 진 이래, 몇 몇 극단에서도 이 작품을 공연한 기록이 있다. 2008년 핀터가 타계한 직후, 2009년에는 추모 공연으로서 장익렬 연출이 이 작품을 올렸다. 2013년 '2인극 페스티벌'에서 공연된 이 극은 〈누구를 향해 쏴라〉(송현옥 연출)라는 제목으로 올려 졌는데, 이 공연은 영상을 활용해서 퍼즐게임을 의도하고 신체언어를 파워게임 용도로 적극적으로 활용하는 등, 우리나라 최초로 핀터의 극을 재해석한 연출이라 할 수 있다.

2005년 핀터가 노벨상[2]을 받았을 때, 많은 기자들이 누군가 궁금해 하였는데 우리나라에서도 〈핀터 페스티벌〉[3]이라는 핀터 전문 축제가 이루어지고 있었음을 알고 놀라워했던 일화도 유명하다.

"우리나라에는 핀터가 잘 알려져 있지 않아요. 좀 어렵기 때문일 텐데, 알고 있더라도 잘못 알고 있는 경우도 많죠. 원래 핀터의 작품에는 사실주의와 부조리성이 섞여 있는데 부조리성을 빼고 사실주의적으로만 다룬다든가, 멜로나 에로틱한 부분만을 뽑아내는 경우도 많았죠. 또한 핀터의 작품을 무대에 올린 기존 연극들이 대중적 입맛을 추종하다보니 이른바 '핀터스러운' 맛이 사라져버린 . . ." 이라는 필자의 2005년 한겨레신문 인터뷰에서 보듯이 아직 우리나라 공연에 핀터가 의도한 게임을 관객과 즐길 수 있게 되는 작품은 많지 않다. 노벨상의 작가라는 명성과 달리, 우리나라에서는 막상 핀터의 극이 많이 공연되고 있지 않지만 그나마 『러버』(*The Lover*, 1962)나 『배신』(*Betrayal*, 1983) 등 보다 대중적으로 읽힐 수 있는 작품들이 선호된다.

---

2) 스웨덴 한림원은 노벨 문학상의 선정 이유로 "핀터는 연극의 기본 요소를 회복했다. 닫힌 공간과 예측 불가능한 대사를 통해 사람들이 서로에게 약점을 잡힌 끝에 허위가 붕괴되는 양상을 포착한다"라고 밝혔다

3) 2002년 제 1회 핀터 페스티벌에서 『덤웨이터』는 송현옥 연출로 국립극장 별오름 극장에서 공연되었다.

이 작품들에게선 러브 게임이 존재하기 때문인 것 같다. 핀터의 극은 비록 우리나라 관객에게는 어렵게 느껴질 수 있지만, 관객에게 애매하고 모호한 핀터의 극이 게임을 관객에게 의도하고 있으며 이는 인생을 놀이로 파악하는 포스트모던적인 개념의 극 형식이라는 것을 알게 해준다면 충분히 매력적이며 도전해 볼 가치가 있는 연극이다.

▬ 장면 번역: 단막극

벤　(*손뼉을 치며*) 그것들(*성냥개비들*)을 낭비하지 말고! 어서 가. 불을 붙여.

거스　뭐?

벤　가서 불을 붙이라고.

거스　불을 어디에?

벤　주전자에.

거스　가스라는 말이지?

벤　누가 그래?

거스　네가.

벤　(*눈을 찡그리며*) 무슨 말이야? 내가 가스를 말했다고?

거스　그래 바로 그거야 안 그래? 가스.

벤　(*강렬하게*) 내가 주전자에 불을 붙이라고 했으면 그건 그냥 주전자에 불을 붙이라는 거야.

거스　주전자에 어떻게 불을 붙일 수 있어?

벤　그냥 말이 그런 거야! 주전자에 불을 붙이다. 다들 그렇게 말해!

거스　난 들어 본 적이 없는데.

벤　주전자에 불을 붙여! 그건 관용적으로 쓰는 말이야.

거스 네가 틀린 것 같은데.

벤 (*위협적으로*) 뭐라고?

거스 사람들은 주전자를 끓이라고 말해.

벤 (*단호하게*) 누가 그래?

두 사람 서로 노려본다. 숨소리가 거칠다.

벤 (*의도적으로*) 내 일생동안 한 번도 그런 소리를 들어본 적 없어!

거스 우리 엄만 그런 말을 자주했는데?

벤 엄마? 네 엄마를 마지막으로 본 게 언젠데?

거스 글쎄 . . . 언제더라 . . .

벤 무슨 목적으로 네 엄마 이야기를 끄집어내는 거야?

서로 노려본다.

벤 거스! 내가 억지 쓰는 게 아냐. 너한테 분명히 지적해주려는 거지.

거스 그래— 하지만—

벤 지금 여기서 누가 상사야? 나야? 너야?

거스 너.

벤 난 널 위해서 이러는 거야, 거스. 넌 좀 배워야 해, 이 친구야.

거스 그래. 하지만 난 한 번도 들어 본 적이 없어. . .

벤 (*격렬하게*) 아무도 가스에 불을 붙이라고 하지 않아! 가스 불이 뭐하는 거야?

거스 가스 불이 뭐하냐면 . . .

벤 (*팔을 죽 뻗어 거스의 목을 움켜쥐며*) 주전자! 이 멍청아!

거스는 벤의 팔을 치운다.

거스   알겠어. 알겠어.

   (사이)

벤   음 . . . 뭘 기다리고 있지?
거스   불이 켜지는지 보고 싶어
벤   뭐가?
거스   성냥.

그는 납작해진 성냥갑을 꺼낸다. 불을 켜려고 해본다.

거스   안 되는데.

성냥갑을 침대 밑으로 던져버린다. 벤 그를 노려본다. 거스 발을 들어 올린다.

거스   여기다 해볼까?

벤이 주시한다. 거스는 구두에 성냥을 긋는다. 불이 켜진다.

거스   됐다.
벤   *(힘 빼고)* 그 거지같은 주전자에 불을 붙여라, 제발!

그는 침대로 간다. 그러나 곧 방금 자기가 한 말을 생각해 내고는 걸음

을 멈추고 반쯤 돌아선다. 그들 서로 바라본다. 거스는 왼쪽으로 천천
히 퇴장. 벤은 신문을 침대에 팽개친다. 침대에 앉는다. 손으로 머리를
감싸 안는다.

거스 (들어오며) 이제 된다.
벤 뭐가?
거스 스토브.

거스는 자기 침대로 가서 앉는다.

거스 오늘밤엔 누굴까?

(침묵)

거스 저, 물어볼 게 있었어.
벤 (다리를 침대에 올려놓으며) 오 맙소사.
거스 아냐. 물어볼 게 있어.

그는 일어나서 벤의 침대에 앉는다.

벤 내 침대엔 왜 앉는 거야?

거스 계속 앉아있다.

벤 도대체 무슨 일이야? 왜 그렇게 끝도 없이 질문을 하는 거지? 무슨
일이야?

거스	아무 일도 아냐.
벤	전에는 이런 쓸데없는 질문들을 하진 않았는데.
거스	아냐. 그냥 좀 이상해서,
벤	쓸데없는 생각 마. 해야 할 일이나 해. 입 다물고 일 만하는 게 좋을 걸?
거스	그게 바로 내가 이상하게 생각하는 문제야.
벤	뭐가?
거스	일.
벤	무슨 일?
거스	(*주저하면서*) 그래도 넌 뭘 좀 알고 있는 것 같아.

벤은 그를 바라본다.

거스	내 말은 . . . 넌 그래도 좀 알고 있다는 거지. . . . . 그러니까 . . . 오늘밤은 누가 될 것인가?
벤	누가 뭐가 된단 말이야?

서로 바라본다.

거스	(*마침내*) 누가 될 것인지.

(*침묵*)

벤	너 괜찮니?
거스	물론.
벤	가서 차나 만들어.

거스 넵! 그러지.

거스 왼쪽으로 퇴장. 벤은 나가는 그의 뒷모습을 본다. 그리고는 베개 밑에서 권총을 꺼낸다. 실탄이 들었는지 체크한다. 거스 다시 들어온다.

거스 가스가 다 떨어졌어.

벤 그래 . . . 어쩌지?

거스 미터기가 있더군.

벤 난 돈이 한 푼도 없는데.

거스 나도.

벤 기다리는 수밖에.

거스 뭘?

벤 윌슨을.

거스 아마 그는 오지 않을 거야. 쪽지만 보낼지 몰라. 항상 오지는 않았잖아.

벤 글쎄 . . . 먼저 일부터 해야 할 거야. 안 그래?

거스 제기랄.

벤 끝나고 차 마시면 되잖아? 왜 그래?

거스 먼저 마시고 싶어.

벤은 권총을 불에 비쳐보면서 닦는다.

벤 빨리 준비나 하지 그래.

거스 모르긴 해도 돈이 제법 들 거야.

침대에서 차 봉지를 꺼내어 가방 속에 던져 넣는다.

거스 어쨌든 월슨이 온다면 일 실링쯤은 갖고 있겠지. 그 정도는 있는 사람이라고 알려져 있으니까. 어쨌든 여긴 자기 방이고 차 한 잔 끓일 가스쯤은 충분한지는 알고 다닐 것 아냐?

벤 여기가 그의 방이라니? 그게 무슨 말이야?

거스 그래, 안 그런가?

벤 단지 빌렸을 뿐 일거야. 이게 반드시 그의 방이어야 할 필요는 없어.

거스 난 이게 그의 방이라는 걸 알아. 이 집 전체가 그렇지. 이젠 가스조차 남겨두지 않는군.

거스는 자기의 침대에 앉는다.

거스 이건 틀림없이 그의 집이야. 다른 방들도 둘러봐. 이 주소로 갔더니, 열쇠가 있고, 찻잔이 있고, 사람이라고는 그림자 하나 보이지 않고—(*사이를 두고*) 숨소리도 들리지 않고. 한번이라도 이런 생각해 본 적 있어? 그래, 우린 너무 시끄럽다든가 하는 걸로 불평을 들은 적도 없지. 안 그래? 사람 그림자 하나라도 본 적이 있어? 올 녀석을 제외하고는. 이런 거 생각해 본 적 있어? 벽이 방음 처리 되어 있는 것 같아. (*침대 위의 벽을 만져본다.*) 정확히 말 할 수는 없는데. 에, 그리고 할 일이라고는 기다리는 것뿐이지? 나타날 생각은 눈곱만치도 없는 월슨을 말이야.

벤 그가 왜 와야 하는데? 그는 바쁜 사람이야.

거스 월슨한테는 말하기가 어려워. 벤, 너도 알지?

벤 그만하지, 거스!

(*침묵*)

거스   난 그에게 묻고 싶은 게 많아. 그런데 그를 만나면 바로 이야길 할
         수 없단 말이야.

         (*사이*)

거스   난 지금까지 쭉 마지막 사람을 생각해 왔어.
벤   마지막 사람이라니?
거스   그 여자애.

         벤이 읽던 신문을 움켜쥔다.

거스   (*일어서서 벤을 내려다보면서*) 신문을 몇 번이나 읽는 거야?

         벤은 신문을 내려치고 일어난다.

벤   (*화가 나서*) 무슨 뜻이야?
거스   난 네가 몇 번이나 그 신문을─
벤   뭐하는 거야? 지금 날 비판하는 거야?
거스   천만에 난 단순히─
벤   조심하지 않으면, 네 귓구멍이 뚫리게 될 거야.

▬ 장면 해설

이 장면은 벤과 거스가, 알 수 없는 장소에 가서 누군가를 죽이라는 명령을 기다리던 중, 문 밑으로 봉투 하나가 들어오고 그 안에 성냥개비들이 있음을 발견한 후에 벌어지는 일화이다. 이들은 차 한 잔을 마실 수 있을 것이라고 기대하면서 물을 끓일 준비를 하는데, 이러한 상황에서도 둘 사이에는 가장의 게임과 파워게임이 계속해서 진행된다. 벤은 명령하고 거스가 그 지시를 따르는 것으로 볼 때 이 두 사람은 상사와 부하라는 관계를 형성하고 있다. 그러나 거스는 말꼬리를 잡는 형식의 언어게임으로 벤에게 시위를 하고, 벤은 자신의 위치를 거스에게 주지시키다가 결국 성공하지 못하자 무력을 행사하기도 한다.

벤은 주전자에 불을 켜라고 말하고 거스는 가스에 불을 붙인다고 말한다. 이는 언어의 관용적 표현이냐 문법에 맞추어야 하느냐의 문제로 보이지만 사실 내면엔 서로 자신이 우위를 지키고자 하는 의도가 담겨져 있는 것이다. 여기서 중요한 점은 "무엇이 옳다."라는 것이나 "이들이 왜 파워게임을 하는 것이냐?" 라는 점이 아니라, 이들의 게임 방식에 있다. 전술한 바와 같이 핀터는 사실주의 극의 형태를 가지고 있기 때문에 많은 배우들은 "왜?"라는 점, 또는 인물들의 전기(biography)에 더 많은 신경을 쓴다. 예를 들어, 거스의 어머니는 누구인가 또는 언제 거스가 어머니를 마지막으로 본 것일까 등등의 전사를 만들려 하지만, 구체적인 내용이 없고 그것이 진실인지도 알 수가 없다. 그렇기에 많은 배우들은 핀터의 극을 난해하다고만 생각하고 연기하는 데 어려움을 겪는데, 사실 핀터의 극은 즉흥극으로 만들어보면 훨씬 이해하기가 쉬워지는 면이 있다. 배우들은 자신의 말로 상대 배우를 제압하기 위해 다양한 거짓말을 지어낼 수도 있고, 의자에 앉히기 게임 등의 다양한 방식을 통해서 파워게임을 할 수도 있을 것이다. 그러한 과정을 통해서 배우들은 그 무엇보다 중요한 것은 어떠한 방식으로 상대를 이길 수 있는 것인가에 있음을 알 수 있으며, 이 극은 바로 게임과 같은 우리 삶의 모습을 극화한 것임을 이해할 수 있게 된다.

거스는 벤과 달리 자신의 상황에 불안감을 느끼는 인물이다. 그는 벤에게 끊임없이 질문을 한다. 하지만 벤에게서 대답을 듣지 못한다. 거스는 자신의 질문에 대한 분명한 답을 듣지 못해서 오는 불안감 때문에 벤에게 계속 질문을 하는 것이다. 벤은 질문에 대한 대답을 강압적인 명령이나 무시하면서 다른 화제로 돌린다. 이러한 행위는 다양한 양상의 게임으로 변주되고 반복된다. 가스불 논쟁이 끝난 후 거스는 마지막 사건에 대해 이야기를 하면서 조직에 대한 불만을 털어놓기 시작한다. 거스는 그 사건에 대한 벤의 답변을 듣고자 했지만 벤은 회피한다. 거스에게 여자 아이 살해 사건은 그가 하는 일에 대한 회의감뿐만 아니라 죄책감까지 느끼게 하였다. 그렇기에 거스는 조직에 대한 의심과 반항심이 생겼고 그러한 마음을 벤에게 이야기하는데, 마치 탐정과 같은 태도로 끊임없이 사사건건 따져보고 스스로 추측하는 행동을 반복한다. 벤은 그에게 위협적인 태도로 그만둘 것을 요구하지만 거스는 말을 듣지 않는다. 그때 요란한 소리를 내면서 요리승강기가 내려오는 것이다.

『번역』
Translations

브라이언 프리엘Brian Friel, 1929~2015

■

심미현

▬ 작가 소개

프리엘은 아일랜드 최고의 극작가이자 국제적으로 그 명성이 입증된 현대
극의 거장이다. 그는 수백 년 동안 영국의 속국이었던 아일랜드가 남쪽은
아일랜드 공화국으로 독립된 반면 북쪽은 여전히 영국의 통치령인 북아일
랜드로 남아있게 됨으로써 초래된 북아일랜드인의 정체성의 혼란과 소외의
문제를 잘 그려냈다. 북아일랜드 오머(Omagh) 태생인 프리엘은 열 살이 되
던 해에 가족과 함께 데리(Derry)로 이사를 갔다. 그는 그곳에 있는 성 콜롬
바 대학(St. Columba College)에서, 그리고 메이누스(Maynooth)에 있는 성 패트
릭 대학(St. Patrick's College)에서 신학공부를 했다. 하지만 그는 성직자의 길

을 택하는 대신에 벨파스트(Belfast)에 있는 성 요셉 대학(St. Joseph's College)
의 사범대학을 졸업하고 데리에서 교사생활을 시작한다.

프리엘의 작가 경력은 대략 세 시기로 나누어 설명할 수 있다.

제 1기(1952~1964)는 그가 단편소설, 라디오 극, 무대극들을 쓰면서 주로
개인의 사적인 문제와 어린 시절의 경험이 개인의 삶에 미치는 영향에 몰두
한 시기이다. 그가 자라난 데리에서, 그리고 그의 외갓집이 있던 도네갈
(Donegal) 주의 글렌티즈(Glenties: 북아일랜드와 아일랜드 공화국의 경계지
역)에서 그가 목격했던 가톨릭교도들의 소외되고 척박한 삶과, 그들이 느끼
는 좌절감과 박탈감의 문제는 이후 그의 대부분의 작품에서 반복적으로 다
루어진다. 이 시기의 대표작으로는 라디오 극인『그저 그런 자유』(*A Sort of
Freedom*, 1958)와『고난의 집으로』(*To This Hard House*, 1958), 그리고 그의
최초의 무대극인『내 안의 적』(*The Enemy Within*, 1962)이 있다.

제 2기(1964~1988)는 프리엘이 교사직을 그만두고 도네갈 주로 이사하여
극작에만 전념한 시기로서 극작가로서의 그의 명성도 꾸준히 올라갔다. 특히
1963년, 프리엘이 미국 미니애폴리스(Minneapolis)를 방문하여 당시 거기서 극
단을 운영 중이던 그의 동료 타이론 거스리(Tyrone Guthrie)와 만났던 일은 프
리엘에게 무대공연과 기술에 관한 지대한 영향을 준 특별한 계기가 되었다.
또한 이 시기에는 아일랜드 역사상 최고의 격동기라 할 수 있을 만큼 정치적,
종파적인 갈등이 폭발하고 많은 사건들이 발생했다. 그 중 가톨릭 소수자들
의 저항운동(1969)과 데리에서 영국군이 발포한 총탄에 무고한 아일랜드 민
간인들이 희생된 '피의 일요일'(Bloody Sunday, 1972) 사건은 북아일랜드인에
게 씻을 수 없는 상처와 앙금을 남기게 된다. 이러한 역사적 소용돌이는 그가
이후 역사적·정치적 문제들에 천착하게 된 결정적 계기가 되었다. 아일랜드

인의 이민 문제를 다룬『필라델피아, 내가 가노라!』(*Philadelphia, Here I Come!*, 1964), 아일랜드 공화국의 정치적 독립을 다룬 『먼디의 꾀』(*The Mundy Scheme*, 1969), 그리고 '피의 일요일'을 떠올리는『도시의 자유』(*The Freedom of the City*, 1973) 등은 많은 논쟁을 불러일으키기도 하였다. 또한 단연 그의 최고작으로 꼽히는『번역』(*Translations*, 1980)은 영국 식민군의 국가병력이 아일랜드의 작은 마을 공동체에 미치는 악영향과, 언어가 정체성, 역사, 문화 등과 맺고 있는 상관관계를 집중적으로 탐구한 극이다. 이 극은 아일랜드의 민족 언어인 게일어(Gaelic)와 게일 문화가 영국군에 의해 파멸되는 과정을 다루었다. 또한 16세기 후반의 아일랜드 군과 영국군간의 충돌이라는 역사적 소재를 바탕으로 역사의 진정성의 문제를 탐구한『역사 만들기』(*Making History*, 1988)가 있다.

제 3기(1990년 이후)는 그가 역사적, 정치적인 문제와는 거리를 두고, 극작 경력 초기에 다루었던 개인적이고 자서전적인 주제들에 다시 천착한 시기이다. 대표작으로는 개인 영혼의 해방을 면밀하게 다룬『루나사 축제에서 춤을』(*Dancing at Lughnasa*, 1990)과 인간의 욕망과 기억의 문제를 다룬『몰리 스위니』(*Molly Sweeney*, 1994)가 있다.

작품 소개

1980년 데리의 길드홀(Guildhall)에서 초연된『번역』은 즉각적인 성공을 거두어 아일랜드는 물론이고 영국, 미국에서도 정기 공연을 이어갔으며 이후 전세계의 관객들과 비평가들로부터 수많은 찬사를 받았다. 『번역』은 영국 식민정책의 결과로 빚어진 영국과 아일랜드 간의 수백 년 동안 해묵은 정치적,

종교적, 문화적 갈등을 1830년대 아일랜드 실제 역사에서 소재를 취하여 새롭게 극화하였다. 특히 이 극은 현대 아일랜드 극장 역사에서 가장 중요한 발전 가운데 하나인 '필드 데이 극단'(Field Day Theater Company)의 첫 공연작으로서 그 연극사적인 의의가 크다. 이 극단은 1980년에 북아일랜드 예술 진흥회의 극단 창설 기금의 후원을 받아 데리에 창설되었으며, 공동 설립자인 프리엘과 배우 스티븐 리아(Stephen Rea)는 북아일랜드의 정치적 위기를 새로운 방향에서 타개하기 위해, 그리고 가톨릭공동체와 신교도공동체를 더욱 친밀하게 이어주기 위해 온 힘을 쏟았다.

『번역』에서 영국 식민 통치하의 북아일랜드 밸리벡(Baile Beag: 게일어로 '작은 마을'이라는 뜻. 프리엘이 창조한 가상의 마을) 주민들은 그들의 민족 언어인 게일어와 게일 문화를 상실하게 되는데, 이에 대한 프리엘의 입장은 중립적이다. 그는 밸리벡 주민들이 직면하게 된 비참한 현실의 책임을 전적으로 영국 식민지정책의 억압과 탈취의 탓으로만 돌리지 않는다. 프리엘은 민족주의적 감상적인 향수에 젖지 않고 냉철하고 객관적인 입장에서 밸리벡의 쇠퇴와 몰락의 책임이 어느 정도는 그들 주민들 자신에게도 있다고 진단한다. 그는 이러한 문제를 '언어'라는 보다 더 큰 틀에서 의사소통과 번역, 이름과 정체성, 명명과 현존, 통역과 오역, 암호와 인간 영혼의 은밀한 영역 간의 문제 등으로 확장시켜 탐구한다.

『번역』의 줄거리를 소개하자면, 그 배경은 1833년 게일어를 사용하는 북아일랜드 도네갈 주의 작은 마을 밸리벡의 노천학교이다. 영국 육지측량부의 공병대가 이 마을에 도착한 이후 마을 주민들과 영국군 간의 문화적, 정치적 갈등이 계속된다. 영국 공병대는 두 가지 임무를 띠고 밸리벡에 왔다. 첫째 임무는 토착민들의 마을 지도를 영국식 측량법에 근거하여 새로 만들고, 게일어로 표기된 마을 지도의 고유 지명들을 표준 영어식 표기로 새로 바꾸는 지도 제작 작업을 단행하는 것이다. 북아일랜드의 문화와 풍경은 물론이고, 전래되는 사연과 의미가 얽혀있는 마을 곳곳의 고유한 게일어 지명을 표준 영어로 바꾸려는 이러한 책략은 결국 아일랜드의 민족 언어와 정체성을 말살하려는 영국의 식민주의적 전략이다. 둘째 임무는 그동안 밸리벡 마을 주민들에게 게일어를 교육하며 자체적으로 운영되어왔던 노천학교를 폐교하고, 그 대신에 대영제국 주도의 새로운 국립 초등학교를 설립하는 것이다. 이것은 표준 영어 교육을 강요함으로써 밸리벡 공동체의 고유한 문화와 영혼을 파괴하여 삶의 방식을 근본적으로 바꾸려는 것으로서, 밸리벡의 언어적·문화적인 전통들이 곧 붕괴될 위기에 처하게 될 것임을 예고한다.

막이 열리면 노천학교 교장인 휴(Hugh)의 아들인 절름발이 매너스(Manus)가 그 마을에서 벙어리로 알려진 소녀 세라(Sarah)에게 이름을 말하는 법을 가르치고 있다. 첫 장면에서의 이러한 언어 수업은 이 극의 주요 주제인 의사소통 및 언어와 번역의 문제들을 소개한다. 의사소통이란 넓은 의미에서 생각을 언어로, 한 언어를 다른 언어로, 그리고 한 문화를 다른 문화로 번역하는 행위이다. 그러나 드디어 자신의 이름을 말할 수 있게 된 세라는 이 극의 마지막 막에서 영국군 랜시(Lancy) 대위의 위협으로 다시 침묵으로 되돌아감으로써 의사소통이 실패한 예를 보여준다.

한편 고향을 떠난 지 6년 만에 영국군의 민간 통역사로 귀향한 오웬(Owen)은 랜시 대위가 영어표기 지도 제작의 목적을 마을 주민들에게 영어로 공표할 때, 그것을 게일어로 통역해 준다. 그러나 오웬은 랜시 대위의 공표에 숨겨져 있는 영국 제국주의의 속셈과 "잔인한 군사작전"을 은폐하기 위해 고의적으로 오역해서 통역해 준다. 욜랜드(Yolland) 중위는 영국 공병대가 일단 측량을 마친 지역에 대한 지명 개명 작업을 통역사 오웬의 도움을 받아 추진한다. 하지만 두 사람은 고유한 사연과 의미가 얽혀 있는 게일어 원어 지명들을 영어로 기계적으로 개명하는 과정에서 한계에 부딪친다. 한편 마을 주민들에게 무관심하던 랜시 대위는 점차 잔인하게 변해가는 반면 욜랜드 중위는 마을에 흠뻑 매료된다. 영국군의 주둔에 대해 너그러운 입장을 취하는 마을 처녀 메어(Maire)는 마을이 현대화되기를 은근히 바란다. 언어적, 문화적 장벽에도 불구하고 메어는 욜랜드와 사랑을 키워나간다. 그러나 그들이 서로 간의 소통을 위해 아무리 애쓸지라도 서로 다른 두 문화와 두 언어 간의 간극은 결국 비극적 결과를 초래한다. 연민의 정으로 밸리벡 주민들을 바라보면서 그 자신도 진정으로 아일랜드 문화와 사회로 동화되길 원하던 욜랜드는 오히려 마을의 극단적인 민족주의 청년들의 공격 대상이 되어 의문의 실종이 된다.

이 극의 결말에서 상황은 통제할 수 없이 급변하고 분위기는 더욱 암울한 비극으로 치닫는다. 욜랜드의 의문의 실종에 분노한 랜시는 마을 주민들에게 더욱 잔인한 영국군의 보복을 감행할 것임을 폭력과 협박의 언어로 선포한다. 그는 실종된 욜랜드를 찾지 못할 경우 주민들의 농작물을 파손하고 가축을 몰살하겠다고 협박한다. 밸리벡 주민들은 더 거세게 반응하고 혼란과 공포의 분위기가 감돈다. 욜랜드의 실종에 도넬리(Donnelly) 쌍둥이가 연루되어 있음이 암시되고, 주민들 사이에 만연해 있던 불신과 오해가 노골적으로 분출된다. 밸리벡 주민들은 이제 자신들이 고대의 전통과 삶의 방식을 박탈당하고 재앙의 위기에 처해 있음을 감지한다. 민족주의적 신념을 가졌을 뿐 그것을 행동으로 실천하지 못한 매너스는 마을을 떠나고, 메어는 실종된 욜랜드와의 이룰 수 없는 사랑의 상처를 안고 미국으로 이민 갈 결심을 한다. 마지막 부분에서 암시되는 휴의 기억의 상실과 그의 비애어린 대사는 밸리벡이 직면하게 될 비극을 암시한다.

『번역』은 극의 제목에서 암시하듯이 주제 및 극중 사건들을 여러 가지로 '번역'하거나 '해석'해 볼 수 있는 극이다. 노천학교 교장인 휴는 제자들에게 고전 희랍어나 라틴어를 게일어로 번역하는 학습을 시키고, 지미 잭(Jimmy Jack)은 고전 작품을 게일어로 번역한다. 또한 통역관 오웬은 랜시의 영어 공표를 마을 사람들에게 게일어로 통역해주고, 욜랜드에게 게일어 지명을 영어로 번역해 준다. 이러한 글자 그대로의 언어적인 번역 외에도 오웬과 욜랜드가 게일어로 된 옛 지도의 지명들을 영어 표기로 바꾸는 지도 제작 작업은 종이 위에다 아일랜드를 새롭게 표기하고 재구성하는 또 다른 번역 작업이라고 할 수 있다.

또한 이 극의 저변에는 영국 식민지 정책이 초래한 영국과 아일랜드 두 민족 간의 갈등과 소외의 주제, 그리고 밸리벡 주민들의 언어 및 문명의 침식과 사멸이라는 정치적 · 역사적인 주제가 깔려있다. 물론 이 극은 영국군이 정복한 결과로 밸리벡 주민들이 어떻게 언어와 문화를 상실하는지를, 그리고 그러한 역사적 변화가 결과적으로 개인과 공동체에 어떠한 영향을 미치는지를 보여주고 있다. 하지만 동시에 프리엘 자신이 역설한 대로 이 극은 "언어"에 관해 탐구한 극이다. 그는 문화적, 정치적인 주제들을 보다 더 광범위하게 "언어"와의 관계에서 투시하여 "언어"가 민족 정체성과 문화, 역사, 명명, 그리고 지도상의 지명 등과 맺고 있는 본질적인 연관성을 재고한다.

한편 휴는 "우리를 형성하는 것은 . . . 역사적 '사실'이 아니라 언어 속에 구현된 과거의 이미지들"이며 "이러한 이미지들을 새롭게 만드는 일을 결코 멈추어서는 안 된다"라고 역설하는데, 이것은 언어가 내부적으로 화석화되는 것에 대한 그의 경고, 즉 언어적 변화의 필연성과 언어적 경직성의 위험성을 경고한 것으로 읽어낼 수 있다. 휴로 대변되는 극작가 프리엘은 과거의 기억과 전통에 지나치게 얽매이는 것은 언어의 테두리 안에 갇히게 되는 일이며, 그러한 행위는 미래로의 진보를 막는다는 점을 강조한 것이다. 프리엘은 아일랜드에 닥친 문화적, 언어적 결과를 수용하고 타협하면서도 새로운 아일랜드로 거듭나기 위해서는 현실의 변화를 수용하되 그것을 과거의 전통과 접목시켜 과거와 현재, 전통과 변화 간의 균형 잡힌 타협을 모색해야 할 필요성을 역설한 것이다.

▰ 장면 번역: 2막 2장

다음날 밤

(중략)

음악 소리가 점점 커진다. 관객은 메어와 욜랜드가 멀리서 웃으면서 가까이 달려오는 소리를 듣는다. 그들은 지금 막 댄스파티에서 나와 손을 맞잡고 계속 달리고 있다. 음악이 먼 배경으로 사라진다. 잠시 후, 기타 음악이 흘러나온다. 메어와 욜랜드는 댄스파티에서 갑자기 충동적으로 빠져나왔기 때문에 흥분된 채로 여전히 손을 잡고 무대 전면 앞쪽에 있다.

메어 어머나, 도랑을 건너뛰다가 죽을 뻔 했어요.

욜랜드 간신히 따라잡을 수 있었지요.

메어 숨 좀 돌리게 잠깐만요.

욜랜드 남들이 보면 마치 쫓기는 도망자들처럼 보였을 거예요.

그들은 이제야 둘이 손을 잡고 있다는 것을 새삼 깨닫고는 당황하며
잡았던 손을 놓는다.
간격을 두고 떨어져 서 있다. 잠시 사이.

메어 매너스는 제가 어디로 갔을까 궁금해 할 걸요.
욜랜드 우리가 파티에서 빠져나오는 걸 누가 보았을지도 모르겠어요.

잠시 사이. 서로 약간 더 떨어진다.

메어 풀밭이 젖어 있었나 봐요. 제 발이 온통 흠뻑 젖어 있는 걸 보니.
욜랜드 아가씨 발이 젖어 있었나 봐요. 풀밭이 흠뻑 젖어 있는 걸 보니.

또 잠시 사이. 또 몇 발자국 더 떨어진다. 그들은 이제 서로 멀찍이 떨
어져 있다.

욜랜드 (*자신을 가리키며*) 조지.

메어는 이해했다는 표시로 고개를 두 번 끄덕인다. 그러고 나서 —

메어 조지 중위님.
욜랜드 그렇게 부르지 마세요. 중위라고 한 번도 생각해 본 적이 없으니까요.
메어 뭐— 뭐라고요?
욜랜드 무슨— 무슨 뜻인지? (*그는 자신을 다시 가리킨다.*) 조지.

메어는 다시 고개를 끄덕인다. 그리고 나서 그녀 자신을 가리키면서.

메어   메어.

욜랜드   암요, 알고말고요. 당연히 알고 있지요. 전 그동안 밤낮으로 아가씨
        를 쭉 지켜보았는 걸요.

메어   *(애타게)* 뭐라고요 - 무슨 뜻이에요?

욜랜드   *(메어를 가리키며)* 메어. *(자신을 가리키며)* 조지. *(둘을 동시에 가리*
        키며) 메어와 조지.
        (메어는 이해한다는 표시로 고개를 세 번 끄덕인다.) 그러니까 - 저 -
        제가 말입니다.

메어   아무 말이나 해 봐요. 목소리가 듣기 좋으니까요.

욜랜드   *(애절하게)* 뭐라고요? 무슨 말씀인지?

그는 메어와 의사소통할 수 있는 수단을 제공해 줄 어떤 묘안을 간절
히 원하면서 몹시 좌절한 채로 주위를 둘러본다. 이제야 그는 문득 한
가지 묘안이 떠오른다. 그는 목소리를 높여 다음의 각 단어에 우스꽝
스러울 정도로 똑같이 강조를 하면서 스타카토 식으로 명확히 발음하
려고 애쓴다.

매일 - 아침 - 저는 - 당신이 - 갈색 - 암탉에게 - 모이를 - 주고 -
검은 - 송아지 - 에게 - 먹이를 - 주는 걸 - 지켜본답니다. - *(이러*
한 그의 노력은 허사가 된다.) - 아이 참.

메어는 미소 짓는다. 그녀는 그에게로 다가간다. 그녀가 이번에는 라
틴어로 의사소통을 해보려고 시도한다.

메어 뚜에스 쎈뚜리오 인— 인— 인— 엑쎄르씨뚜 브리타니코 —1)

욜랜드 네— 뭐라고요? 계속— 계속— 뭐든지 말해 봐요— 목소리가 듣기 좋으니까요.

메어 — 엘 에스 인 카스트리스 꾸아이— 꾸아이— 꾸아이 썬트— 인 아그로2)— (하지만 헛수고가 된다.)— 아이 참 어쩌지. (욜랜드는 미소 짓는다. 그는 그녀에게로 다가간다. 메어가 이번에는 그녀가 알고 있는 영어 단어들로 소통해보려고 시도한다.) 조지— 워터.

욜랜드 '워터'? 물! 아, 맞아요— 워터— 워터— 아주 잘했어요— 워터— 그렇지요— 좋아요.

메어 화이어.

욜랜드 화이어— 정말— 잘하네요— 화이어, 불, 불— 훌륭해요— 대단해요!

메어 아 . . . 아. . . .

욜랜드 네? 계속 해봐요.

메어 어르.

욜랜드 '얼쓰'요?3)

메어 어르, 어르. (욜랜드는 여전히 알아듣지 못한다. 메어는 몸을 굽혀 한 줌의 흙을 움켜쥐고 집어 든다. 흙을 내밀면서) 어르.

욜랜드 얼쓰! 그렇구나— 얼쓰! 얼쓰. 흙. 메어 씨, 영어가 완벽하네요!

메어 (애타게) 뭐요— 뭐라고요?

욜랜드 완벽한 영어라고요. 영어가 완벽하다고요.

메어 조지—

욜랜드 잘 하고 있어요— 오, 정말 대단해요.

---

1) 라틴어로 "당신은 영국군 대장이에요."의 뜻
2) 라틴어로 "그리고 당신은 들판의 막사에 있어요."의 뜻
3) 여기서 욜랜드가 메어가 발음하는 영어 단어 'earth'의 발음을 듣고 이해하지 못하는 것은 아일랜드인은 'th' 발음을 하지 않아 '얼쓰'를 '어르'로 발음하기 때문이다.

메어   조지―

욜랜드   다시 말해 봐요― 한 번 더 말해 봐요―

메어   쉿. (*그녀는 조용히 하라는 표시로 손을 들어 올린다― 그녀는 영어 문장 하나를 기억해내려고 애쓴다. 이제야 기억해내고는 영어가 마치 모국어인양 그 문장을 술술 말한다― 쉽게, 유창하게, 대화하듯이*) 조지, '노퍽에서 우리는 오월제 기둥 주변을 돌면서 놀아요.'

욜랜드   세상에나, 그래요? 그곳은 저의 어머니 고향이에요― 노퍽 출신이거든요. 사실은 노리취이지만요. 정확히 말하면 노리취가 아니라 그 부근 가까이에 있는 리틀 월싱엄이라는 작은 마을 출신이시지요. 하지만 윈파딩이라는 저의 고향 마을에서도 매년 5월 1일에 오월제 기둥 축제가 열려요―

그는 자기가 하는 말을 메어가 알아듣지 못한다는 것을 이제야 깨닫고는 갑자기 말을 멈춘다. 그리고는 그녀를 뚫어지게 바라본다. 이번에는 그녀가 그의 당황해하는 모습을 곡해한다.

메어   (*혼잣말로*) 어머나, 메리 숙모가 나에게 망측스런 영어를 가르쳐주셨을 리가 없는데? (*잠시 사이. 욜랜드는 메어에게 손을 내민다. 그녀는 몸을 돌려 천천히 무대를 가로질러 간다.*)

욜랜드   메어. (*그녀는 여전히 멀찍이 이동한다.*) 메어 차타크. (*그녀는 여전히 멀찍이 떨어져 있다.*) 번 나 하반? (*그는 그녀가 무엇인가 대답할 수 있는 말을 찾고 있듯이 그 지명을 나긋하게, 거의 속삭이듯이, 매우 조심스럽게 말한다. 그는 이어 다른 지명들을 발음하며 다시 시도해 본다.*) 드루임 두흐? (*메어는 멈추어 선다. 그녀는 귀 기울여 듣고 있다. 욜랜드는 용기를 얻는다.*) 폴 나 그쿼렉스. 리스 뮈울. (*메어는 그를*

향해 몸을 돌린다.) 리스 나 은걸.

메어   리스 나 은그라드.

그들은 이제 서로 마주보며 상대방 쪽으로- 어느 사이엔가- 다가가기 시작한다.

메어   카륵 안 폴.
욜랜드 카륵 나 리. 로크 나 은넨.
메어   로크 안 유베르. 머하르 베데.
욜랜드 머하르 모르. 크록 나 모나.
메어   크록 나 은고르.
욜랜드 몰라흐.
메어   포르트.
욜랜드 타르.
메어   라그.

메어는 욜랜드에게 손을 내민다. 그는 그녀의 손을 잡는다. 이제 두 사람은 거의 혼잣말하듯이 각자 계속 말을 이어간다.

욜랜드 제발 당신이 내 말을 알아들을 수 있으면 좋으련만.
메어   손이 부드럽네요. 신사분의 손이에요.
욜랜드 제발 제가 하는 말을 이해할 수만 있다면, 제가 메어 씨를 생각하면서 하루하루를 어떻게 보내는지도 말씀드릴 수 있으련만. 혹시 잠깐만이라도 그 모습을 볼 수 있을까 하는 마음으로 메어 씨 집에서 눈을 떼지 못한다는 말씀을요.

메어   매일 저녁 당신은 혼자서 트라 반을 따라 걷고, 매일 아침 막사 앞에서 세수를 하죠.

욜랜드   메어 씨가 얼마나 아름다운지 말해 주고 싶어요, 곱슬머리 메어. 얼마나 예쁜지 말해 주고 싶다고요.

메어   어쩜 팔이 길고 날씬하기도 하네요. 어깨 피부색도 아주 하얗고요.

욜랜드   말해 주고 싶은데. . . .

메어   하던 말을 멈추지 말아요ㅡ 무슨 말씀을 하고 있는지 알아듣고 있으니까요.

욜랜드   아가씨와 함께ㅡ 언제나ㅡ 얼마나 여기에 있고 싶고ㅡ 여기서 살고 싶은지를ㅡ 말해 주고 싶단 말이에요ㅡ 올웨이즈, 언제나요.

메어   '올웨이즈'? 그 단어 뜻이 뭐지요ㅡ '올웨이즈'?

욜랜드   네ㅡ 맞아요. 언제나라고요.

메어   떨고 계시네요.

욜랜드   맞아요, 당신 때문에 떨리는 거예요.

메어   저 역시 떨려요.

메어는 손으로 욜랜드의 얼굴을 감싼다.

욜랜드   저는 결심했어요. . . .

메어   쉬잇.

욜랜드   이곳을 떠나지 않을 겁니다. . . .

메어   쉿ㅡ 제 말을 들어보세요. 저 역시 당신을 원한다고요, 군인 아저씨.

욜랜드   말을 멈추지 말아요ㅡ 무슨 얘길 하는지 알고 있으니까요.

메어   당신과 함께 살고 싶어요ㅡ 어디서든지ㅡ 어디에서든ㅡ 뒤난ㅡ 언제까지나.

욜랜드 '뒤난'? 그 말이 무슨 뜻이죠─ '뒤난'의 뜻은?[4]

메어　저도 함께 데려가 줘요, 조지.

잠시 사이. 그들은 갑자기 키스한다. 세라가 들어온다. 세라는 이 장면을 목격하고는 응시하며 충격을 받은 채 서 있다. 그녀는 입술을 움직이며 거의 혼잣말하듯이.

세라　매너스 . . . 매너스!

세라가 달려 나간다. 음악소리가 점점 커진다.

---

4) 프리엘은 『번역』에서 아일랜드인과 영국인 등장인물들이 게일어와 영어라는 두 개의 언어로 말하고 있는 상황을 관객들이 이해할 수 있도록 영어라는 한 가지 언어로만 재현한다. 이 장면에서도 두 연인은 표면적으로는 서로 영어로만 대화를 나누고 있는 것처럼 들리지만, 사실은 메어는 게일어로, 욜랜드는 영어로 각자 말하고 있는 상황이다. 따라서 상대방의 언어를 전혀 이해하지 못하는 두 사람은 의사소통의 어려움을 겪고 있다. 욜랜드와 메어는 '언제나'라는 말로 사랑의 맹세를 할 때, 표면적으로는 둘 다 'always'라는 영어 단어를 사용하는 것으로 되어있지만, 맥락상으로는 욜랜드는 영어 'always'로, 메어는 영어 'always'의 뜻에 해당하는 게일어 'daonnan'으로 말하고 있는 상황이기 때문에 서로 상대방의 말의 의미를 제대로 이해하지 못하는 것이다. 본 번역에서는 언어 차이로 인한 소통의 어려움을 드러내기 위해 메어 대사의 경우 텍스트의 'always'를 일부러 게일어 'daonnan'으로 바꾸어 번역하였다.

■ 장면 해설

프리엘은『번역』에서 다른 언어를 사용하는 두 집단의 등장인물들, 즉 게일어를 전혀 알지 못하는 영국인 군인들과 영어를 전혀 알지 못하는 밸리벡 주민들을 등장시켜 이 두 집단 간의 의사소통의 어려움을 보여준다. 위의 장면은 제 2막 2장으로, 영국군인 욜랜드 중위와 아일랜드 밸리벡 마을의 농부 처녀인 메어가 서로의 언어적 차이에도 불구하고 사랑의 감정을 전달하기 위해 소통 방법을 찾으려고 애쓰는 것을 가장 압축적으로 잘 보여준다. 순수하고 낭만적인 이 사랑 장면은 언어와 연관된 이 극의 포괄적 주제들을 가장 함축적으로 보여주는 단연 가장 감동적이고 아름다운 장면이다.

그동안 사랑의 감정을 느껴오던 이들 연인은 댄스파티에서 함께 춤을 추다가 도중에 빠져나와 사랑의 감정을 전달하고자 시도한다. 그들은 비록 상대방의 언어를 말할 수도, 이해할 수도 없지만, 상대방의 이름을 부르기도 하고, 아일랜드의 고유 지명들을 열거하면서 어색한 침묵을 깨고 이해와 소통의 순간들을 애써 만들어간다. 비록 그들이 듀엣처럼 번갈아 호명하는 게일어 지명들 그 자체에는 특별한 사랑의 의미가 담겨있지 않더라도, 이러한 언어만으로도 두 연인 사이의 언어와 문화의 경계가 허물어지고 마음의 벽이 사라지는 것을 볼 수 있다.

관객들은 이들 연인이 언어의 차이를 극복하고 의사소통을 하기 위해 얼마나 애쓰고 있는지를 볼 수 있다. 비록 이 극에서는 표면적으로는 이들 두 인물 모두 영어로 말하고 있는 것으로 재현되고 있지만, 사실은 메어는 욜랜드가 말하는 영어를 이해하지 못하여 동문서답하는 반면, 욜랜드는 메어가 말하는 게일어를 이해하지 못하는 답답한 상황이 연출된다. 그럼에도 불구하고 그들은 서로 다른 언어, 국적, 문화 간의 장벽을 뛰어넘어 어떻게

든 사랑의 감정을 이해하고 소통하려고 노력한다. 마침내 그들은 언어 차이와 장벽을 넘어 서로의 욕망의 메시지를 전달할 수 있는 의사소통의 방법을 가까스로 찾아낸다. 비록 그들이 각자 서로 다른 언어로 말하고 있음에도 불구하고 사랑은 서로를 이해할 수 있도록 만든다. 이것이야말로 두 문화 간의 이상을 제시하는 것이다.

그러나 그들이 각자의 언어로 "언제나"라는 말로 영원한 사랑의 맹세를 하는 장면에 이르러서는 언어 차이로 인한 소통의 한계도 드러난다. 욜랜드는 밸리벡에 남아서 "언제나" 메어와 함께 머물기를 원하는 반면, 메어는 그 마을을 떠나 다른 곳으로 가서 "언제나" 욜랜드와 함께 살기를 원하기 때문이다. 그들이 각자 영어와 게일어로 "언제나"라는 말로 언약한 상대방의 사랑의 맹세를 정확히 이해하지 못하는 것처럼, 그들이 맹세한 굳은 약속은 현실에서 결코 이루어지지 않는다. 욜랜드는 의문의 실종이 되고, 이에 절망한 메어는 미국으로 이민 갈 결심을 한다. 이를 통해 문화 간 번역의 한계라는 또 다른 문제를 보여준다.

이러한 한계는 이 장면보다 앞선 장면에서 욜랜드가 아일랜드 문화와 사회로 동화하기 위해 설령 아일랜드에 정착한다 하더라도 진정한 의미에서는 결코 그렇게 될 수 없음을 토로했던 대사에서도 암시된 바 있다. 그는 게일어를 아무리 열심히 배운다 하더라도 게일어의 "암호를 배울 수는 있겠지만" "개인의 은밀한 속마음은 항상 비밀스럽게 감추어진 채로 남아 있을" 것이라고 말한 바 있다. 이런 관점에서 보면 메어와 욜랜드의 진정한 소통과 사랑은 이루어질 수 없는 것이며, 이것은 아일랜드와 영국 간에 존재하는 결코 예사롭게 건널 수 없는 문화적, 역사적, 언어적 경계를 명시해 주고 있다. 서로 다른 두 언어와 문화 간의 번역의 문제는 양측의 필사적인 노력에도 불구하고 번역되어질 수 없는 어떤 틈새가 항상 존재하기 때문이다. 하지만 프리엘은 창조적인 극작 활동을 통해 이 극에서 역사와 전통이 고스란히 담겨 있는 아일랜드의 과거를 게일어가 아닌 영어로 된 의미 있는 현재의 텍스트로 번역함으로써 그러한 한계와 틈새를 극복하고 있는 것이다.

『바다로 가는 사람들』
Riders to the Sea

존 밀링턴 싱John Millington Synge, 1871~1909

■

김인표

▬ 작가 소개

싱은 1871년 4월 16일 아일랜드 더블린 교외의 라스판햄(Rathfarnham)에서 다섯 남매 중 막내로 태어났다. 아버지는 변호사이자 지주였으며, 영국계 프로테스탄트인 앵글로 아이리시(Anglo-Irish) 출신이었다. 태어난 지 일 년 후인 1872년에 아버지가 돌아가셨기 때문에 어머니에게서 영향을 많이 받았다. 목사의 딸이었던 어머니는 편협한 복음주의적 사고방식을 소유한 사람이었다. 어린 시절 학교생활에 지장을 받을 만큼 많은 질병에 시달렸고 이로 인해 학교생활을 중단하기도 하였다. 싱은 기질적으로 고독했을 뿐만 아니라 기독교에 대한 환멸까지 겹쳐 소외감은 가중되었으며, 14세가 되던 해에는 다윈(Charles Darwin)을 읽고 결국 기독교 신앙을 버리게 된다.

불문학에 관심을 갖고 프랑스 등지를 떠돌던 싱은 1896년 파리에서 예이 츠(W. B. Yeats)를 만난다. 1892년에 아일랜드 문학회(Irish Literary Society)를 창립하여 활동하고 있던 예이츠는 아일랜드 출신의 청년 싱에게 아일랜드 서쪽 오지에 있는 아란 섬(Aran Islands)으로 가서 섬사람들과 함께 살면서, 한 번도 표현되지 않았던 그들의 삶을 표현해 보라고 권고한다. 예이츠의 충고를 받아들인 싱은 1898년에서 1902년 동안 다섯 차례에 걸쳐 주로 여름 에 아란 섬을 방문하였으며 섬 주민들과 함께 생활하였다. 그는 아란 섬에 거주하면서 경험했던 내용과 그곳에서 들은 이야기 등을 모아서 1907년에 『아란 섬』(The Aran Islands)이라는 제목의 기행문집을 출판하였다. 그리고 아란 섬에서 관찰한 그곳 섬 주민들의 모습을 자신의 극에 담아 극화하였다.

싱은 39세에 병으로 일찍 세상을 뜨는 바람에 창작기간은 불과 7년밖에 되지 않았으며, 아일랜드 신화에서 소재를 가져온 마지막 미완성 비극 『슬 픔의 디어드라』(Deirdre of the Sorrows, 1910)를 포함하여 총 6편의 극을 썼다. 완성작 다섯 편은 모두 아일랜드의 농민과 어민들의 삶을 극화한 농민 극 (peasant play)에 속한다. 다섯 작품 가운데 『바다로 가는 사람들』(Riders to the Sea, 1904)만이 비극에 속하며, 나머지 네 작품 『골짜기의 그늘』(The Shadow of the Glen, 1903), 『성자의 샘물』(The Well of the Saints, 1905), 『땜장 이의 결혼식』(The Tinker's Wedding, 1908), 『서쪽나라의 바람둥이』(The Playboy of the Western World, 1907)는 모두 희극에 속한다. 그는 자신의 극을 쓰면서 아란 섬에서 얻은 경험을 극의 소재로 삼았으며, 섬 주민들의 언어를 극의 대사로 사용하였을 뿐만 아니라 그들의 척박한 환경과 그들의 사고방식과 관습 등을 극의 요소로 활용하였다. 아란 섬에서 들은 이야기를 소재로 『골짜기의 그늘』이나 『서쪽나라의 바람둥이』같은 극을 썼으며, 섬 주민들의 생활상이 가장 많이 반영된 극은 『바다로 가는 사람들』이다.

아일랜드 극운동(Irish Dramatic Movement)은 1899년 아일랜드 문예극장 (Irish Literary Theatre)의 출발과 함께 예이츠와 그레고리 부인(Lady Gregory)의 주도하에 시작되었으며 1904년 애비극장(Abbey Theatre)의 설립으로 이어진다. 아일랜드 극운동이 성공을 거두게 된 이유는 극운동 초기에 지도자들의 헌신적인 노력이 있었고, 이들의 노력에 부응하여 싱과 같은 천재적인 극작가가 출현한데서 찾을 수 있다. 싱은 예이츠, 오케이시(Sean O'Casey)와 함께 아일랜드 극운동이 낳은 뛰어난 세 명의 극작가에 속한다. 예이츠가 아일랜드 전설의 세계를 시극 형식으로 극화하였고 오케이시가 아일랜드 도시 빈민층의 삶을 극화하였다면, 싱은 아일랜드 농어민의 삶을 극화하였다.

싱이 그의 극에서 묘사하는 아일랜드인의 모습은 때로는 거칠고 때로는 상스럽기까지 하여 아일랜드 민족주의자들의 반발을 사게 되었으며, 이러한 반발은 1907년 『서쪽나라의 바람둥이』가 애비극장에서 공연되었을 때 정점을 이루어 폭동사건까지 발생한다. 하지만 예이츠를 비롯한 지도자들은 편협한 민족주의자들의 반발에도 불구하고 굳건하게 자신들의 소신을 밀고 나갔으며, 결과적으로 아일랜드 민족극의 전통을 확립하는데 성공하였다. 이처럼 예이츠를 위시한 극장 측 지도자들이 믿었던 것처럼 싱은 아일랜드인의 진정한 모습을 극화하는데 성공하였고, 아일랜드 극운동에 기여하였다.

▬ 작품 소개

『바다로 가는 사람들』은 1902년에서 1903년 사이에 집필되었으며, 이 작품은 영어로 쓰인 가장 완벽한 단막극이라는 찬사를 받을 만큼 간결하고 압축된 구성을 갖추고 있다. 극의 배경은 아일랜드 서쪽에 위치한 섬의 오두막이다. 극의 내용은 단순하며 극의 중심 행동은 집안에 하나밖에 남지 않은 막내아들 바틀리(Bartley)가 바다에 빠져죽는 사건이다. 이미 시아버지와 남편을 비롯한 네 명의 아들은 오래 전에 바다에 희생되었으며, 마이클(Michael)이 바다에 나가 행방불명되어 9일째 집에 돌아오지 않고 있는 상태에서 막내아들 바틀리가 바다에 나갈 채비를 서두르는 가운데 극이 시작된다.

극의 구성은 매우 긴밀하게 짜여 있다. 바틀리가 바다에 갈 때 빵을 가져 가는 것을 잊었기 때문에 어머니 모리어(Maurya)가 빵을 전해 주기 위해 집을 나간 사이에, 두 딸 캐스린(Catheleen)과 노라(Nora)는 젊은 사제가 가져온 옷 가지를 확인하여 마이클의 죽음을 확인한다. 빵을 전해 주러 간 모리어는 바틀리를 만나지 못한 채 바틀리의 죽음에 대한 전조 역할을 하는 환상장면을 보고서 반쯤 넋이 나간 상태로 돌아온다. 이어서 바틀리의 시체가 돛에 싸여 들어와 무대 중앙에 놓이고, 어머니와 두 딸의 오열이 이어지는 식으로 사건은 바틀리의 죽음을 향하여 군더더기 없이 유기적으로 진행된다.

『바다로 가는 사람들』은 매우 사실적인 작품으로, 싱이 아란 섬에서 자신이 직접 보고 들은 체험과 아란 섬에서 얻은 소재를 바탕으로 극을 썼다. 싱은 이 극에서 무대 배경, 소품, 극중 사건, 인물들의 관습과 전통 등을 아란 섬에서 자신이 보고 들은 대로 재현하고자 하였다. 1904년 2월 25일 초연을 위한 리허설에서 싱이 직접 연출에 참여하였고 배우들이 입을 옷과 신발 등을 아란 섬에서 직접 가져오도록 주문하였으며, 캐스린 역을 맡은 사라 알굿(Sarah

210 • 서양드라마 명대사 · 명장면 24선

Algood)에게는 실제로 물레 돌리는 법을 가르쳐야 한다고 제안할 정도로 아란 섬 주민들의 생활 모습을 사실적으로 무대 위에서 재현하기 위해 애를 썼다.

『바다로 가는 사람들』에서 극중 인물들이 말하는 대사는 당대 아란 섬의 주민들이 실제로 사용하던 언어이다. 당시에 아란 섬에서 사용되던 언어는 표준 영어와는 많은 점에서 다른 '앵글로 아이리시'(Anglo-Irish)였다. 이 언어는 아일랜드 고유의 언어인 게일어(Gaelic)의 구조에 영향을 받아 구조적인 특징은 게일어의 특징을 갖고 있으면서 어휘는 영어로 이루어진 언어이다. 싱은 아란 섬사람들이 실제로 사용하는 언어를 꼼꼼하게 메모하고 기록해 두었다가 극의 대사로 직접 사용한 경우도 많았다. 당대 아란 섬사람의 언어인 앵글로 아이리시 어는 자연적인 이미저리가 풍부하게 담겨 있으며 리듬감이 있는 언어로 그 자체가 매우 시적인 언어였다. 『바다로 가는 사람들』에서 배경으로 설정된 "아일랜드 서쪽에 떨어져 있는 섬"(an Island off the West of Ireland)(83)은 구체적인 섬 이름이 명시되어 있지는 않지만 명백히 아란 섬을 지칭하는 것을 알 수 있다. 무대가 열리면 바닷가에 위치한 오두막의 부엌이 구체적으로 묘사되는데 그곳에는 그물, 방수포, 물레, 널빤지 등이 놓여 있다. 여기에서 그물과 방수포 등은 고기 잡는 일로 생계를 꾸려가는 아란 섬 주민들의 삶을 시각적으로 재현해 준다. 극에서 주민들이 처한 생활환경은 아란 섬의 척박한 환경을 그대로 옮겨놓은 것과 같다. 아란 섬은 돌이 많고 토지가 척박하여 농사짓기에 부적합하다. 땔감으로 쓰는 석탄이 부족하여 바다에서 나는 해초를 말려서 사용할 정도로 자원이 부족하다. 주민들은 자원이 풍부한 바다에 의지하여 고기를 잡으며 살아갈 수밖에 없다. 따라서 생계를 위하여 바다로 나갈 수밖에 없는 아란 섬의 남자들은 그만큼 바다에 빠져죽을 위험에 처해 있으며, 무대 위에 보이는 소품들은 이들의 어려운 생활여건을 생생하게 보여주고 있다.

무대 위의 소품 가운데 부엌에 기대어 놓여있는 널빤지는 바다에 나가 행방불명된 마이클의 시체가 떠오르면 관을 만들기 위해서 어머니 모리어가 코네마라(Connemara)에 가서 사다놓은 것이다. 극에 나오는 섬 주민들의 생활환경은 관을 만들 널빤지조차 구하기 힘든 여건이다. 그런데 이 널빤지는 말을 팔러 골웨이(Galway) 시장으로 떠났던 바틀리가 극의 끝에서 말의 발에 채여 물에 빠져 죽어서 돛에 싸여 들어오자 바틀리의 관을 만드는데 사용된다. 이처럼 극에 나타난 섬 주민들의 생활 여건은 사람이 죽어도 관을 만들 수 있는 나무판자 하나도 구하기가 어려운 열악한 환경인 것이다.

『바다로 가는 사람들』은 싱이 아란 섬에서 생활하면서 관찰한 주민들의 모습을 통해 극의 내용을 구상하였고, 아람 섬에서 본 사건을 통해 극 구성의 기초를 얻었다. 극이 시작되면 노라(Nora)는 젊은 신부가 준 보따리를 들고 들어오는데, 이것은 도니골(Donegal)에서 물에 빠져죽은 사람이 남긴 셔츠와 양말이다. 마이클이 바다에 나가 행방불명 된지 9일째 되는 상황에서 이 옷가지는 마이클의 것일지도 모른다는 불안감을 조성해주며, 어머니가 나간 사이에 노라와 캐스린은 양말 땀을 세어 마이클의 옷가지임을 확인하고 그의 죽음을 확인하게 된다. 그런데 이러한 극의 내용은 싱이 아란 섬에서 실제로 보고 들은 내용을 기록한 것과 매우 유사한데 싱은 한 여인이 물에 빠져 죽은 사람의 소품을 살펴보고 신원을 확인하는 장면을 목격했던 경험을 상세히 기록하고 있다. 이처럼 싱은 실제 사건을 통해 극의 내용을 구상하였다.

싱은 아란 섬 주민들이 사용하는 언어뿐만 아니라 그들의 관습과 전통을 관찰하여 극의 요소로 활용하였다. 싱이 아란 섬 주민들에게서 발견한 두드러진 특징은 기독교적 요소와 이교도적 요소가 혼재하고 있다는 점이다. 싱이 아란 섬에서 본 장례식(wake)에는 기독교 전통과 이교 전통이 혼합되어 있는데, 죽은 사람을 애도하며 우는 '울음'(keening)은 대표적인 이교 전통을 보여주는 관습이다. 극의 마지막에 바틀리의 시체가 집에 들어왔을 때, 여인들이 느린 동작으로 몸을 흔들면서 조용히 우는데, 이는 싱이 아란 섬에서 발견한 이교 전통을 극에 반영한 예이다.

『바다로 가는 사람들』의 공연은 1904년 2월 25일 더블린 몰스워스 홀(Molesworth Hall)에서 아일랜드 민족 극 협회(Irish National Theatre Society)에 의해 초연되었으며, 그 후 전 세계적으로 널리 공연되었고, 국내에서는 1932년 극예술연구회에 의해 초연되었다.

▬ 장면 번역: 단막극

노라   젊은 신부님이 말씀하시지 않았어요? 전능하신 하나님은 절대로 엄마에게서 하나밖에 남아있지 않은 살아있는 아들을 데려가지는 않을 거라고.

모리어   (*낮은 목소리로 그러나 분명하게*) 그런 젊은 신부가 바다에 대해 뭘 알겠니. . . . 이제 바틀리도 잃게 될 거야. 이몬을 불러서 하얀 널빤지로 내 관이나 짜라고 해라. 나도 그 애들 죽고 나면 더는 못살 거다. 내게는 남편과 시아버지, 그리고 여섯이나 되는 아들이 이 집에 있었어. ─여섯 명의 훌륭한 남자들 말이야. 그들이 세상에 태어날 때 낳기가 정말 힘이 들었지. ─몇 명은 찾았지만 몇 명은 못 찾았어. 하지만 그들 모두 가버리고 말았어. 그 많은 아들들이 모두. 스티븐과 숀은 바람에 행방불명되었는데, 골든 마우스 그레고리 만(灣)에서 찾았지. 널빤지 하나에 둘을 한꺼번에 싣고서 저 문으로 들어왔어.

모리어는 잠시 멈춘다. 두 딸들은 뒤쪽으로 반쯤 열어둔 출입문을 통해 무슨 소리를 들은 것처럼 깜짝 놀란다.

노라 (*속삭이며*) 캐스린, 저 소리 들었어? 북동쪽에서 난 시끄러운 소리 말이야?

캐스린 (*속삭이며*) 해변 가에서 누군가가 우는 소리야.

모리어 (*아무 말도 못 듣고 말을 계속한다.*) 셰이머스와 그 애 아버지하고 할아버지가 어두운 밤에 실종되었는데 해가 떴을 때는 막대기 하나, 아니 어떤 표식 하나도 안 보였지. 패치는 배가 뒤집혀서 물에 빠졌어. 내가 아기였던 바틀리를 무릎에 눕힌 채로 여기 앉아 있었는데, 두 명, 세 명, 네 명 여자들이 들어오는 게 보이더라. 말 한마디 없이 성호를 그으면서. 그리고 그때 밖을 내다보았더니 그 뒤로 남자들이 뒤따라오는데, 빨간 돛에 반쯤 덮인 뭔가를 들고 들어오고, 거기서 물이 뚝뚝 떨어지는 거야. ─맑은 날인데도, 노라야. ─출입문까지 자국을 남기면서 말이다.

모리어가 다시 말을 멈추고 출입문 쪽으로 손을 뻗친다. 문이 조용히 열리더니 나이든 여자들이 들어오기 시작한다. 문지방에서 성호를 그으면서, 머리에는 빨간 숄을 쓰고 무대 정면에서 무릎을 꿇고 앉는다.

모리어 (*반쯤 꿈꾸듯이, 캐스린에게*) 저기 시체가 패치야, 마이클이야, 아니면 대체 누구지?

캐스린 마이클은 먼 북쪽에서 발견되었는데, 어떻게 여기에 있을 수가 있어요?

모리어 바다에 떠다니는 젊은이 시신이 엄청 많을 텐데 그 사람들이 건진 게 마이클인지 다른 사람인지 어찌 알겠니. 바람 부는 바다에서 아흐레 동안이나 떠다녔으면 제 어미조차도 누군지를 분간하기 어려울 거다.

캐스린 마이클이 맞아요. 하나님 그를 보호해 주소서. 사람들이 먼 북쪽에서 마이클 옷가지를 보내왔어요.

캐스린은 손을 뻗쳐 모리어에게 마이클 옷가지를 준다. 모리어는 천천히 일어서서 옷가지를 손에 든다. 노라가 밖을 내다본다.

노라 사람들이 뭔가 들고 오는데 거기서 물이 뚝뚝 떨어져요. 큰 바위 옆에 물 자국을 남기면서 오고 있어요.

캐스린 (*문 안으로 들어온 여인들에게 속삭인다.*) 바틀리 오빠인가요?

여인들 중에 한사람 그렇단다. 하나님 바틀리의 영혼에 안식을 주소서!

두 명의 젊은 여인이 들어와서 탁자를 꺼낸다. 그러자 남자들이 바틀리의 시신을 들여와 탁자위에 올려놓는다. 시신은 널빤지에 뉘여 있으며 그 위에 돛 조각을 덮었다.

캐스린 (*열심히 일하고 있는 여인들에게*) 오빠가 왜 물에 빠졌어요?

여인들 중에 한사람 바틀리가 회색 조랑말에 채여서 바다에 빠졌단다. 파도에 휩쓸려 하얀 바위가 있는 곳까지 떠내려갔어.

모리어는 탁자 머리로 가서 무릎을 꿇는다. 여인들은 느린 동작으로 움직이면서 작은 소리로 곡을 한다. 캐스린과 노라는 탁자 반대편에 무릎을 꿇는다. 남자들은 출입문 근처에서 무릎을 꿇는다.

모리어 (*고개를 들어 올리며 주변에 있는 사람이 보이지 않는 것처럼 말을 한다.*) 이제는 모두 다 가버렸구나. 바다가 내게 할 수 있는 일이라곤

더 이상 아무 것도 없어. . . . 남풍이 불고 동편에서 또 서편에서도 파도 소리가 들리고, 그 둘이 부딪쳐 엄청난 소리를 낸다 하더라도 나는 울면서 기도할 필요가 없어졌어. 이제 나는 제성절(諸聖節)이 지나고 깜깜한 밤중에 성수를 길러 내려갈 필요도 없어졌어. 다른 여인들이 울며 곡을 할 때도 난 바다가 어찌되었건 상관하지 않을 거야. (노라에게) 노라야. 내게 성수 좀 다오. 찬장에 조금 남아 있을 게다.

노라가 성수를 어머니에게 준다.

모리어 (*바틀리의 발치를 지나 마이클의 옷에 성수를 떨어뜨린다. 그리고 바틀리의 시신 위에 성수를 뿌린다.*) 바틀리야, 내가 전능하신 하나님에게 널 위해서 기도를 안 한 게 아니었어. 깜깜한 밤에 내가 무슨 말을 하는지 모를 때까지 기도를 안 한 게 아니었어. 하지만 이젠 나도 편안히 휴식을 취하고 제성절이 지난 후 긴긴 밤에 잠도 푹 자야지. 그럴 때가 되었어. 먹을 거라곤 젖은 밀가루와 냄새나는 생선 밖에 없지만 말이야.

모리어는 다시 무릎을 꿇고 성호를 그으면서 작은 목소리로 기도한다.

캐스린 (*노인에게*) 해가 뜨면, 아저씨가 이몬하고 관을 좀 만들어 주세요. 마이클을 찾을 거라 생각하고 어머니가 사 오신 질 좋은 하얀 널빤지가 있어요. 일하시면서 드실 새로 구운 빵도 있어요.

노인 (*널빤지를 보면서*) 못도 같이 준비해 두었나?

캐스린 못은 없어요, 콜럼 아저씨. 우리가 못은 생각지 못했어요.

다른 남자 어머니가 못을 생각 못했다는 게 참 이상하구나. 어머닌 이미 관 만드는 것을 숱하게 보았는데.

캐스린 어머니도 이젠 늙고 쇠약해 지셨어요.

*모리어는 아주 천천히 다시 일어서서 바틀리의 시신 옆에 마이클의 옷
가지를 펼쳐놓고 시신과 옷가지에 남은 성수를 모두 뿌린다.*

노라 (*캐스린에게 속삭인다.*) 지금은 엄마가 잠잠하고 편안해 보이시네. 마
이클이 물에 빠지던 날엔 여기서 샘물 있는 데 까지 우는 소리가 들
렸었는데. 어머니가 마이클을 더 좋아했었나봐, 누가 그렇다고 생각
이나 했겠어?

캐스린 (*천천히 그리고 분명하게*) 노인네는 쉽게 지치는 거야. 아흐레 동안
이나 울고 곡을 하면서 집안을 온통 슬픔에 빠지게 했잖아?

모리어 (*빈 컵을 탁자 위에 엎어 놓고, 바틀리의 발 위에 손을 얹는다.*) 이제 모
두 다 함께 모였어. 끝장이 났어. 바틀리의 영혼에, 마이클의 영혼에,
셰이머스와 패치의 영혼에, 그리고 스티븐과 숀의 영혼에 전능하신
하나님의 자비를 내려주시길. (*머리를 구부리며*) 그리고 내 영혼에도,
노라야, 살아 있는 세상사람 모두의 영혼에도 자비를 내려주시길.

모리어가 말을 멈추자 여자들이 곡소리가 좀 더 커지다가 다시 작아진다.

모리어 (*계속한다.*) 마이클은 전능하신 하나님의 은총으로 먼 북쪽에 잘 묻
혔어. 바틀리도 하얀 널빤지로 멋지게 관을 만들어 깊이 묻어 줄 거
야. 그 이상 뭘 더 원하겠니? 우리는 누구도 영원히 살 수는 없는 노
릇이니, 만족해야 하는 거겠지.

모리어가 다시 무릎을 꿇자 커튼이 천천히 내려온다.

▬ 장면 해설

이 장면은 『바다로 가는 사람들』의 마지막 장면으로 바틀리가 바다에 빠져 시신이 되어 들어오기 직전의 상황에서 시작된다. 하나 남은 막내아들마저 바다가 데려가지는 않을 거라는 젊은 신부의 말을 전하는 딸 노라에게 어머니 모리어는 바틀리의 죽음을 거의 기정사실화 하면서 과거에 실종된 집안의 남자들에 대한 기억을 더듬으면서 탄식을 한다. 캐스린이 모리어에게 마이클의 옷가지를 건네주면서 마이클의 죽음을 확인해 주는 가운데, 해변 가에서 시끄러운 소리가 들리고 이어서 회색 조랑말에 채여 바닷물에 빠져죽은 바틀리의 시체가 들것에 들려서 무대 위에 등장한다. 바틀리의 시체가 들어온 뒤 모리어는 완전한 체념을 통해 도달한 평온한 상태에서 이제는 바다에 잃어버릴 아들이 남아있지 않으니 더 이상 기도하며 울 필요가 없다고 말하면서 성수를 뿌리며 기도한다. 모리어가 올리는 마지막 기도는 죽은 아들들의 이름을 부르며 한 사람씩 축복하는 기도이며, 나아가 자기 자신뿐만 아니라 살아있는 모든 사람들에 대한 인류 전체에 대한 축복의 기도로 확장된다. 그리고 모리어의 마지막 대사는 '모든 인간은 영원히 살수 없으니 만족해야 한다'는 말로 그녀가 삶과 죽음에 대한 깨달음의 경지에 이르렀음을 보여준다.

　이 마지막 장면에서 모리어는 비극적 주인공의 면모를 보여준다. 모리어는 일견 비극적 인물이라기보다는 멜로드라마적인 인물에 가까워 보일 수 있다. 모리어에게 적(enemy)은 집안의 남자들을 차례차례 빼앗아가는 바다이며, 그녀는 바다에 일방적으로 패배당하고 마는 수동적인 인물로 보인다. 모리어는 막내아들 바틀리가 바다에 나갈 때도 저항하지 못하고 예정된 패배를 수동적으로 받아들인다. 모리어는 자신의 파멸에 대한 책임이 없으며 자신의 운명에 강하게 저항하지 못하는 인물이다.

하지만 마지막 장면에서 모리어는 비극적 주인공의 위상을 획득한다. 모리어는 바다와의 대결에서 모든 것을 잃었을 때, 체념을 통해 자신의 운명을 수용하면서 인생에 대한 깨달음의 상태에 도달한다. 모리어는 마지막 바틀리 마저 잃게 되자 체념 속에서 자신의 모든 아들들뿐만 아니라 자신을 포함한 모든 살아있는 사람들의 영혼을 위해 축복의 기도를 올리며, 인간은 영원히 살 수 없기 때문에 만족해야 한다고 말한다. 모리어가 체념을 통해 도달하는 상태는 개인적인 슬픔을 넘어 인류 전체에게 자비로운 축복의 기도를 올릴 수 있는 상태이다. 이러한 모리어의 상태는 비극의 주인공이 갖추어야하는 요건 중의 하나인 비극적 깨달음에 도달한 것이다.

모리어가 마지막 순간에 도달하는 상태는 그리스 비극이나 셰익스피어 비극의 주인공들이 마지막 순간에 장엄한 비극적 비전을 획득하는 순간에 비견될 수 있다. 집안의 남자들을 모조리 바다에 빼앗기고, 막내아들 바틀리의 시신 위에 성수를 뿌리면서 올리는 모리어의 기도는 아란 섬의 오두막을 넘어서 전 인류에 대한 기도가 된다. 모리어의 마지막 기도는 모든 장소와 시간을 초월하여 아들을 잃은 모든 어머니의 기도로 보편성을 띤다. 그녀의 마지막 기도는 토착적인 장소인 아란 섬을 넘어 살아있는 모든 인류에 대한 기도가 됨으로써 고전비극이 갖는 장엄한 비극성을 환기시킨다.

『세 자매』
Three Sisters

안톤 체홉Anton Chekhov, 1860~1904

■

김경혜

■■ **작가 소개**

체홉은 19세기 러시아가 낳은 최고의 극작가이자 단편 소설가로, 구시대가 가고 새로운 시대를 맞이하는 격변기 러시아의 사회 분위기를 작품 속에 담아낸 대표적인 사실주의 작가이다.

체홉은 1860년 러시아 남부 항구도시인 타간로크(Taganrog)에서 잡화상의 셋째 아들로 태어났다. 열여섯 살 때 집이 파산하여 경제적으로 어려움을 겪었으며 모스크바 대학교 의학부(I. M. Sechenov First Moscow State Medical University)에 입학한 후, 가족의 생계를 돕고 학비를 벌기 위해 유머 잡지에 풍자와 유머가 담긴 단편소설을 싣기 시작하였다. 그는 안토샤 체혼

테(Antosha Chekhonte)라는 필명으로 7년 동안 400편 이상의 단편을 썼으며, 그 후 『등불』(*Lights*, 1888), 『졸음』(*Sleepy*, 1888), 『지루한 이야기』(*A Dreary Story*, 1889) 등으로 대학 졸업 무렵에는 신진 소설가로서의 위치를 확고히 하였다.

소설가로서 체홉은 문학의 새로운 영역을 개척하기 위해 지병인 결핵에도 아랑곳하지 않고 1890년 시베리아(Siberia)를 횡단해 사할린(Sakhalin) 섬으로 건너가 유배지에 있는 죄수들의 삶을 조사하기도 하였다. 이 여행으로 『사할린 섬』(*The Island of Sakhalin*, 1894)이 나왔으며, 이 여행은 그에게 풍부한 인생 경험과 창작에 대해 다양한 소재를 제공해 주는 전환점이 되었다. 그리고 톨스토이즘(Tolstoyism)과 스토이 철학(Stoicism)의 영향에서 벗어나 인간 본연을 바탕으로 한 인간성 해방을 강조하였으며, 이는 이후 그의 작품에 많은 영향을 주었다. 이어 『상자 속의 남자』(*The Man in a Case*, 1898), 『귀여운 여인』(*The Darling*, 1899), 『개를 데리고 있는 부인』(*The Lady with the Dog*, 1899), 『약혼녀』(*Betrothed*, 1903) 등의 작품으로 체홉은 러시아 문단의 기대를 한 몸에 받는 최고의 소설가가 되었으며, 톨스토이(Leo Tolstoy), 도스토옙스키(Fyodor Dostoyevsky)와 같은 거장들에 의해 주도된 장편소설의 대세 속에서, 주변적 위치에 있던 단편소설이 러시아 문학의 주류로 자리잡게 하였다. 또한 체홉은 미국의 에드거 앨런 포(Edgar Allan Poe), 프랑스의 모파상(Guy de Maupassant)과 함께 세계 3대 단편작가로 자리매김 되었다.

소설가로서 체홉은 사실주의에 근거해서 "실제로 있는 그대로의 삶, 평범하고 소박한 삶을 묘사해야 한다"는 생각을 바탕으로, 평범한 인간 삶을 작품 속에 담았다. 그는 '일상생활'을 묘사하면서도, 일반화된 일상이 아니라, 그 안에 깃든 거짓과 불확실성, 그리고 러시아 생활의 극적 긴장성을 드러내고자 하였다.

극작가로서 체홉은 『플라토노프』(*Platonov*, 1878), 『곰』(*The Bear*, 1888), 『이바노프』(*Ivanov*, 1887), 『청혼』(*The Proposal*, 1889), 『숲의 정령』(*The Wood Demon*, 1889)을 썼으며, 말년에는 네 편의 4막 극인 『갈매기』(*The Seagull*, 1895), 『바냐 아저씨』(*Uncle Vanya*, 1897), 『세 자매』(*Three Sisters*, 1900), 그리고 『벚꽃 동산』(*The Cherry Orchard*, 1903)과 같은 대작을 쓰는데 힘을 쏟았다. 이 작품들은 체홉 극작술의 정수를 보여주는 걸작으로 체홉의 4대 희곡이라고 불리며, 모스크바 예술극장(Moscow Art Theater)의 주요 상연 작품으로 연극사에 새로운 장을 열었다.

극작가로서 체홉은 전통적인 극형식에서 벗어나고자 노력하였으며, 기존 전통 극에 대해 개혁의 필요성을 강조하였다. 그는 연극을 통해 현실 자체를 제시해야 하고, 기존 연극의 구태의연한 소재보다는 일상 언어와 연극 기법을 바탕으로, 사실적인 형상을 보여주어야 한다고 주장하였다. 이처럼 그는 기존 연극과 다른 연극을 씀으로써, 러시아 연극계에 새로운 바람을 몰고 왔으며, 러시아 연극, 더 나아가 세계 연극이 현대 연극으로 나갈 수 있도록 새로운 방향을 제시해 주었다.

다른 작가들과 달리 화려한 연애사가 없었던 체홉은 마흔 한 살에 1901년 모스크바 예술극단의 주연 여배우였던 올리가 크니페르(Olga Knipper)와 결혼하였다. 그러나 지병이 악화되어 결혼한 지 3년 뒤인 1904년에 요양지였던 독일 남부의 바덴바일러(Badenweiler)에서 마흔 넷의 나이로 사망하였다.

체홉은 20년 동안의 작가 생활을 통해서 약 1000편의 소설과 11편의 희곡을 썼으며, 특히 리얼리즘을 바탕으로 한 그의 극들은 무대 예술에 획기적인 변화를 가져왔다. 지난 세기의 극작가들 가운데 체홉은 셰익스피어

(William Shakespeare) 이래로 가장 많이 공연되는 극작가로 손꼽히고 있다. 그는 작품을 통해 시대의 변화와 요구를 올바른 목소리로 전달하고자 노력하였으며, 현대 사실주의 연극의 대가로서 현대 연극사에 많은 영향을 주었다. 오늘날에도 체홉의 작품이 널리 읽히고 공연되는 것은 그의 작품이 허위를 싫어하고 인간성의 고귀함과 인간에 대한 사랑과 노동의 가치를 강조하면서, 미래에 대한 희망을 독자들에게 심어주기 때문이다.

━ 작품 소개

『세 자매』는 체홉이 모스크바 국립극장에서 상연할 목적으로, 그리고 둘째 딸 마샤(Masha)의 역을 맡은 아내 크니페르를 위하여, 1900년에 쓰인 작품이다. 이 작품은 러시아 지방 소도시에 사는 군인 유족가정을 배경으로, 세 자매와 그 주변 인물들을 둘러싼 꿈과 이상, 사랑과 배신, 좌절과 새로운 희망을 그린 작품으로, 서서히 운명에 휘말려드는 인간의 모습을 담담한 필치로 그려낸 정적인 희곡이다.

1막에서 자매인 올가(Olga), 마샤, 이리나(Irina)는 모스크바(Moscow)에서 태어나고 자랐지만, 군인인 아버지의 직장 때문에 지방에서 살고 있다. 이들은 이 곳 생활에 만족하지 못하고 시간이 흐를수록 모스크바를 동경하게 된다. 극은 셋째인 이리나의 명명일 겸 아버지의 기일을 맞아 가족들이 안드레이(Andrey)의 집에 모이는 것으로 시작한다. 이 자리에서 군의관인 체브뜨낀(Chebutykin)은 새로 부임한 베르쉬닌(Vershinin) 중령을 소개한다. 세 자매는 새로 부임한 베르쉬닌 중령이 모스크바에서 왔다는 말을 듣고, 어린 시절에 아버지와 함께 살았던 모스크바 시절을 회상하며 모스크바로 돌아가고 싶어 한다.

2막에서 대학 교수가 꿈인 동생 안드레이는 나따샤(Natasha)와 결혼하여 아이도 낳고 지금은 시의회에서 서기로 일하고 있다. 남편 꿀릭긴(Kulygin)을 못마땅해 하는 마샤에게 베르쉬닌는 자신의 불행한 결혼생활에 대해 이야기하자 두 사람은 자연스럽게 가까워진다. 군복무를 그만둔 뚜젠바흐(Tuzenbach)는 노동의 중요성과 가치를 언급하면서, 앞으로 땀 흘려 일할 것이라고 선언한다. 베르쉬닌은 아내와의 갈등으로 현실에서의 행복보다는 미래에 더 많은 의미를 두고 살아간다. 그러나 그는 아내가 자살했다는 소식에 급히 집으로 돌아간다. 안드레이는 나따샤와의 결혼생활에 회의를 느끼고 도박에 빠져든다.

3막에서 갑자기 도시에 큰 불이 나자 사람들은 세 자매의 집으로 피신 온다. 사람들은 화재로 인한 어수선한 분위기가 정리되는 대로 군대가 다른 지방으로 옮겨갈 거라고 말한다. 직장 생활에 적응하지 못하는 이리나는 가고 싶어 하던 모스크바에 갈 수 없게 되자 몹시 슬퍼한다. 마샤는 올가와 이리나에게 베르쉬닌에 대한 자신의 감정을 털어 놓는다. 한편 안드레이는 아내에 대한 실망감, 노름빚으로 인한 죄책감, 그리고 세 자매와 의논도 없이 집을 저당 잡힌데 대해 사과한다.

4막에서 이리나는 뚜젠바흐와 결혼하여 함께 모스크바로 가기로 결심한다. 주둔 군대가 이동함으로써 부대와 함께 베르쉬닌도 떠나자 마샤는 그와 헤어지게 된다. 이리나를 동시에 사랑했던 뚜젠바흐와 솔로니(Solyony)는 이리나를 두고 결투를 한다. 군대가 떠난 후 한 발의 총성이 울려 퍼지고 얼마 후 뚜젠바흐가 결투에서 사망했다는 소식이 전해진다. 이리나는 슬픔을 떨쳐버리고 혼자 이곳을 떠나 교사로서 새 삶을 시작하기로 결심한다. 올가는

동생들에게 인생은 아직 끝나지 않았다고 말하면서 세상을 힘차게 살아가
자고 말한다.

> 아, 저 행진곡 소리! 사람들이 우리 곁을 떠나가고 있어. 한 사람은 영원히,
> 영원히 떠나버렸어. 그리고 우리만 남았네. 우리는 인생을 다시 시작하는
> 거야. . . . 우린 살아가야 해. . . . 살아가야 해. . . .

마을에 주둔했던 군대가 떠나자 세 자매는 사랑과 꿈을 잃은 듯이 보이지만,
다시 삶에 대한 의지를 되새기면서 막이 내린다. 연극은 어둡고 암울한 분
위기에서 시작하지만 미래에 대한 희망을 주는 것으로 끝난다.

체홉이 만년에 즐겨 다룬 주제 중의 하나는 등장인물들이 처한 폐쇄적
인 상황과 그 상황에서 벗어나려고 하는 것이다. 다른 어디론가 가고 싶어
하는 등장인물들의 갈망은 그의 작품들 속에서 쉽게 찾아볼 수 있다. 『세 자
매』에서도 모스크바로 떠나려던 꿈이 좌절됨으로써 시골 마을에서 하루하
루를 희망 없이 살아가고 있는 세 자매의 모습을 보여준다.[1]

극이 진행되면서 이들의 상황은 지속적으로 악화되고 출구는 어디에도
없는 것처럼 보이지만, 이들은 결코 절망하지 않는다. 아무런 희망이 보이지
않는 막다른 골목에서도 삶의 의지를 놓지 않는다. 이 작품에서도 아무리
괴롭고 절망적일지라도 인간은 인간다운 삶을 살아가지 않으면 안된다는
체홉 만년의 신념이 그대로 반영되어 있다.[2]

이 작품은 스타니슬라브스키(Konstantin Stanislavsky)와 네미로비치-단첸
코(Vladimir Nemirovich-Danchenko) 연출로 1901년 1월 31일 모스크바 예술극

---

1) A. 체홉, 『갈매기, 세 자매, 바냐 아저씨, 벚꽃 동산』, 동완 역, 서울: 동서 문화사, 2012, p.397.
2) 같은 책, p. 396.

장에서 초연되었다. 이 공연에 대해 비평가들은 부정적인 반응을 보였으나, 관객들은 대단히 호의적이었다. 몇 차례 공연이 더 있은 후 스타니슬라브스키는 이 작품을 가장 보고 싶은 연극 중의 하나라고 언급하였고, 체홉에게 아내 크니페르가 보낸 편지에는 모스크바 전체가 『세 자매』에 관한 대화만으로 가득하다. 한마디로 체홉의 성공은 우리 극장의 성공이다라고 썼다. 고리끼(Maxim Gorky)는 『세 자매』가 상연 중인데, 놀라울 뿐이다. 『바냐 아저씨』보다 더 훌륭하다. 연극이 아니라 음악이다라고 체홉에게 썼다. 『세 자매』는 이전에 쓰인 그의 다른 극보다 훨씬 더 훌륭한 것으로 평가받았으며, 초연 후 곧 바로 1901년 잡지 ≪러시아 사상≫ 2호에 최초로 게재되었다. 그 후 1940년 모스크바 예술극장에서 네미로비치-단첸코 연출로 공연되었을 때, 그는 이 극을 희망과 낙관을 이야기하는 작품으로 해석하여 큰 성공을 거두었다.3)

국내에서도 체홉의 작품은 활발히 무대에 오르고 있으며, 『세 자매』는 1967년 고(故) 이해랑 연출로 국립극단에 의해 초연되었다. 『세 자매』에 대한 최근 공연된 기록을 살펴보면 다음과 같다. 2013년 4월 10일부터 12일까지 러시아의 연출가 레프 도진(Lev Dodin) 연출로, 상트페테르부르크(Saint Petersburg)의 말리극단(Maly Drama Theater)이 LG 아트 센트에서 공연하였고, 2013년 11월 8일부터 12월 1일까지 예술의 전당 자유소극장에서 문삼화 연출로 무대에 올랐으며, 2015년 10월 30일부터 11월 8일까지 윤광진 연출로, 서강대 메리 홀(Mary Hall)에서 공연되었다.

---

3) A. 체홉, 『세 자매』, 홍기순 역, 서울: 범우, 2012, p. 181-183.

거리의 악사 '남과 여'가 바이올린과 하프를 연주한다. 집안에서 베르쉬닌, 올가, 안피사가 들어와서 한동안 잠자코 귀를 기울인다. 이리나가 다가온다.

올가 우리 집 정원을 마치 한길처럼 사람과 말이 지나가는 군. 유모, 이 악사들에게 먹을 것이라도 좀 줘요.

안피사 (*악사들에게 돈을 준다.*) 자, 어서 가보시오. (*악사들이 절을 하고 나간다.*) 불쌍한 사람들! 배가 고프니 저러고 다니겠지.

안피사 (*이리나에게*) 안녕하세요? 이리나 아가씨. (*그녀에게 키스한다.*) 아가씨, 저는 아직 이렇게 살아있습니다요! 학교관사에서 올가 아가씨와 살고 있지요. 하나님께서 이 늙은 것을 돌봐주시나 봐요. 평생 이렇게 호강해 보기는 처음이지요. 집도 널찍하고, 제 방도 따로 있고 침대도 있어요. 그게 모두 나랏돈으로 운영된답니다. 밤중에 눈을 뜨면, '아 아, 하느님, 성모 마리아님, 세상에서 나처럼 행복한 사람은 없습니다' 라고 중얼거린답니다.

베르쉬닌 (*시계를 꺼내보며*) 이제 가야겠습니다. 올가, 벌써 출발 할 시간이 됐군요. (*사이*) 아무쪼록 건강하시길. . . . 마샤는 . . .

이리나 여기 어딘가 있을 거예요. 제가 찾아볼게요.

베르쉬닌 부탁드립니다. 시간이 없어서 . . .

안피사 저도 찾아볼게요. (*큰 소리로 부른다.*) 마샤 아가씨! 어디 계세요?

이리나와 함께 정원으로 나간다.

베르쉬닌 무슨 일이든 끝이 있게 마련이오. 이제 우리도 작별해야겠군요. (*시*

계를 본다.) 시에서 우리에게 송별회를 마련해 주었어요. 샴페인도 나오고 시장의 연설도 있었지요. 전 먹고 듣고 하면서도 마음은 이곳에 와 있었답니다. 당신들 곁에 말입니다. (*정원을 둘러본다.*) 정이 정말 많이 들었어요.

올가 언제 다시 만날 수 있을까요?

베르쉬닌 아마 힘들 겁니다. (*사이*) 우리 집사람과 두 딸은 두 달쯤 여기 더 머물 겁니다. 무슨 일이 있거나 도움이 필요할 경우 잘 부탁드립니다.

올가 네, 물론이지요. 걱정 마세요. (*사이*) 내일이면 시내엔 군인이라곤 한 사람도 남아있지 않겠군요. 이제 모든 것이 추억이 될 거예요. 우리 생활도 완전히 달라지겠죠. (*사이*) 뜻대로 되는 것은 아무 것도 없어요. 전 교장이 되기 싫었는데 결국 교장이 되고 말았어요. 그래서 모스크바로 가는 건 어려울 것 같아요.

베르쉬닌 자, 그럼 여러 가지로 감사합니다. 뭔가 실례되는 일이 있었다면 용서하십시오. 아니 너무 많이 지껄인 것 같군요. 그 점도 사과드립니다.

올가 (*눈물을 닦는다.*) 그건 그렇고, 마샤는 왜 안 오지?

베르쉬닌 음 . . . (*시계를 본다.*) 이런 . . . 자, 이젠 정말 가야겠군요. . . .

올가 아, 저기 오는 군요.

마샤 들어온다. 올가는 두 사람의 작별에 방해가 되지 않도록 약간 옆으로 비켜선다.

마샤 (*그의 얼굴을 응시하면서*) 안녕히 . . .

오랜 키스

올가 자, 이제 됐어. 이제 그만 . . .

마샤가 격렬하게 흐느낀다.

베르쉬닌 꼭, 편지주세요. 잊지 말고! 자아, 자아 이제 그만 . . . 시간됐어요. 올가, 이 사람을 잘 부탁합니다. 이제, 가야지. 늦겠어요. (*몹시 감동한 태도로 올가의 두 손에 키스하고 한번 더 마샤를 안아주고 나서 빠른 걸음으로 나간다.*)

올가 됐어. 마샤! 그만 울어, 마샤 . . .

꿀릐긴이 등장한다.

꿀릐긴 (*당황해서*) 아니 괜찮아요. 실컷 울게 내버려 둬요. 내버려 두라고요. . . . 사랑하는 마샤. 착한 마샤 . . . 당신은 내 아내야. 무슨 일이 있었다 해도, 난 행복해. . . . 난 불평 안 해, 그리고 당신을 비난하지도 않아. . . . 자, 여기 올가가 증인이야. . . . 다시 예전처럼 살아. 우린 행복해질 거야.

마샤 (*흐느낌을 억누르고*) '외딴 바닷가엔 푸른 떡갈나무 한 그루, 그 떡갈나무 위에 황금빛 줄기 . . . 그 떡갈나무 위에 황금빛 줄기' . . . 아, 미칠 것 같아. '외딴 바닷가 . . . 푸르른 떡갈나무' . . .

올가 진정해, 마샤. 진정하래두. 마샤에게 물 좀 갖다 줘요.

마샤 이제 안 울 거예요.

꿀릐긴 이제 더 이상 울지 마. 괜찮을 거야.

멀리서 희미하게 총소리가 들린다.

마샤 '외딴 바닷가엔 푸른 떡갈나무 한 그루, 그 떡갈나무 위에 황금빛 줄기 . . . 푸르른 고양이 . . . 푸르른 떡갈나무' . . . 아, 머리가 도는 것 같아. (*물을 마신다.*) 실패한 인생. 이렇게 된 이상 난 아무 것도 필요 없어. 진정해야지. . . . 상관없어. 외딴 바닷가가 무슨 뜻이지? 왜 이 구절이 계속 맴돌지? 머릿속이 엉망이야.

이리나가 등장한다.

올가 진정해, 마샤. 자, 자, 자. 집으로 들어가자.

마샤 (*화를 내며*) 그냥 내버려 둬. (*큰 소리로 울다가, 바로 그친다.*) 이젠 이 집에도 안 올 거야. 안 온다니까. . . .

이리나 그러면 잠깐만이라도 나랑 같이 앉아 있자. 나 내일 떠나. (*사이*)

꿀릐긴 어제 3학년 교실에서 이 콧수염과 턱수염을 빼앗았어요. (*콧수염과 턱수염을 붙인다.*) 독일어 선생 같죠? . . . (*웃는다.*) 그렇죠? 장난꾸러기 녀석들이야.

마샤 정말 독일어 선생 같아요.

올가 (*웃는다.*) 그래요.

마샤가 운다.

이리나 이제 그만해, 마샤.

꿀릐긴 정말 닮았지.

나따샤가 들어온다.

나따샤 (*하녀에게*) 뭐라고? 쏘포츠카는 프로토포포가 봐 줄 거고, 보비크는 주인 양반더러 봐 달라고 하면 되잖아. 아이 돌보는 게 얼마나 힘

든지. . . . (*이리나에게*) 이리나 아가씨, 내일 떠난다고요? 정말 섭섭
해요. 일주일만 더 계시다 가세요. (*꿀릐긴을 보고 비명을 지른다. 꿀*
릐긴은 웃으면서 콧수염과 턱수염을 뗀다.) 짓궂게, 어쩜 사람을 이렇
게 놀라게 하세요! (*이리나에게*) 그동안 아가씨와 정이 많이 들어서,
헤어진다고 생각하니 마음이 아파요. 안드레이에게 그 놈의 바이올
린을 가지고 아가씨 방으로 올라가라고 할 거예요. 거기서 하고 싶은
대로 실컷 켜라고 하지요. 뭐! 그리고 안드레이 방으로 쏘포츠카를
옮길까 해요. 얼마나 귀엽고 사랑스러운지! 이렇게 착한 애도 드물
거예요! 오늘도 그 예쁜 눈으로 나를 바라보면서 "엄마"라고 했어요!

꿀릐긴 네, 정말 귀여운 아이더군요.

나따샤 내일부터 나도 혼자가 되겠네요. (*한숨을 쉰다.*) 우선 저 전나무 가로
수부터 베어버리겠어요. 그리고 단풍나무도 . . . 해가 지고나면 얼마
나 보기 흉한지 몰라요. . . . (*이리나에게*) 아가씨, 그 허리띠는 아가
씨 옷에 어울리지 않아요. . . . 좀 더 밝은 색이 어울려요. . . . 그리고
정원 가득 꽃을 심을 거예요, 향기가 얼마나 좋을까? . . . (*딱딱한 목소*
리로) 어떻게 의자 위에 포크가 굴러다니다니? (*집으로 들어가면서 하*
녀에게) 왜 이 의자 위에 포크가 있냐고 묻잖아? (*소리친다.*) 닥쳐!

꿀릐긴 성깔 한 번 대단하군!

무대 뒤에서 군악대가 연주하는 행진곡이 들린다. 모두가 듣고 있다.

올가 드디어 출발하는 군.

체브뜨긴이 등장한다.

마샤 모두 떠나가는군요. 할 수 없죠. . . . 잘 들 가세요! (*남편에게*) 집으

로 가요. . . . 모자와 외투는 어디 있어요?

꿀리긴 안에 들여 놨어. . . . 금방 가져올게. (*집안으로 들어간다.*)

올가 그래, 이젠 각자 집으로 가는 게 좋겠어. 시간도 늦었으니.

체브뜨낀 올가!

올가 네? (*사이*) 무슨 일이예요?

체브뜨낀 별일 아니오. . . . 뭐라 말해야 할지 모르겠군. . . . (*그녀에게 귓속 말을 한다.*)

올가 (*놀라서*) 설마, 그럴 리가!

체브뜨낀 그래. . . . 그렇게 됐어. 너무 지치고, 피곤해서 더 이상 아무 말도 하고 싶지 않아. (*짜증스런 말투로*) 아무려면 어때. 다 마찬가지야!

마샤 무슨 일이 있었어요?

올가 (*이리나를 껴안으면서*) 오늘은 정말 무서운 날이야. . . . 네게 뭐라고 말해야 할지 모르겠어. 사랑하는 이리나 . . .

이리나 왜 그래요? 빨리 말해주세요, 무슨 일이예요? 어서요! (*운다.*)

체브뜨낀 방금 전 결투에서 뚜젠바흐가 죽었어. . . .

이리나 (*조용히 흐느끼면서*) 알고 있었어요. 알고 있었다고요. . . .

체브뜨낀 (*무대 안쪽에 있는 벤치에 앉는다.*) 아, 피곤해. . . . (*주머니에서 신문을 꺼낸다.*) 울게 내버려 둬. . . . (*나지막하게 노래를 부른다.*) '따 라라— 붐드야 . . . 길가 돌에 걸터앉아서 . . .' 어차피 마찬가지야.

세 자매, 서로 꼭 붙어 선다.

마샤 아, 저 행진곡 소리! 사람들이 우리 곁을 떠나가고 있어. 한 사람은 영원히, 영원히 떠나 버렸어. 그리고 우리만 남았네. 우리는 인생을 다시 시작하는 거야. . . . 우리는 살아가야 해. . . . 살아가야 해.

이리나 (*올가의 가슴에 머리를 묻고*) 시간이 지나면 모든 걸 알게 될 거야. 이 모든 것이 무엇 때문에 생겼고, 또 무엇 때문에 우리가 고통을 겪었는지, 모두 알게 될 거야. 그땐 모든 것이 밝혀지겠지. 하지만 지금은 살아가야 해. . . . 일을 해야지. 일을 해야 돼! 내일 혼자 떠날 거예요. 학교에서 아이들을 가르치겠어요. 도움이 필요한 학생들을 가르치는데 평생을 바치겠어요. 지금은 가을이지만 곧 겨울이 오고 눈도 쌓이겠죠. 그렇지만 나는 일하고, 또 일할 거예요. . . .

올가 (*두 동생을 꼭 껴안으면서*) 저렇게 밝고 씩씩하게 울려 퍼지는 행진곡을 들으니 살고 싶은 욕망이 솟는 구나! 오, 하느님! 세월이 흐르면 우리도 사라지고, 아무도 우리를 기억하지 못하겠지. 얼굴도 목소리도, 우리가 몇 명이었는지도 기억 못할 거야. 하지만 우리가 겪은 고통은 후세에게는 기쁨이 되고, 지상에는 행복과 평화가 찾아오겠지. 그때가 되면 우리를 감사하는 마음으로 기억해 줄 거야. 아, 마샤, 이리나, 우리의 인생은 아직 끝나지 않았어. 우린 꿋꿋이 살아가야 돼! 음악이 밝고 힘차게 울려 퍼지고 있잖아. 세월이 좀 더 흐르면, 무엇 때문에 우리가 살았고, 무엇 때문에 괴로워했는지 알게 되겠지. . . . 그걸 알 수만 있다면, 그걸 알 수만 있다면!

행진곡 소리가 점점 더 멀어진다. 꿀릐긴은 싱글벙글 웃으면서 마샤의 모자와 외투를 가지고 들어온다. 안드레이는 보비크가 타고 있는 유모차를 밀고 있다.

체브뜨긴 (*나지막하게 흥얼거리면서*) '따라라— 붐드야— . . . 길가의 돌에 걸터앉아서 . . .' (*신문을 읽는다.*) 어차피 마찬가지야, 다 마찬가지라니까.

올가 그걸 알 수만 있다면, 그걸 알 수만 있다면!

▬ 장면 해설

이 장면은 이 극의 마지막인 4막 끝 부분에 해당하는 것으로, 이 작품에서 가장 중심이 되는 중요한 부분이다. 막내딸 이리나의 마지막 희망이었던 투젠바흐는 결투로 죽고, 둘째 딸 마샤에게 많은 위안을 주었던 베르쉬닌은 군대와 함께 떠난다. 그리고 큰 딸 올가는 이러한 모든 인간 삶의 모습을 직접 목격한다. 마지막 장면에서 더 이상 예전처럼 살아갈 수 없게 된 세 자매는 떠나가는 군대의 군악소리를 들으면서 서로를 끌어안고, 지금은 고통을 받고 있지만, 언젠가는 그 고통의 의미를 알게 될 것이라고 스스로를 위로한다. 이들은 군악소리를 들으면서 세 사람이 차례로 "살아야 해", "살아야 해"라고 말하면서 삶의 의지를 다짐한다.

『세 자매』는 무대를 통해 인간의 아름다운 꿈이 현실 속에서 점차 위축되고 시들어 가는 모습을 그리고 있기 때문에, 전반적으로 어두운 분위기를 준다. 그러면서도 절망이나 좌절로 마무리하는 것이 아니라, 등장인물들의 입을 통해 삶의 의지를 나타냄으로써 관객들에게 미래에 대한 희망을 제시해 준다. 인간은 시간의 흐름에 따라 이 세상과 작별하고 종국에는 잊혀 진다. 그러나 작가는 올가의 입을 통해 "우리가 겪는 고통은 후세에게는 기쁨이 되고, 지상에 행복과 평화가 찾아 올 것"이라는 희망적인 메시지를 전하고 있다.

이 작품을 무대에 올릴 때 기존 극과 다른 체홉 극의 특징에 유의해야 할 필요가 있다. 체홉의 희곡은 흔히 분위기의 극, 또는 정극이라고 불리는데, 이는 그의 극이 뚜렷한 줄거리나 사건 없이 등장인물의 일상생활과 대화, 등장인물들의 서로 다른 성격이 충돌하면서 만들어지는 여러 관계들이, 마치 한편의 인생시를 보는듯한 분위기를 조성한다. 이를 효과적으로 표현하기 위해 대사 사이에 침묵을 넣거나, 효과음을 활용하기도 하고, 서정적이면서도 간결한 대사를 사용하며, 다면적인 무대를 도입하는 등 여러 가지 극작 기교들을 이용한다. 그러나 무엇보다도 체홉 특유의 잔잔하면서도 암울한 긴박감이 관객들을 사로잡는다.[4] 체홉은 등장인물들의 고통을 함께 아파했고 그 고통의 가치를 관객에게 납득시키고자 하면서도, 등장인물들의 우울한 역사 속에서 출구를 발견하려는 의지를 담아내었다.

---

4) A. 체홉, 『갈매기』, 동완 역, 서울: 신원문화사, 2009, p.447-48.

『고도를 기다리며』
Waiting for Godot

사무엘 베케트^{Samuel Beckett, 1906~1989}

■

김상현

▬ 작가 소개

베케트는 1906년 4월 13일에 아일랜드 더블린의 스틸오간(Stillorgan)에서 태어났다. 그는 극작가이자 소설가 시인으로 이오네스코(Eugene Ionesco)와 아다모프(Arthur Adamov) 등과 더불어 '부조리극'(theatre of absurd)의 세계적인 작가로 명성을 떨쳤다. 그는 주로 세계의 부조리와 그 속에서 의미 없이 죽음을 기다리는 절망적인 인간의 고통을 다루는 극을 썼으며 그 공로로 1969년에 노벨문학상을 수상하였다.

중산층 신교도 가정에서 성장한 그는 어릴 적부터 학문적 재능을 보이기 시작했다. 그는 행복한 유년시절을 보내면서 젊은 시절에는 자신의 정체성을 찾는 데 많은 시간을 보낸 것으로 알려져 있다. 베케트는 북아일랜드 명문 포토라 왕립학교(Portora Royal School)에서 수학한 후 더블린의 트리니티 대학(Trinity College)에 입학한다. 대학에서 프랑스와 이탈리아 문학을 전공하였고, 단테(Dante), 데카르트(Rene Descartes), 피란델로(Luigi Pirandello), 보들레르(Charles Baudelaire) 등의 문인들에 심취하였다. 대학을 우등으로 졸업한 후 파리의 명문 고등사범학교에서 영어를 강의했으며, 1930년부터 모교인 트리니티 대학에서 프랑스어를 강의했다. 이 기간 동안 자신의 스승이자 우상인 제임스 조이스(James Joyce)와 에즈라 파운드(Ezra Pound) 등 여러 문인들과 친교하였고, 칸트(Immanuel Kant), 쇼펜하우어(Arthur Schopenhauer) 등의 철학에 심취하여 작가의 기반을 닦았다. 그러나 베케트는 곧 강의를 그만두고 유럽을 두루 방황하다가 1937년에 파리에 정착한다. 조국 아일랜드가 전쟁에 휩싸이자 프랑스에 남아 파리의 지하단에 가입했다. 해방이 되자 아일랜드로 돌아갔다가 1945년에 프랑스로 귀환했다.

1930년대 베케트는 『머피』(*Murphy* 1938), 『와트』(*Watt* 1953), 『몰로이』(*Molloy* 1951), 『멀론 죽다』(*Malone Dies* 1951) 등 다수의 실험 소설을 통해 창작 문단의 주목을 받았다. 그러나 과도한 실험성은 독자들의 외면을 초래하였고 이런 상황에서 하나의 돌파구 내지는 휴식의 차원에서 쓰기 시작한 『고도를 기다리며』(*Waiting For Godot* 1949)는 20세기 연극사에 일대 전환점을 가져오게 되고 그를 세계적인 극작가의 반열에 올려놓는다. 이후 그는 극작에 몰두하여 『유희의 끝』(*Endgame* 1957), 『크랍의 마지막 테이프』(*Krapp's Last Tape* 1958), 『행복한 나날』(*Happy Days* 1961), 『나 아님』(*Not, I* 1972) 등 종래의 연극 문법을 뒤엎는 독창적인 희곡을 발표하였다. 이 극들의 주제는 『고도를 기다리며』 이후 변치 않는 인간 삶의 무의미함과, 서구적인 합리주의에 의한 세계의 붕괴인데, 신선한 문체와 뛰어난 연극적 감각으로 세계인의 주목을 받는다.

사르트르(Jean Paul Sartre)와 카뮈(Albert Camus)의 실존주의의 철학에 영향을 받은 그의 드라마의 특징은 플롯, 동기, 일관성 있는 대화 같은 전통적인 극의 구성방식을 해체하는 것이다. 삶의 무의미함과 부조리성을 표현하기 위해 그는 일련의 사건들보다는 하나의 상황을 제시하여 삶의 환멸, 고뇌, 불안 등 현대인의 부정적인 심연을 극화하여 일상에 젖고 그릇된 신념에 집착하는 관객들에게 충격을 던져준다. 또한 그는 의사소통의 어려움과 단절을 표현하기 위해 언어를 파괴함으로써 소극적인 행위를 중심으로 한 무언극이나 광대의 우스꽝스러운 익살과 유사한 극적 요소를 보여준다. 이러한 언어의 해체는 목적과 의미를 상실한 세계에서 나타나는 심각한 징후이다. 베케트는 "부조리란 것은 목적이 결여된 것을 말한다. 인간이 종교적, 형이상학적, 초월적인 뿌리로부터 단절되었을 때 인간은 상실된 존재이며 그때 인간의 모든 행동은 무의미하고 부조리하며 무용한 것이다."라는 이오네스코의 부조리한 세계를 가장 잘 표현한 극작가이다. 그는 1989년 83세의 나이로 영면에 든다.

━ 작품 소개

1953년 베케트의 『고도를 기다리며』가 프랑스에서 초연된 이래 부조리극의 시대가 시작되었다. 이 극은 프랑스에서 큰 반향을 일으키고 수십 개 나라의 말로 번역되어 전 세계에 소개되었다. 2막으로 구성된 비교적 짧은 이 연극이 1953년 프랑스 파리의 바빌론 극장에서 공연된 이후, 영국 런던, 미국 뉴욕에 있는 골든 극장에서도 상연되었다. 이 극은 한국에서도 특별한 공연 역사를 가지고 있다. 1969년 임영웅 씨가 극단 '산울림'을 창단하면서 창단 공연으로 시작한 이래 수십 년간 지속적인 공연을 통해 한국적인 특징을 잘 나타낸 부조리극으로 자리매김했다. 1988년 방한하여 이 작품을 관극한 에슬린(Martin Esslin)은 독특한 동양적 정서를 보여준 극이라고 호평하였으며, 이후 프랑스와 더블린에서도 작품성을 인정받았다. 극단 산울림의 고정 레퍼토리가 된 이 극이 매년 어떤 새로운 모습으로 관객에게 다가올지 자못 궁금하다.

이 극은 베케트의 희곡 중 부조리극의 대표적 작품이다. 옥스퍼드영어 사전(*OED*)에 따르면 '부조리'(absurd)의 의미는 '이성과 명백히 반대되는, 따라서 우스꽝스러운, 어리석은'이다. 부조리극은 1950년대 한 그룹의 극작가들에게 붙여진 용어로, 이 부조리란 철학용어를 연극에 적용시킨 에슬린의 저서 『부조리 연극』(*The Theater of Absurd*)에서 유행되었다. 부조리극의 부조리란 낱말은 인간 존재의 의미와 무의미에 대한 질문으로 이어진다. 그러나 부조리극이 이 질문에 대한 답을 줄 수 없으므로 부조리극들은 염세주의와 기괴한 유머가 뒤섞인 형태로 나타난다. 이러한 이유로 처음 이 극이 일반 대중에게 처음 상연되었을 때에는 도무지 무슨 내용인지 이해가 안 된다는 혹평에 시달렸다. 반면에 캘리포니아의 산 퀜틴 교도소의 장기수들은 이 연극을 보고 기립박수를 치며 눈물을 보이는 등 열렬한 반응을 보였다고 한다. 도대체 이 작품은 무엇을 의미하는가? 한마디로 설명하다면 기다림이다. 이 주제가 석방에 대한 기약이 없는 무기수들에게 큰 반향을 불러일으킨 것이다.

『고도를 기다리며』는 희곡의 거의 모든 전통적인 관습적인 기대를 깨버린다. 즉 이 극은 플롯과 언어에 있어 전통적인 희곡 구조와 전개가 없는 하나의 극적인 이미지로 관객에게 제시된다. 그러므로 남루한 의상을 입은 소수의 배우들을 바라보며 심각한 표정으로 생각에 잠기면서도 만족의 웃음을 아끼지 않는 지식인층이 관객의 대부분이었다고 상연 도중에 불쾌한 표정으로 퇴장하는 관객들은 이 극이 전통적인 의미에서의 플롯과 성격이 결여되었기 때문이다.

이 극을 간단하게 요약하면 2막으로 구성되어 있고 등장인물은 모두 다섯이다. 막이 열리면 어느 한적한 시골길, 앙상한 나무 한 그루만이 서 있는 언덕 밑에서 부랑자 두 사람인 블라디미르(Vladimir)와 에스트라곤(Estragon)이 고도(Godot)라는 인물을 기다린다. 그들의 기다림은 어제 오늘 시작된 것이 아니다. 그들은 고도가 누구인지, 어떻게 생겼는지, 심지어 그가 실존 인물인지에 대한 확신도 없다. 두 부랑자의 대화는 논리적이지 못하며 그저 시간을 보내기 위한 무의미한 말과 익살맞은 해학으로 구성된다. 그러던 중 난폭하고 거만한 주인 포조(Pozzo)가 기다란 밧줄로 맨 자신의 노예인 럭키(Lucky)를 이끌고 잠깐 등장한다. 두 부랑자는 이들과 대화를 나누지만 두서없고 무의미한 대화뿐이다. 밤이 되자 한 소년이 등장하여 그들에게 오늘밤엔 고도 씨는 오지 않으며 내일 온다는 사실을 알려준다. 2막도 비슷한 내용이 그대로 반복이 되고 극이 끝날 때 소년이 등장하여, 고도가 오지 않으리라는 것을 알려준다.

고도가 오지 않는다는 사실과 오지 않는 고도를 향한 기다림이 이 연극의 중심 주제이다. 이 극이 현대의 고전으로 전 세계의 관객들에게 호소력을 갖는 이유는 불확실한 현재를 살아가고 있는 모든 현대인의 보편적인 실존의 문제를 담고 있기 때문이다. 실존적인 삶을 살아가야 하는 두 인물인 블라디미르와 에스트라곤은 마치 동전의 양면과도 같고 우리들 자신의 일부와 같은 인물들이다. 블라디미르와 에스트라곤은 자아를 상실한 부랑아 같은 존재로서 만난 적도 없고 결코 오지 않을 고도를 기다리는 현대인의 투사체인 것이다. 블라디미르와 에스트라곤은 그들의 대화에서 스스로 밝혔듯이 하나가 될 수 없는 이질적이며 서로 소외된 모습으로 나타나며 포조와 럭키 역시 주인과 노예의 관계로 억압과 복종이라는 현대인의 모습을 잘 나타내고 있다.

에슬린이 언급한 대로 이 작품은 인간의 깊은 곳에 위치한 두려움과 공포를 구체적으로 표현한 작품이다. 베케트는 이 연극에서 희극적인 대사를 사용한다. 그러나 아무리 보아도 이것은 우울한 연극임에 틀림없다. 많은 문학작품이 그렇듯이 여기서 우리는 구체적인 변론이나 결론을 얻지 못한다. 다만 인상적인 하소연을 들을 뿐이다. 그렇기 때문에 이 작품의 해석은 독자에 따라 각각 다를 수 있을 것이다. 고도는 우리의 하느님(God), 우리의 희망(Hope)을 상징할 수도 있을 것이다. 특히 기독교적인 사상에 근거를 둔 비평가들은 고도는 블라디미르와 에스트라곤이 알아보지 못했지만 "왔었다"라는 견해를 보이기도 한다. 이 작품에서 고도가 신의 상징이든 희망의 상징이든 혹은 고도가 왔었느냐 오지 않을 것이냐의 문제는 관객/독자의 인생관과 세계관에 맡기는 것이 가장 좋은 방법일 것이다. 적어도 20세기라는 현대를 사는 그리고 우리의 뒤에 살아갈 또 다른 현대인에게 "우리의 적나라한 모습"을 심도 있게 묘사하였다는 점에서 이 작품은 현대의 고전으로서의 가치를 인정받을 수 있을 것이다.

『고도를 기다리며』는 절망적인 현대인의 서글픈 노래이다. 약속된 희망의 등불이 좀처럼 나타나지 않아서 기다리다 못해 지친 인간의 피로한 모습이다. 그러나 꺼질 듯이 꺼질 듯이 꺼지지 않는 등불을 보여주는 데서 이 작품을 놓아버릴 수 없는 매력을 느낀다. 1막이 끝나고 2막이 시작되었을 때 유일한 변화는 무대 위 나무에 잎사귀가 네다섯 개가 달려있다는 사실뿐이다. 그러나 이러한 변화에서 일말의 희망을 볼 수 있지 않을까? 블라디미르와 에스트라곤의 기다림 자체가 그리고 기다리는 중에 행하는 놀이와 자기 극화와 같은 것 자체가 그들의 삶의 의미일 수 있다.

이 작품이 파리에서 초연되었을 때 그의 작품은 많은 주목을 받았고 그에 대한 비평도 다양하였다. 이 작품은 소위 '부조리극'에 대한 세인의 관심을 고조시켰으며 어느 극작가는 이 작품을 최초의 완벽한 희비극이라 불렀다. 암담하고 회피할 수 없는 비극적 상황으로부터 순간적인 도피처의 구실을 마련해주고 등장인물의 고통을 강조하는 블랙 유머(black humor)가 작품 도처에서 발견된다. 바로 이러한 인간 존재의 모습은 현대인을 자아가 상실되고 희망을 잃어버린 존재로 파악하는 실존주의의 기본적 전제와도 맥을 같이한다.

▬ 장면 번역: 2막

그는 흥분해서 왔다 갔다 한다. 마침내 무대 왼쪽 끝에서 멈춰 서서 생각한다. 소년이 오른쪽에서 입장한다. 침묵.

소년 여보세요. . . . (*블라디미르가 돌아선다.*) 알버트 씨 . . .
블라디미르 다시 시작이군. (*잠시 뒤에*) 나를 알아보지 못하겠니?
소년 예.
블라디미르 어제 온 게 네가 아니었구나.

소년   예.

블라디미르 이번이 처음이구나.

소년   예.

(침묵)

블라디미르 고도 씨의 말을 전하러 왔니?

소년   예.

블라디미르 그 분이 오늘밤에 오지 않는다던.

소년   예

블라디미르 그러나 내일은 오시겠구나.

소년   예.

블라디미르 틀림없어.

소년   예.

(침묵)

블라디미르 누구를 만났니?

소년   아니오.

블라디미르 다른 두 . . . (*그가 머뭇거린다.*) . . . 사람?

소년   아무도 만나지 않았어요.

(침묵)

블라디미르 고도 씨는 무얼 하고 계시니? (*침묵*) 내 이야기를 듣고 있는 거니?

소년   예.

블라디미르 그런데?

소년   아무 일도 안하셔요.

          (*침묵*)

블라디미르 네 형은 어떠냐?

소년   아파요

블라디미르 어제 온 게 아마 네 형이겠구나.

소년   모르겠어요.

          (*침묵*)

블라디미르 고도 씨는 수염을 기르니?

소년   예.

블라디미르 희냐? . . . (*머뭇거린다.*) . . . 검으냐?

소년   흰색 같아요.

          (*침묵*)

블라디미르 그리스도의 은총이 우리에게 있기를!

          (*침묵*)

소년   고도 선생님께 뭐라고 전할까요?

블라디미르 그분에게 . . . (*머뭇거린다.*) . . . 그분에게 나를 만났다고 전해라
. . . (*머뭇거린다.*) . . . 나를 보았다고. (*잠시 뒤에 블라디미르는 앞으
로 나가고 소년은 물러선다. 블라디미르가 멈추고 소년도 멈춘다. 갑
자기 사나워지며*) 너 나를 확실히 보았지, 내일 와서 나를 보지 못했
다고 말 못하겠지!

*침묵. 블라디미르는 갑자기 튀어나온다. 소년은 그를 피해서 뛰어서
퇴장한다. 침묵. 해가 지고 달이 뜬다. 1막에서처럼 블라디미르는 고개
를 숙이고 움직이지 않는다. 잠에서 깬 에스트라곤은 장화를 벗는다.
한 손에 장화 하나씩을 들고 일어나서 무대중앙 앞쪽에 장화를 내려놓
는다. 그리고 블라디미르에게 간다.*

에스트라곤 무슨 일이 있나?
블라디미르 아무 것도 아니야.
에스트라곤 나는 가겠네.
블라디미르 나도.
에스트라곤 내가 오래 잠잤나?
블라디미르 모르겠네.

(*침묵*)

에스트라곤 어디로 갈까?
블라디미르 멀지 않은 곳.
에스트라곤 아니, 여기서 멀리 가버리세.
블라디미르 안 되네.

에스트라곤 왜?

블라디미르 내일 돌아와야만 하네.

에스트라곤 무슨 일 때문에?

블라디미르 고도를 기다리러.

에스트라곤 아! (*침묵*) 그이가 오지 않았나?

블라디미르 안 왔네.

에스트라곤 이제는 너무 늦었는걸.

블라디미르 맞네. 지금은 밤이야.

에스트라곤 우리가 그이를 단념한다면? (*잠시 뒤에*) 우리가 그이를 단념한다면?

블라디미르 벌 받을 거야. (*침묵. 그는 나무를 본다.*) 나무 말고는 다 죽었어.

에스트라곤 (*나무를 바라보며*) 저것이 무엇인가?

블라디미르 나무야.

에스트라곤 그래, 그러나 어떤 종류의 나무인가?

블라디미르 잘 모르겠네. 버드나무.

에스트라곤은 블라디미르를 나무 있는 곳으로 이끈다. 그들은 나무 앞에서 움직이지 않고 선다. 침묵

에스트라곤 우리 목매달까?

블라디미르 무엇으로?

에스트라곤 자네 끈 좀 가지고 있지 않나?

블라디미르 없어.

에스트라곤 그렇다면 할 수 없군.

(*침묵*)

블라디미르 우리 가세.

에스트라곤 잠깐만, 여기 내 허리띠가 있네.

블라디미르 그것은 너무 짧네.

에스트라곤 자네는 내 다리에 매달리면 되네.

블라디미르 그러면 내 다리에는 누가 매달리지?

에스트라곤 그렇군.

블라디미르 어쨌든 보여주게. (*에스트라곤은 그에게 너무 커 보이는 바지에 매고 있는 끈을 푼다. 바지를 발목까지 내린다. 그들은 허리끈을 본다.*) 위급한 상황에서는 충분하겠는데. 그러나 과연 튼튼할까?

에스트라곤 곧 알 수 있겠지, 자.

그들은 끈 양쪽에서 잡고 잡아당긴다. 끈이 끊어진다. 그들은 넘어질 뻔 한다.

블라디미르 전혀 쓸모가 없군.

(*침묵*)

에스트라곤 내일 우리가 다시 돌아와야 한다고 했나?

블라디미르 그랬네.

에스트라곤 그때에 좋은 끈을 갖고 올 수 있겠지.

블라디미르 그래.

(*침묵*)

에스트라곤 디디.

블라디미르 응.

에스트라곤 나는 계속 이렇게는 살 수 없네.

블라디미르 그것은 자네 생각이지.

에스트라곤 우리가 헤어진다면? 그것은 우리에겐 더 나은 일일 걸세.

블라디미르 우리 내일 목매세. (잠시 뒤에) 고도가 오지 않는다면.

에스트라곤 그이가 온다면?

블라디미르 구원받겠지.

블라디미르는 그가 쓰고 있던 럭키의 모자를 벗어서 안을 들여다보고 안쪽을 만지고 흔들고 모자 춤을 툭툭 건드리고 다시 모자를 쓴다.

에스트라곤 그런데? 우리 갈까?

블라디미르 바지나 올려 입게.

에스트라곤 뭐라고?

블라디미르 바지를 올려 입어.

에스트라곤 자네는 내가 바지를 벗었으면 하고 바라나?

블라디미르 바지를 올리라니까.

에스트라곤 (*바지를 내려간 것을 깨닫고*) 그래. (*그는 바지를 끌어 올린다.*)

블라디미르 그런데? 우리 갈까?

에스트라곤 그래, 가세.

그들은 움직이지 않는다.

━ 장면 해설

위의 장면은 2막으로 이루어진 이 극의 2막 끝부분이다. 두 주인공인 블라디미르와 에스트라곤이 고도를 기다리는 상황에서 소년이 등장하여 고도님은 오늘은 오지 않고 내일은 온다는 전갈을 받는 장면으로 부조리극의 대표적인 명장면이다. 이 장면은 1막에서도 반복된 기다림의 모티브로 "가자 - 안 돼 - 왜 - 고도를 기다려야 하니까"이다. 베케트는 현대인의 고독과 소외된 삶을 기다림이라는 두 주인공의 행동을 통해 인생의 부조리함을 극화하고 있다. 베케트 자신도 고도가 무엇인지 모른다고 말했듯이 이들도 고도가 누구인가에 대한 확신도 없고, 고도가 올 지에 대한 확신도 없다. 고도가 누구이든 이들은 기다려야 한다. 기다림은 인류를 존속시켜 온 힘이며, 인간의 존재 조건이다. 이 극에서 정신을 상징하는 블라디미르와 육체를 상징하는 에스트라곤은 고도를 기다리며 자살까지 생각하며 의미 없는 유희에 빠지지만 기다림을 멈출 수 없고 이곳에서 벗어날 수 없다. 두 사람은 입으로는 떠나자고 하면서도 여전히 움직이지 않는다. 이 장면에서 알 수 있듯이 언어와 인간존재의 문제가 밀접하게 연관되어 있다. 베케트는 언어 재현의 불충분함과 언어 기능에 대한 불신을 소극적인 행위를 중심으로 한 무언극이나 광대의 우스꽝스러운 익살과 유사한 극적 양상으로 제시한다.

"아무 것도 일어나지 않고, 아무도 오지 않고, 아무도 가지 않는다. 정말 미칠 것 같군"이라는 정적인 정체감에서 오는 지루한 세계가 바로 부조리극의 세계이다. 어디로 가야할 지를 알 수도 없고 따라서 의미 있는 행위도 없다. 에스트라곤이 "아무 것도 할 일이 없군."이라는 대사에서 갈 곳이 없이 방향 감각을 상실한 현대인의 모습을 읽을 수 있다.

부조리극은 의미와 목적을 상실한 세계를 보는 하나의 방식이며, 이해할 수 없는 불합리한 세계를 살아가는 인간인 자신의 존재에 대한 근원적인 물음을 던지는 극이라고 할 수 있다. 부조리극은 인간의 고독과 소통의 부재를 드러내며, 인간에게 존재의 부조리함에 대한 공포를 느끼게 한다. 사회적 위치나 역사, 환경에서 단절되어 버린 인간이 자기 존재의 근원적 상황과 대면하고 또 선택을 하지 않을 수 없는 그런 절박한 행위나 행위의 부재 (absence)를 나타낸다. 극 구성의 전통적인 개념인 도입→ 상승→ 절정→ 반전→ 하강→ 파국으로 이어지는 논리적 구성이 무시되고, 극이 진행되다가 끝나지 않을 곳에서 갑자기 끝나버린다. 따라서 전통적인 의미의 플롯과 인물의 성격이 결여되어 있다. 즉 부조리극의 구성은 한편으로 극의 시작과 끝이 똑같은 '순환적(circular) 구성'이 있고, 다른 한편으로는 처음 상황이 지속·반복되는 '직선적(lineal) 구성'이 있다. 이 장면에서도 극중 배우는 광대나 꼭두각시처럼 개성이나 심리 변화가 드러나지 않고 목적과 의지도 없이 행동한다. 등장인물들이 내뱉는 대사들은 의미가 해체되고, 등장인물들 간의 의사소통은 불가능하다. 그러므로 이 장면은 의미 찾기의 어려움과 언어의 한계를 극명하게 드러내고 있다.

『사랑에 바보가 되어』
Fool for Love

샘 셰퍼드Sam Shepard, 1943~2017

■

이용은

▬ 작가 소개

셰퍼드는 1964년 창세기 극장(Theatre Genesis)에서 『카우보이들』(*Cowboys*, 1964)과 『돌 정원』(*The Rock Garden*, 1964)으로 극작을 시작하였다. 셰퍼드는 그 이후 지금까지 약 44편에 달하는 극작을 해온 다작 작가이기도 하다. 1979년 『매장된 아이』(*Buried Child*, 1978)로 퓰리처상을 수상하기도 했으며, 극작뿐 아니라 배우로서 활동하기도 하였다.

셰퍼드는 초기 극에서 가장 미국적인 것을 탐구하였으며, 실험적인 무대를 선호하였다. 그래서 셰퍼드도 브로드웨이(Broadway)에 관심이 없었지만 브로드웨이도 셰퍼드에게 관심을 보이지 않았다는 말이 나올 정도로 셰퍼드는 철저히 실험적이고 비상업적인 작품을 무대에 올렸다. 초기 극들은 책에서 읽은 내용이 아니라 거리에서 얻어낸 언어들을 바탕으로, 미국적인 삶의 현장을 극화하였으며 미국적인 것을 드러내려고 하였다. 이는 그가 미국적 신화가 사라져가고 있음을 인식하고 있었음을 의미한다. 셰퍼드 극의 비평가였던 비비안 페트라카(Vivian Petrarca)는 "셰퍼드의 지속적인 관심사는 미국의 정신과 미국의 성격이 기초하고 있는 신화들의 사라짐이다"라고 언급하였다. 이는 셰퍼드가 미국 문명을 떠받치고 있는 미국 신화들이 사라지고 있음을 주목하였고, 그것을 극화해 온 문명 비판가였음을 의미한다.

1970년대 후반에 셰퍼드는 자신의 작품에 사실주의적 요소를 집어넣어 어느 정도 플롯이 있고, 인물의 성격을 포착할 수 있는 극을 썼다. 그 대표적인 것이 '가족 삼부작'으로, 『매장된 아이』, 『굶주린 층의 저주』(*The Curse of the Starving Class*, 1977), 『진짜 서부』(*True West*, 1980)가 여기에 속한다. 이 작품들은 어떻게 논평해야 좋을지 알 수 없었던 초기 극들과는 달리 주제의식이 분명하고 사실주의적 재현이 돋보이는 작품들이었다. 이들 작품에서 작가는 '가족'이라는 주제를 다루고 있는 데, 가족이 사회의 기본 단위로서, 일반적으로 알려진 바와 같이 결합과 애정에 기초하고 있는 것이 아니라, 갈등과 무책임의 공간임을 밝히고 있다. '가족'이라는 미국 신화의 일부를 작가는 비판하고 있는 것이다. 셰퍼드는 가족 삼부작 이후에도 계속 극작을 하고 있으며, 2009년에 『월령』(*Ages of the Moon*)을 집필하기도 했다.

▬ 작품 소개

『사랑에 바보가 되어』는 셰퍼드의 1983년 작품으로, 극작 중반부에 쓰인 가족 삼부작 이후에 나온 극이다. 그러므로 이 작품은 가족극의 연장선상에 있는 작품으로 평가할 수 있다. 따라서 미국적인 특성이 강조되기보다는 보다 보편적인 주제를 다루고 있으며, 여성 인물들도 초기 극에 비해 덜 타자화 된 양상을 보이고, 플롯 구성도 안정감을 보여준다. 그러나 이미지를 강조하던 셰퍼드의 특성이 이 극에서도 그대로 드러나고 있다.

셰퍼드가 가장 미국적인 극작가로 불리듯이, 미국적인 특성은 이 극에서도 언뜻 언뜻 모습을 내비친다. 남자 주인공 에디(Eddie)가 카우보이 복장을 하고, 로데오를 연상시키는 듯이 로프를 던져 침대 기둥에 걸치며, 트레일러에 말떼를 넣어 데리고 다니는 등의 행위를 하기 때문이다. 그러나 에디의 특성을 제외하면 이 작품은 미국적이라기보다는 보편적인 사랑, 환상, 현실의 주제를 담고 있는 작품이다.

이 극은 에디를 통해 남성 중심적 사랑을 제시하지만, 여성 주인공 메이(May)를 통해서 그보다 더 의미 있는 사랑 법을 제시하고 있다. 남성 중심적 사랑은 주체의 소유욕만을 주장하고 타자를 철저히 대상화시켜 자신에게 복속시키는 사랑이다. 에디는 이복동생인 메이를 사랑하지만 그녀를 떠났다 돌아오기를 반복하며 신뢰할 수 없는 행태를 보이고, 또 돈이 많은 것으로 추정되는 카운테스(Countess)와도 관계가 있어서, 두 여성을 동시에 사랑하고 있는 남성이다. 물론 에디의 메이에 대한 사랑은 가벼운 것은 아니다. 처음 어린 메이를 본 순간부터 시작된 에디의 사랑은 그와 메이가 긴밀하게 연결되어 있다는 느낌을 갖게 된다. 에디는 메이와의 관계를 포기할 수 없는 인물이다. 그러나 에디는 다른 여성과도 친밀한 관계를 맺고, 카운테스는 에디가 메이를 만나는 곳까지 쫓아와 권총을 쏘는 등 메이를 위협한다. 또 에디는 카운테스의 폭력적 행동에 메이를 두고 밖으로 나간다. 아마도 카운테스를 만나서 그녀와 함께 떠나려는 것으로 보이는 이 마지막 행동은 에디가 메이에게 사랑한다고 말하고, 끊임없이 그녀를 찾아와 같이 지내기를 요구하면서도, 또 메이를 떠날 것임이 암시된다. 그의 사랑은 신뢰할 수 없는 사랑이다. 물론 에디와 메이는 이복남매 사이이고, 그래서 둘의 관계는 끊기 어려운 깊은 유대가 있는 것으로 암시된다. 그렇기 때문에 메이는 더 고통스럽다. 헤어지기 어려운 관계, 그러나 고통스러운 관계가 메이와 에디의 관계이다.

그러나 메이는 에디 식의 사랑 법을 그대로 수용하지 않는다. 메이는 에디에게 이중적인 모습을 보인다. 에디가 싫다고 주장하면서도, 그가 떠나겠다고 하면 떠나지 말라고 말하는 것이 메이의 방식이었다. 그러나 극이 진행되면서 메이는 가부장적, 남성 중심적 사랑 법에 저항하는 양상을 보인다. 메이는 에디가 제안하는 트레일러에서 여성잡지 몇 권과 함께하는 불안정한 삶이 만족스럽지 않다고 에디에게 분명히 말하고, 에디가 포옹하러 다가오자 그의 사타구니를 격타하기도 하며, 에디가 아닌 다른 남자 마틴(Martin)과 데이트가 있다고 말하기도 한다. 그녀는 사라졌다 돌아오기를 반복하는 에디의 소유적, 자기중심적 사랑 방식을 수용할 수 없다는 것을 마틴의 존재를 통해 분명히 드러낸다.

에디는 아버지의 사랑 방식을 그대로 반복하는 인물이다. 아버지는 에디의 어머니도 사랑하고, 메이의 어머니도 사랑했던 인물로서, 아버지의 소유적 사랑은 그의 권위를 형성한다. 메이는 에디의 사랑 법을 거부함으로써 아버지의 권위에도 저항한다. 그래서 이 극은 성공적으로 아버지의 부성적 권위를 문제시하는 작품이다. 그러나 셰퍼드는 그의 많은 작품에서 여성을 대상화해왔듯이 이 작품에서도 여성에 대한 입장, 가부장적 권위에 대해 다소 애매모호한 입장을 취한다. 이 극에서 마틴은 노인을 보지 못한다. 그러나 메이와 에디는 노인의 목소리를 듣고 그의 논평에 영향을 받는다. 마틴은 이 극에서 가장 현실적인 인물이고, 그의 현실에 아버지는 실재하지 않는다. 그러나 에디와 메이는 아버지의 말을 듣고 있는 것으로 설정되어 있다. 이것이 이 극을 환상적인 요소가 다분한 극으로 만드는 지점인데, 아버지는 에디의 어머니가 죽은 이유에 대해 설명하는 에디의 해석에 동의하면서 남성을 지지하는 인물로 등장한다. 그러나 메이는 동일 사건에 대해 자신이 알고 있는 이유를 대면서 여성의 해석을 제시한다. 이렇게 보면 아버지의 권위는 무너져야 하고, 무너질 수 있는 것으로 보이지만 극의 결말까지 아버지는 무대에 실재하면서, 관객의 시야를 사로잡는다. 이는 아버지의 상황 해석이 옳지 않거나 왜곡되어 있거나 가부장적이라고 하더라도 그의 시각과 시선으로부터 완전히 자유롭지 못한 것이 메이와 에디의 삶임을 강조한다. 여기서 셰퍼드는 아버지의 권위와 관련해서, 그리고 메이의 자율성과 관련해서 명확한 입장을 전달하지 않는다. 메이는 여성주의적인 여성인가 하면 또 한편 아버지의 이중적 삶으로부터 자유롭지 않은 여성이기도 하고, 에디에게 자신을 떠날 것을 종용하는가 하면 떠나지 말기를 요구하는 여성이기도 하다. 이런 애매모호함 때문에 셰퍼드가 가부장적인 극작가라는 평자들의 논평을 받기도 한다. 셰퍼드의 극에 여성이 부재함을 많은 평자들이 논평하였다. 비록 메이의 자율성과 자기주장, 그녀 자신의 해석이 존재하긴 하지만 남성의 권위와 존재로부터 완전히 자유롭지 않은 여성을 창조함으로써, 셰퍼드가 초기 극에서부터 보여준 가부장적 태도를 완전히 불식시키지는 못하고 있다. 셰퍼드는 사랑을 본질적인 것으로 파악한다. 에디가 메이의 목덜미가 그리워서 울었다고 하는 부분의 묘사 등은 에디의 사랑을 진실한 것으로 만들고 있다. 소유적 속성을 가진 에디의 사랑이 사랑의 본질적인 속성을 함축한 것으로 설명함으로써, 셰퍼드는 여성 문제, 사랑의 주제에 있어 완전히 진보적인 작가로 평가되기 어렵다.

또한 이 작품은 초현실적인 속성을 지닌다. 이는 이 극이 현실과 환상의 문제를 노정하고 있다는 것과 일맥상통하는 것으로, 사실주의적인 극이 지닌 의미의 명확함이라는 한계를 벗어난 작품으로 평가할 수 있다. 이 극에서 여러 지점들이 사실주의적이지 않다. 아버지인 노인의 존재, 모하비(Mohave) 사막의 한 가장자리의 모텔 방으로 설정되어 있어, 정확히 어떤 곳인지, 어떤 분위기를 가진 곳인지 명확하게 설명되지 않는 점, 카운테스가 한 번도 무대에 등장하지 않고, 그녀가 탄 차의 헤드라이트 및 긴 차로 그녀의 존재가 암시되는 점, 인물들이 기억하는 과거가 동일하지 않다는 점 등이 이 극을 초현실주의적으로 만드는 데 기여한다. 특히 마틴은 노인을 보지 못하는데, 메이와 에디는 그와 이야기를 나누기도 한다는 내용 등은 사실주의와는 거리가 멀다. 이와 같은 특성들이 이 작품에 환상성을 부여하며, 이로 인해 이 극은 매우 우수한 작품으로 자리매김 된다. 이 극이 정확하고 명확한 의미의 확보 및 전달을 처음부터 배제하고 있다는 점에서 관객은 그 틈새에서 무수히 많은 상상과 사유를 하게 된다. 관객을 고민하게 하는 지점들, 관객을 의아하게 만드는 지점들이 많음으로써 이 작품은 의미 확대가 가능해진다. 고정적인 의미는 상황을 단순하게 인식하게 만들지만 애매모호한 경계와 사이를 다루는 작품은 상황에 대한 다양한 해석을 가능하게 한다. 이 작품은 그래서 하나의 이미지로서 관객에게 제시된다.

이미지는 설득력 있는 시각적인 장면으로 관객의 감수성을 저격하는 것을 특징으로 한다. 이 작품을 읽으면 정확히 의미가 해독되지는 않지만 애매모호한 가운데, 몇 가지 선명한 이미지가 관객의 뇌리에 남는다. 그리고 이미지는 관객에게 어떤 감정을 선사한다. 강력한 이미지를 사용하고 있는 몇 장면을 예로 들어 그 이미지가 관객에게 어떤 감정을 불러일으키는 가를 파악하고자 한다.

첫 장면에서 메이는 머리와 두 손을 아래로 떨어뜨리고 다리는 벌린 채 침대 한 구석에 앉아 있다. 머리카락이 아래로 늘어뜨려져 있고, 무릎에 팔꿈치가 닿아있고, 얼굴은 바닥을 향하고 있다. 이 장면은 하나의 이미지이다. 그리고 조금 후 메이의 대사는 에디를 죽일 것이라는 말이다. 자기를 떠났다가 돌아오는 그의 반복적 행위가 자신에게 너무도 큰 고통이었음을 메이는 밝힌다. 메이의 대사는 그녀의 무기력해 보이는 자세와도 관련이 있다. 메이의 이와 같은 자세는 그녀가 느끼는 좌절과 고통을 그대로 관객들에게 전달한다. 이미지는 감정을 전달하고 관객의 감수성을 자극하는 것으로서, 이 장면을 통해 이 극이 관객에게 어떤 감정을 불러일으키며, 관객의 사고보다는 감성에 호소하는 극임을 드러낸다. 셰퍼드는 초기 극부터 관객의 감정에 호소해온 작가인 것이고, 이 극에서도 그런 특성들을 확연히 드러내고 있다.

단막극인 이 작품에 이런 이미지들은 많이 나타난다. 에디가 메이의 목덜미가 떠올라, 그리워서 울었다고 말하는 부분도 하나의 강력한 이미지를 관객에게 제시하고, 에디의 사랑의 정도와 사랑의 양태를 여실히 드러내고 있다. 에디가 나름대로 메이를 사랑하고 있다는 것은 분명하다. 그것은 이 '목덜미에 대한 그리움'이라는 이미지로 나타난다. 그런데 이 이미지는 에디의 사랑이 무척 감각적인 것에 근거하고 있음을 보여준다. 이미지는 얼핏 놓치기 쉬운 내용을 집약적으로 함축하고 있는 것이므로, 에디의 사랑이 여성에 대한 대상화와 연관되어 있음도 드러낸다. 어린 에디가 어린 메이를 처음 만났을 때를 묘사하는 장면도 강력한 이미지를 바탕으로 하고 있다. 차양이 드리워져 있는 집에서 아름다운 여자가 나와 아버지를 껴안는 장면 직후에 그 뒤로 모습을 보인 어린 여자아이를 보고 사랑을 느끼게 되었다는 에디는 둘이 처음 만난 상황을 그림같이 생생하게 묘사하고 있다. 이 이미지 역시 함축적으로 둘이 서로에게 매혹되는 상황을 전달하고, 이때 관객은 이 둘의 사랑을 운명적인 것으로 느끼게 된다. 어찌할 수 없는 사랑, 피할 수 없는 강력한 사랑, 서로 깊게 연결되어있다는 감정이 에디와 메이의 관계인 것으로 위의 이미지는 제시하고 있다. 그런데 흥미로운 것은 이 작품에서 호소력 있는 이미지로 제시되는 내용이 주로 메이가 에디에게 저항하는 내용과 관련된 것이 아니라, 이들의 숙명적인 사랑을 제시하는 내용과 관련이 있다는 점이다. 이미지는 관객의 감수성, 나아가 관객의 저변을 이루는 잠재의식에 호소하는 것이므로, 사랑에 대해 언급하는 순간들이 더 강력한 이미지로 사용되고 있음은 주목할 만하다. 비록 에디의 메이에 대한 사랑을 긍정적으로 볼 수 없음에도 그렇다.

또한 이 극에는 폭력이 자주 등장하며, 폭력은 남성성을 드러내는 한 양태로 사용된다. 이 점에서 셰퍼드의 남성들이 열등감을 가지고 있는 것과 연결된다. 셰퍼드의 또 다른 작품인 『마음의 거짓말』(*A Lie of the Mind*, 1985)에서도 그렇듯이 폭력은 그의 작품에서 상당히 자주 사용된다. 이는 폭력을 통해 셰퍼드가 하고 싶은 말이 있다는 것을 시사하고 있으며, 남성성의 기준이 폭력적인 것과 관련 있다는 암시도 내포하고 있다. 이 작품에서도 로

데오 게임을 하듯이 밧줄을 던져 마치 메이를 포획하는 듯한 이미지가 제시되어 있고, 카운테스가 모텔 밖에서 총을 쏘고 모텔 방이 위험에 놓인 듯한 상황이 묘사되고 있는데, 이들은 이 작품에서도 역시 폭력이 주된 모티프임을 보여준다. 폭력이 남성의 전유물로 설정되는 이들 양상은 셰퍼드 극과 이 극에 등장하는 남성들의 한계, 그들의 모순을 전경화 한다. 셰퍼드 극의 남성들은 흔히 책임감은 없지만 가부장적이며, 카우보이적인 미국적 영웅의 개념에 갇혀 있는 것으로 등장하는데, 이 작품에서도 에디와 노인은 그와 같은 특성을 공유하고 있다. 그러나 이 극의 중심이 메이에게 있다는 점은 셰퍼드가 자신의 가부장적 가치관에 대해 재고하고 있으며, 새로운 미국의 모습에 대해 고심하고 있다는 것을 시사한다고 하겠다.

■ 장면 번역: 단막극

에디 그녀가 막 모습을 드러냈지. 그녀는 그냥 거기에 서서 나를 바라보고 있었고 나도 그녀를 바라보고 있었는데, 우리는 서로에게서 눈을 뗄 수 없었어. 마치 우리가 서로를 어디에선가 본 것 같은데 어디서 봤는지 알 수 없는 그런 기분이었지. 그러나 서로를 본 순간, 바로 그 순간, 우리는 사랑에 빠지지 않을 수 없다는 것을 알게 되었지.

메이는 자기 뒤에 있는 욕실 문을 쾅하고 닫는다. 문이 쾅하는 소리를 낸다. 조명이 들어온다.

메이 (*에디에게*) 정말, 너는 굉장해! 믿을 수 없어! 마틴이 여기 와 있는데. 그는 너와 전혀 모르는 사이인데, 그런 이야기를 시작하다니. 미쳤니!

아무 것도 사실이 아니에요, 마틴. 에디는 이 기괴하고 미친 생각을 몇 년 동안이나 갖고 있고, 그 이야기는 철저히 만들어진 것이에요. 그는 미쳤어요. 어디서 그런 이야기를 끌고 왔는지 몰라요. 에디는 완전히 미쳤어요.

에디   (*마틴에게*) 메이는 이 이야기 전체에 좀 당황하고 있어, 알지. 정말 그녀를 비난할 수는 없어.

마틴   메이, 당신이 이 이야기를 끝까지 들을 수 있다고도 생각지 않았어요. 나는 . . .

메이   단어 하나까지 다 들었어요. 아주 신중하게 이야기를 들었죠. 에디는 그 이야기를 천 번은 더 얘기했고 그때마다 이야기가 달라요.

에디   난 반복은 안하지.

메이   너는 반복만 할 뿐이야. 그게 네가 하는 일이야. 단지 이야기를 조금씩 덧붙이는 거지.

마틴   (*서서*) 자, 나는 가봐야 할 것 같은데.

에디   안 돼! 앉아.

침묵이 흐른다. 마틴이 천천히 다시 앉는다.

에디   (*마틴 쪽으로 가면서 조용히 그에게*) 마틴, 내가 말한 게 그냥 이야기일 뿐이라고 생각했어? 내가 그걸 다 만들어낸 거라고 생각했냐고?

마틴   아니요. 내 말은, 당신이 그 이야기를 할 때 진짜인 것 같았어요.

에디   그런데 메이가 거짓말이라고 하니까 지금은 의심하는 거지?

마틴   글쎄.

에디   메이가 거짓말이라고 하니까 갑자기 마음이 바뀐 거야? 그런 거냐고? 진짜 이야기라고 생각했다가 순식간에 만들어낸 이야기라고 생각했냐고?

마틴   나도 모르겠어요.
메이   마틴, 영화 보러 가요.

마틴이 다시 일어선다.

에디   앉으라니까!

마틴이 다시 앉는다. 잠시 아무 말도 없다.

메이   에디—

조용하다.

에디   뭐?
메이   우린 영화 보러 가고 싶어.

멈춤. 에디가 그녀를 그냥 바라본다.

메이   마틴과 영화 보러 가고 싶어. 바로 지금.
에디   누구도 영화 보러 못 가. 내가 말하려는 이야기만큼 재밌는 영화를
        이 주변에는 하는 곳이 없어. 난 이 이야기를 끝까지 할 거야.
메이   에디—
에디   마틴, 나머지 이야기도 듣고 싶지, 그렇지?
마틴   (*멈춤. 메이를 바라보다가 에디를 본다.*) 물론 그래요.
메이   마틴, 우리 나가요. 제발.

마틴　나는―

긴 멈춤. 에디와 마틴이 서로를 바라본다.

에디　뭐라고?
마틴　당신이 나머지 이야기를 말하고 싶다면 나도 듣고 싶어요.
노인　*(혼잣말로)* 나는 너무 듣고 싶다.

에디가 의자에 몸을 기대면서. 싱긋 웃는다.

메이　*(에디에게)* 뭘 하려는 거야? 그런다고 뭐가 달라지나?
에디　아니.
메이　그럼 뭘 하려는 거야?
에디　뭘 하겠다는 게 아냐.
메이　그럼 왜 온갖 사람들을 이 이야기에 불러들이려고 하지. 마틴은 그 허튼소리를 듣고 싶어 하지 않아. 나도 듣고 싶지 않고.
에디　네가 듣고 싶어 하지 않는다는 것은 나도 알아.
메이　내가 듣고 싶어 하느냐의 문제가 아니잖아. 에디, 당신이 이야기를 다 바꿔 놨어. 다 바꿔 놨다구. 당신은 어디가 이야기의 끝인지도 이제 모르고 있어. 좋아. 좋아. 난 당신 둘 다 필요 없어. 이미 나머지 이야기도 다 알고 있으니 이야기도 난 필요 없어. *(그녀는 계속 앉아 있는 에디에게 직접 말한다.)* 난 일이 일어난 그대로 정확히 알고 있어. 조금도 바꾸지 않고.

노인이 에디 쪽으로 몸을 기대며, 비밀스럽게

노인　메이가 뭘 알고 있지?

에디　(노인에게) 메이는 거짓말하고 있어요.

메이의 이야기가 전개되는 동안 조명이 장소를 바꾼다. 메이는 아주 천천히 무대 아래쪽으로 이동하고, 이야기를 할 때 노인 쪽으로 건너 간다.

메이　에디, 내가 당신을 위해 이야기를 마쳐 주길 바라고 있나? 응? 내가 이야기를 끝마쳐 주기를?

마틴이 다시 앉을 때 멈춤.

메이　그러니까, 붉은 차양이 달린 작은 하얀 집에 사는 예쁘고 빨간 머리를 한 우리 엄마는 노인과 절망적으로 사랑에 빠졌었지. 그렇지 않아, 에디? 그건 즉각 알 수 있는 거였지. 엄마의 눈을 보면 알 수 있었어. 엄마는 일 초라도 그가 없으면 견딜 수 없을 정도로 그에게 푹 빠져 있었지. 그녀는 이 마을 저 마을로 그를 찾아 다녔어. 아마 엽서 같은, 아니면 성냥갑 뒤에 쓰여 있는 모텔 같은, 그가 남긴 작은 흔적을 찾아 다녔지. 그는 한 번도 전화번호나 주소 같은 간단한 것도 그녀에게 알려준 적이 없어. 왜냐하면 엄마는 그의 비밀이었으니까, 알아. 엄마는 몇 년 동안 그를 추적했고 그는 그녀와의 거리를 계속 유지하려고 했어. 이 두 다른 사람들이 가까워지면, 분리되어 있는 여성들이 분리되어 있는 두 아이들이 가까워지면 질수록 그는 더 불안해했으니까. 두 사람이 서로를 알게 되고 그의 전체를 집어 삼킬까봐 그는 더욱 더 공포스러워 했으니까. 그의 비밀이 그의 목을 조르고 있었다는 거지. 그러나 마침내 엄마는 그를 찾아냈어. 하나씩 가능성이 적은 것부터 배제해나가는 식으로, 엄마는 그를 추적했지. 우리가 그가 사는 마을을 찾아냈던 날을 기억하고 있어. 엄마는 불에 휩싸인 것 같았지. "여기야!" 엄마는 계속 말했지, "바로 이곳이야!"라고. 그가 사는 집을 찾아서 거리를 걸어갈 때 엄마의 몸 전체가 떨리고 있었어. 내 손을 너무 꽉 쥐고 있어서 내 손가락의 뼈를 으스러뜨리는 것이 아닌가 하는 생각이 들 정도였지. 그녀는 자신이 뭔가를 위반하고 있다는 것을 알고 있어서, 우연히 거리에서 그를 만나게 될까봐 두려워하고 있었어. 엄마는 금지 구역으로 들어서고 있다는 것을 알고 있었지만 그녀도 자신을 어떻게 할 수가 없었어. 우리는 그 한심한 시골 마을을 하루 종일 걸어 다녔지. 하루 종일. 열려진 창문마다 들여다보면서 마침내 우리가 그를 찾을 때까지 온갖 한심한 가족을 들여다보면서 마을 집들을 지나갔었지.

잠시 이야기를 멈춘다.

정확히 그때는 저녁 먹을 때였고, 그들은 모두 식탁에 둘러 앉아 프라이드 치킨을 먹고 있었어. 우리는 창문 가까이 있어서 그것을 알 수 있었어. 그들이 무엇을 먹고 있는지 알 수 있었어. 그들의 목소리도 들을 수 있었지만 무슨 말을 하는지는 알 수 없었어. 에디와 그의 엄마는 이야기를 나누고 있었지만 노인은 한 마디도 하지 않았었지. 맞지, 에디? 그냥 거기 앉아서 침묵하며 닭을 먹고 있었어.

노인 (*에디에게*) 아들아, 쟤가 엉뚱한 이야기를 하고 있구나. 네가 어떻게 좀 해봐야겠다.

메이 재밌는 것은 우리가 그를 찾아내자마자 그는 사라졌다는 거야. 그가 사라지지 전 두주일 동안만 엄마는 그와 함께 있었어. 그 이후로 아무도 그를 봤다는 사람이 없었지. 아무도. 그리고 엄마는 그냥 속이 뒤집어졌어. 나는 그것을 이해하지 못했지. 마치 누군가가 죽기라고 한 듯이 비통해하는 그녀를 나는 보고 있었어. 엄마는 몸으로 자신의 슬픔을 표현하면서, 그냥 바닥만 쳐다보고 있었지. 그리고 나는 정확히 그녀와 반대되는 감정을 느끼고 있었기 때문에 그녀를 이해할 수 없었지. 나는 사랑에 빠진 거야, 알아. 나는 에디와 함께 있은 후에, 학교를 마치고 집에 오곤 했고, 나는 기쁨에 차 있었고, 거기서 엄마는 싱크대를 바라보면서 부엌 중앙에 서 있곤 했어. 엄마의 눈은 장례식 같아 보였지. 그리고 난 무슨 말을 해야 할지 알지 못했어. 난 엄마가 안됐다는 생각조차도 하지 않았지. 난 온통 그에 대한 생각뿐이었어.

노인   (*에디에게*) 쟤가 여기서 주제넘게 나서고 있구나.

메이   그리고 그가 생각하는 것도 오로지 나뿐이었어. 그렇지 않아, 에디. 우리는 서로를 생각하지 않고는 숨도 쉴 수 없었어. 우리는 함께가 아니라면 먹을 수도 없었고, 잠을 잘 수도 없었어. 우리가 떨어져 있는 밤이면 우리는 아팠지. 심하게 아팠어. 그래서 엄마는 나를 의사에게 데리고 갔지. 그리고 에디의 엄마도 똑같은 의사에게 에디를 데려 갔지만 의사는 우리에게 무엇이 문제인지 알지 못했어. 의사는 유행성 감기 같은 거 때문이라고 생각했지. 그리고 에디의 엄마도 에디에게 무슨 일이 일어났는지 알 지 못했어. 그러나 우리 엄마는, 우리 엄마는 뭐가 문제인지를 정확히 알고 있었지. 그녀는 뼛속 깊이 알고 있었어. 그녀는 우리의 모든 증상을 알아차렸어. 그리고 내게 그를 만나지 말라고 간청했지만 나는 들으려고 하지 않았지. 그러자 엄마는 에디에게 나를 만나지 말라고 간청했고 그도 들으려고 하지 않았어. 그러자 엄마는 에디의 엄마에게 가서 간청했지. 그리고 에디 엄마는 –(*멈춤. 메이가 에디를 똑바로 쳐다본다.*) –에디 엄마는 자신의 머리를 총으로 날려 버렸지. 그랬지, 에디? 자신의 머리를 완전히 날려 버렸어.

노인 (*일어서면서. 그는 플랫폼에서 무대 쪽으로 이동해 에디와 메이 사이에 선다.*) 잠깐, 기다려봐! 잠깐만. 이 대목에서 아주 잠깐만. 이 이야기는 맞지 않는구나. (*계속 앉아 있는 에디에게*) 저렇게 이야기를 멋대로 하게 놔두진 않겠지, 안 그러냐? 이 이야기는 내 평생 들어본 것 중에 가장 한심한 것이구나. 그녀는 자신의 머리를 날려 버린 게 아니야. 아무도 그런 이야기를 내게 해준 적이 없다. 이 이야기가 도대체 어디서 나온 거냐? (*계속 앉아 있는 에디에게*) 일어서라! 빌어먹을 이제 일어서! 나는 남자 쪽 이야기를 듣고 싶다. 네가 이제 나를 대변하는 거다. 나를 대신해서 이야기해라. 지금 나를 위해 이야기할 사람이 없어. 일어나라구!

노인 지금 그녀에게 말해줘라. 일어나 그대로 이야기해라. 우리는 계약을 맺었지. 그걸 잊지 말고.

에디 (*조용히 노인에게*) 아버지의 총이었어요. 오리를 잡을 때 쓰던 바로 그것으로. 브라우닝이었죠. 엄마는 평생 한 번도 총을 쏴 본적이 없었죠. 그게 엄마가 처음 총을 사용한 때예요.

노인 아무도 그 일에 대해 내게 이야기해준 적이 없다. 나는 철저히 모르고 있었어.

에디 아버지는 사라지셨잖아요.

▬ 장면 해설

이 작품은 이복남매가 사랑에 빠져 헤어지지도 못하고 그렇다고 관계를 지속하지도 못하는 딜레마를 그린 극만은 아니다. 사랑 이야기의 뒤편에 작가는 기억과 환상, 해석의 문제들을 정교하게 짜 넣으며 통찰을 부여하고 있다. 필자가 번역을 한 장면에는 바로 이런 문제들이 내포되어 있다.

에디는 외부자인 마틴에게 그가 없는 이야기를 만들어낸 것 같으냐고 물으면서, 그가 말할 때는 그의 말을 믿었다가 메이가 그 이야기는 진실이 아니라고 하니 이제 자신의 말이 거짓말처럼 들리느냐고 반문한다. 에디의 이 말은 한 사람의 상황에 대한 해석은 독립적인 것이 아니라 타자의 욕망이 개입되는 것임을 의미한다. 마틴은 에디의 이야기를 진실로 믿었었지만 메이의 반론에 오히려 그녀의 말이 맞을지도 모른다고 생각함으로써 혼란에 빠진다. 메이의 의견에 영향을 받아, 마틴은 에디의 이야기가 신빙성이 있는지 의문을 품기도 하지만, 그는 자신만의 판단과 해석이 없는 인물이다. 오히려 메이의 판단과 해석이 그에게 영향을 미쳐 그의 해석을 변형시킨다. 타자의 욕망이 주체의 판단과 해석에 영향을 미치는 것은 셰익스피어의 『맥베스』(Macbeth, 1606)에서 덩컨(Duncan)을 살해하지 않기로 마음먹은 맥베스(Macbeth)가 부인의 말에 설득되어 덩컨을 죽이는 내용에서부터, 많은 문학 작품의 내용을 구성하는 제재이다.

또한 인물들은 동일한 상황에 대해 각자 기억하는 내용이 다르다. 에디는 메이를 처음 본 순간 사랑에 빠졌다고 기억하고, 메이는 그 순간은 기억하지 못하지만 에디를 열렬히 사랑해서 아팠던 기억에 대해 이야기하고, 이야기는 진전되어 노인은 자신의 부인이 에디와 메이의 근친상간 적 사랑에 충격을 받아 자살했다는 이야기에 자신은 그런 이야기를 들어본 적도 없다고 부인한다. 메이의 기억에 노인은 동의하지 않는 것이다. 이런 내용은 사람이 같이 경험한 상황을 공유하고 있는 것 같지만, 실제로 각자의 기억과 해석이 달라 동일한 상황이 다른 해석을 낳을 수 있다는 것을 시사한다. 또한 이들 각자의 기억 중에 누구의 기억이 옳은 것인지도 확실하지 않다. 각자가 상황에 대한 다소의 윤색을 통해 각자 다른 내용을 중요하다고 판단한 결과이다. 이처럼 사람은 자기 편의에 맞춰, 또는 자신의 취향대로 상황을 자기에게 유리하게 기억한다. 즉, 이때 과거는 고정된 것이 아니라 가변적인 것이 되고, 이야기는 주관적인 것이 된다. 객관적 사실이라는 것이 무의미해지는 상황이 이 장면에서 벌어지고 있다.

에디 엄마의 자살에 대해 언급하는 메이에 대해 노인은 에디가 자신을 대변해 다른 이야기를 해줄 것을 요구한다. 즉, 자신이 수용할 수 있는, 자신이 비난받지 않을 이야기를 원하는 것이다. 이는 자신의 잘못으로 아내가 죽은데 대해 자신의 책임이 없음을 주장하는 것과 같다. 상황을 회피하는 아버지, 책임을 지지 않으려는 아버지, 아버지로서 긍정적인 역할을 하는 것이 아니라 관계의 파국을 초래하는 아버지의 모습을 보이는 노인은 셰퍼드 극에 반복적으로 나타나는 '아버지의 부재' 상황을 상기시킨다. 셰퍼드의 다른 작품인『매장된 아이』의 아버지 이름이 회피하다는 뜻의 '다지(Dodge)'이듯이, 이 작품에서도 아버지는 가족의 행복에 기여하는 것이 아니라 가족의 갈등을 촉발하는 인물이다. 그럼에도 노인은 극 전편에 걸쳐 무대 위에 존재한다. 회피하는 아버지이지만 그의 존재를 완전히 무시할 수 없는 것이 가족의 양태임을 노정한 셰퍼드의 태도라고 하겠다.

『세일즈맨의 죽음』
Death of a Salesman

아서 밀러Arthur Miller, 1915~2005

■

이양숙

▬ 작가 소개

밀러는 유진 오닐(Eugene O'Neill 1888~1953), 테네시 윌리엄스(Tennessee Williams 1914~1985) 등과 함께 20세기 미국의 가장 위대한 극작가이다. 특히, 윌리엄스와는 미국 연극계의 양대 산맥으로 불리는데, 윌리엄스가 미국의 남부를 배경으로 주로 여성 인물들을 통해 좌절된 인간의 내면을 시적으로 그려냈다면, 밀러는 현대 사회에서 보통 사람이 겪는 시련을 통해 미국의 그릇된 가치와 물질문명의 병폐를 고발하는 사회극(social drama)을 발표하면서, 사회가 한 개인에 대해 책임을 져야 하는 것과 마찬가지로 사회 구성원인 개인 역시 자신의 행위와 그 결과에 대한 책임을 져야 한다고 강조한다.

밀러는 1915년, 뉴욕에서, 이민자 유태인인 아버지와 뉴욕 출생이고 전직 교사인 어머니의 둘째 아들로 태어났다. 자수성가했던 그의 아버지가 1930년 대공황 여파로 하루아침에 전 재산을 잃었기에 밀러도 청소년 시절부터 생활전선에 뛰어들어야 했다. 보세창고 짐꾼, 배달원, 접시 닦기, 사환, 운전사 등 여러 직업을 거치며 마련한 학자금으로 미시간대학(University of Michigan)에 입학했고, 재학 중 우연히 공모한 작품 『악당은 없다』(*No Villain* 1936)가 상을 받은 것을 계기로 작가의 길에 들어선다. 졸업 후에는 뉴욕 연방 연극 프로젝트에 참여해 라디오극과 드라마 대본을 쓰다가, 1944년에 『모든 행운을 가진 사나이』(*The Man Who Had All the Luck*)로 데뷔를 하지만, 4일 만에 막을 내리는 쓰린 경험을 한다. 이에 굴하지 않고, 1947년 『모두가 나의 아들들』(*All My Sons*)로 비평가들에게 호평을 받고, 1949년에 발표된 『세일즈맨의 죽음』(*Death of a Salesman*)이라는 기념비적인 작품으로 세계적 명성을 얻는 작가로 발돋움한다. 하지만 이렇게 작가로서 위대한 성공을 이룬 밀러 앞에 격동과 혼란의 구렁텅이가 놓여 있었다.

1950년대 미국은 매카시즘(McCarthyism)[1]에 휩싸였고, 밀러 역시 고초를 겪는데, 당시의 상황과 자신이 경험한 고통을 『시련』(*The Crucible* 1953)에 담아낸다. 17세기 말 세일럼 마녀사냥을 소재로 내세운 이 작품에서 밀러는 매카시즘을 현대판 마녀사냥으로 빗대어 비판했다. 같은 시기에 밀러는 당대의 여배우 마릴린 먼로(Marlyn Monroe)와의 재혼을 발표하여 전 세계인의 주목을 받으나, 그녀와의 결혼생활은 6여년 만에 파경을 맞고, 1962년에 먼

---

1) 2차 대전을 겪은 후 미국 내 반공 사상이 지배적이었다. 위스콘신 주의 상원 의원 조셉 매카시(Joseph McCarthy)는 미국 국무성 내에 205명의 반미주의자들이 있고, 그 이름이 적힌 명단을 갖고 있다고 주장했다. 이에 '반미 활동 조사위원회'가 꾸려지고 당시 진보 성향의 지식인들을 공산주의자로 의심하고 탄압하기 시작했는데, 이러한 광풍을 일컫는다.

로가 사망한 그 해에 밀러는 오스트리아 출신의 사진작가 잉게 모라스(Inge Morath)와 세 번째 결혼을 한다. 이러한 일련의 사건들과 여러 심정들을 녹여낸 작품이 『추락 후에』(*After the Fall* 1964)이다. 그러나 '도덕주의자'라는 그의 이미지는 이미 치명적 손상을 입은 채였다. 이후 70대와 80대 고령의 나이에도 『모르간 산을 내려오며』(*The Ride Down Mount Morgan* 1991), 『브로큰 글래스』(*Broken Glass* 1994), 『영화를 끝내며』(*Finishing the Picture* 2004) 등 그의 작품 활동은 계속되다가, 2005년 2월 10일 향년 89세로 자신이 쓴 그 어느 극작품보다 더 극적이었던 그의 생도 마무리된다.

▬ 작품 소개

『세일즈맨의 죽음』(1949)은 밀러를 세계적인 작가의 반열에 오르게 해 준 작품이다. 발표된 해에 토니상, 뉴욕 비평가상, 퓰리처상을 휩쓸고, 초연 이래 1년 10개월 동안 742회 공연이라는 전대미문의 기록도 세웠다. 영화와 TV 드라마로도 수차례 제작되어 왔고, 냉전시대였던 1960년에 소련도 이 작품을 영화로 제작한 바 있다. 2010년 ≪덴버 포스트≫(The Denver Post)가 미국 내 연극 관계자들을 대상으로 실시한 '가장 위대한 미국 극작품'을 선정하는 여론 조사에서 압도적 표차로 1위를 차지함으로써 그 위상의 건재함을 확인시켜주었다.

　『세일즈맨의 죽음』은 소위 '현대비극'으로 평가받는데, 밀러는 '비극과 보통사람'(Tragedy and the Common Man)에서 현대 비극에 관한 자신의 견해를 밝히고 있다. 그리스나 르네상스 비극에서는 주로 왕이나 귀족과 같은 신분이 높은 사람이 주인공으로 등장하고 성격적 결함으로 그들이 파멸해가는 것을 지켜보면서 관객들은 연민과 공포를 느낀다. 이에 대해 밀러는 계층 구분이 없어진 현대 사회에서 '보통 사람'도 비극의 주인공이 될 수 있다고 주장한다. 이로써 희랍 비극에서 주인공에게 가해진 '운명의 힘'은 현대에서는 '사회 권력 구조'로 바뀌게 되고, 주인공이 가졌던 '성격적 결함'은 주인공의 '도덕성' 즉 '사회에 대한 책임감'으로 전환된다. 이러한 맥락에서 밀러가 "마치 물고기가 바다 속에 있고 바다가 물고기속에 있듯이 사회는 인간의 요람이요, 묘지이고, 약속이고 위협인 것이다"라고 했던 말도 이해되어야 한다. 그러면 주인공의 좌절과 파멸에 대해 주인공 자신뿐 아니라 사회나 시대도 그 책임에서 벗어날 수는 없다.

작품에 도입된 극적 기법 또한 『세일즈맨의 죽음』을 돋보이게 하는 특징 중 하나다. 작품의 원제가 『그의 머릿속』(*The Inside of His Head*)이었듯 주인공 윌리 로먼(Willy Loman)의 의식에서 일어나는 현재와 과거의 사건들이 무대 위에서 동시적으로 전개된다. 이렇게 주제, 인물, 무대 장치 등이 사실적으로 묘사되고 있지만, 몽환적이나 환상적인 분위기가 삽입되는 극작술이 수정 사실주의다. 이런 기법은 2차 대전 이후 밀러와 윌리엄스가 사용한 것이다. 작품 전반으로 인물과 상황이 지극히 사실적으로 진행되다가 갑자기 죽었던 인물이 등장하거나 과거 장면이 현재 상황과 맞물려 진행되기도 한다. 현실에서는 아무런 희망도 대안도 없고, 앞이 막혀버린 절망적인 상황, 미래가 없어진 상태에서 어떤 행동도 못하고 결박되어 있다고 느끼는 그 순간, 주인공이 할 수 있는 것이라곤 과거의 한 순간에 매몰되거나, 심적 코마 상태에 빠지는 것뿐이라는 절박감이 효과적으로 표현될 수 있는 극적 기법이다.

명장면으로 발췌한 본문은 작품에서 거의 마지막 부분에 해당되므로 그

이전과 마지막 장면의 극의 줄거리를 간략히 살펴보기로 한다. 63세인 윌리는 심신이 많이 지쳐 있는 상태에서 집으로 들어온다. 그는 34년 동안이나 줄곧 한 직장에서 근무해 왔다. 운전도 제대로 할 수 없을 정도로 체력과 시력이 약해졌지만 여전히 출장을 다니는 현역 세일즈맨이다. 고정 월급도 없이 판매에 따른 수당만 받는 처지인데, 마지막 한 번만 넣으면 25년 동안 넣던 주택할부금이 끝나지만, 집안의 가전제품들, 지붕수리비까지 돈 들어갈 곳들은 늘어만 간다. 그의 아내 린다(Linda)는 윌리만 바라보고 그만 의지하며 살아가고 있다. 두 아들도 모처럼 집에 와 있는데, 큰아들 비프(Biff)는 곧 34살이 되지만 고정 수입 없이 떠돌이 신세다. 고등학교 시절 축구 선수로서 촉망받던 기대주였지만 졸업 직전에 수학 시험 낙제한 후로 대학도 포기하고 이것저것 직업을 바꾸며 지내고 있다. 둘째 아들 해피(Happy)는 취직도 하고 아파트도 마련하고 결혼생활도 꿈꾸고 있지만 애정결핍 때문인지 여성편력이 심하고 책임감이 부족하다. 두 아들의 이런 처지가 윌리의 좌절과 고민의 원인이기도 하다. 비프와 윌리 부자는 서로 얼굴을 마주할 때마다 윌리는 핀잔과 잔소리를 일삼게 되고, 비프 역시 과거에 필요이상의 기대감을 심어주더니 지금도 여전히 현실감 없이 위태롭게 지내는 아버지에 대한 원망이 크다.

현실이 버거워지면 윌리는 머릿속에서나마, 자신이 행복했던 과거의 순간으로 돌아간다. 그때는 비프가 여러 대학의 러브콜을 받고, 윌리 자신도 나름 직장에서 승승장구 했던 전성기였다. 그리고 몇 해 전 고인이 된 그의 형 벤(Ben)은 윌리가 의지할 수 있는 유일한 존재다. 벤과 환상 속에서 대화를 나누다 비프의 개입으로 다시 현실로 돌아와서는 또 비프와 신경전을 벌인다. 해피와 린다의 중재로 겨우 가족들은 잠이 든다. 2막은 다음 날 아침,

지난밤과는 사뭇 다른 분위기로 시작한다. 비프와 해피는 비프의 옛 상사에게서 돈을 빌려 농장운영을 할 계획에, 윌리는 뉴욕 본사근무를 요청할 기대감에 들떠있다. 모처럼 삼부자만의 저녁 식사도 예정되어 있다. 그러나 윌리는 해고당하고, 비프는 옛 상사의 얼굴조차 보지 못한 채 삼부자는 약속 장소에 모인다. 그 자리에서 윌리는 이상 행동을 보이고, 당혹스러운 비프와 해피는 아버지를 버려둔 채 즉석에서 만난 여자 둘과 같이 떠나버린다.

명장면에서 다뤄질 장면은 늦은 밤, 모두 집으로 돌아온 상태에서 벌어지는 상황이다. 윌리는 집으로 돌아와 있고, 린다는 늦게야 집에 들어오는 두 아들을 거칠게 비난한다. 이에 비프도 떠나면 다시는 돌아오지 않겠다고 엄포를 놓고, 윌리와 비프의 갈등은 최고조로 치닫는다. 바로 그 순간, 예기치 못했던 부자간의 극적인 화해가 이뤄진다. 그 후로 윌리는 갑자기 또 다른 희망 즉, 아들에게 남겨줄 보험금 생각에 들떠 현관문을 나서고, 결국 차를 몰아 자살을 감행한다. 명장면에 이어진 장면인 '레퀴엠'(Requiem)에서는 윌리의 초라한 장례식이 연출된다. 그를 추모하기 위해 모인 사람은 아내와 두 아들 그리고 옆집에 사는 윌리의 친구 찰리(Charley)뿐이다. 작품은 그렇게 쓸쓸히 종결된다.

▬ 장면 번역: 2막

비프 *가시자구요, 어서! (잡아당긴다. 윌리, 뿌리치려 한다.)*

윌리 *(몹시 초조해져)* 싫어, 보기 싫다니까.

비프 *(대답을 구하려는 듯 윌리의 얼굴을 들여다보며)* 왜 어머니 보기가 싫으실까요?

윌리 *(더 거칠게)* 귀찮게 하지 마라.

비프	아니 왜, 어머닐 보기가 싫다는 거냐고요? 남들이 아버질 겁쟁이라고 할까 봐요? 아버진 잘못한 게 없어요. 다 제 잘못이죠. 제가 나쁜 놈이죠. 그러니까 들어가요. (*윌리, 빠져 나가려고 애쓴다.*) 제 말 듣고는 계신 거죠? (*윌리, 뿌리치고 혼자 집안으로 들어간다. 비프, 따라간다.*)
린다	(*윌리에게*) 다 심었어요, 여보?
비프	(*문 앞에서 린다에게*) 드릴 말씀 다 드렸어요. 전 이제 떠날 거고, 편진 안 쓸 거니까 그렇게 아세요.
린다	(*주방에 있는 윌리에게 가며*) 그러는 게 좋겠어요, 윌리, 질질 끌어 봐야 소용없을 거 같아요. 두 사람 다 서로 잘 지내기는 힘들 거 같고. (*윌리, 반응이 없다.*)
비프	제가 어디에 있든 뭘 하고 있든 모르시는 게 차라리 맘 편하실 거예요. 그러다보면 생각도 안하게 되고 맘도 편해지고 다 괜찮아질 거예요. 아셨죠? 그럼, 다 된 거죠? (*윌리, 말이 없다. 비프, 그에게 간다.*) 잘 지내란 인사말은 해주실 거죠? (*손을 내민다.*) 뭐라고 한 마디는 해 주셔야죠.
린다	여보, 악수하고 보내요.
윌리	(*린다를 보고 아픈 맘을 가누지 못하고*) 만년필 얘긴 꺼낼 필요 없다.
비프	(*부드럽게*) 만날 약속 안했다고 말씀드렸어요.
윌리	(*감정이 폭발하여*) 널 그렇게 반겼다면서. . .
비프	어차피 아버진 제가 어떤 인간인지 모르실테니 말싸움만 될 테고. 유전이라도 뚫게 되면 한 몫 부쳐드릴게요. 저란 놈이 살아 있다는 건 당분간 잊고 사시면 되요.
윌리	(*린다에게*) 이봐, 원망하고 있잖아
비프	악수해줘요. 아버지.
윌리	싫다.

비프 이런 식으로 가고 싶진 않았어요.

윌리 늘 이런 식으로 갔었다, 잘 가거라. (*비프, 잠깐 그를 보더니, 몸을 돌려 계단으로 간다.*)

윌리 (*이 말로 비프를 그 자리에 멈추게 한다.*) 이 집에서 나가 지옥에나 떨어져 버려.

비프 (*돌아서며*) 대체, 제가 뭘 어떻게 하길 바라시는 거예요?

윌리 기차 칸에서나 산 속이나 산골짝 어디에 가든지 간에, 그 남 탓하는 심보 때문에 망할 거란 걸 알아야 해.

비프 되도 않은 소리.

윌리 네 놈이 허송세월 보내고 있는 것도 다 이렇게 남 탓 하는 것 때문인 걸 빈털터리가 돼봐야 기억할 테지. 거지꼴로 아무 데나 쓰러져 있을 때 기억하란 말이다. 뭣 때문에 그렇게 된 건지. . . 그때도, 이 애비 탓은 하진 말고.

비프 아버지 원망은 안 해요.

윌리 네 잘못까지 내가 다 뒤집어쓰진 않겠다는 거다. 알아들어? (*해피, 내려와, 계단 밑에 서서 지켜보고 있다.*)

비프 제가 지금 말씀드리는 것도 그거잖아요.

윌리 (*식탁 의자에 털썩 주저앉아 신랄하게*) 나한테 복수하고 싶어 하잖아. 내가 그걸 모를 줄 알아?

비프 좋아요, 그럼 한번 제대로 따져 볼까요. (*주머니에서 호스를 꺼내 식탁 위에 놓는다.*)

해피 형, 미쳤어?

린다 비프야! (*호스를 잡아채려 하지만 비프가 손으로 누르고 있다.*)

비프 놔둬요! 건드리지 마세요!

윌리 (*호스를 안 보면서*) 그게 뭔데?

비프 잘 아실 텐데요.

윌리 (*갇혀 있는 것처럼 빠져나가려 애쓰며*) 그런 건 본 적도 없다.

비프 쥐새끼가 지하실에 갖다놨을 리도 없고. . . 대체 무슨 생각인 거죠?
영웅대접이라도 받을 줄 아셨나요? 제가 미안해할까 봐요?

윌리 당최 무슨 소린지.

비프 죄송하지만 죄책감 같은 건 전혀 없어요. 아시겠어요?

윌리 (*린다에게*) 이것 봐 또 원망하고 있는 거. . .

비프 제대로 좀 들어 보세요. . . 우리 부자의 실체가 어떤지를.

린다 그만해!

윌리 원망이라니까!

해피 (*비프 쪽으로 오며*) 그만해 형!

비프 (*해피에게*) 아버진 우리 실체를 모른다잖아. 그러니까 알려줘야지.
(*윌리에게*) 이 집구석에서 십분 동안이라도 사실 그대로를 말해 본
적이 없다고요.

해피 우린 늘 진실만 말했어.

비프 (*해피를 향하여*) 빌어먹을, 말은 똑바로 해. 네가 바이어 보조라고?
넌 그 보조를 보조하는 두 명 중 하나일 뿐이잖아.

해피 그러니까. . . 사실은

비프 늘 그딴 식으로 허풍뿐야. 우리 셋 다. 이제 난 안 해. (*윌리에게*) 지
금부터라도 잘 들으세요. 제가 어떤 인간인지 알려드릴 테니.

윌리 더 알 것도 없다.

비프 왜 석 달 동안 저한테 주소가 없었는지도 아세요? 캔자스 시에서 옷
한 벌 훔친 걸로 교도소에 있었거든요. (*훌쩍이는 린다에게*) 그만 울
어요. 지긋지긋하니까. (*린다, 그들에게서 등을 돌리고 두 손으로 얼
굴을 감싼다.*)

윌리   그것도 내 잘못이라는 거지!

비프   고등학교 졸업하고 들어간 직장마다 다 도망치듯 그만두고 나왔죠.

윌리   그게 누구 잘못이란 거냐?

비프   가는 곳마다 제대로 적응 못한 것도, 사실 아버지가 잔뜩 집어넣은 헛바람 때문이죠. 누구 밑에서 일을 못하니까요. 그게 다 누구 잘못이겠어요?

윌리   어련하겠냐.

린다   그만해라, 비프야.

비프   이젠 들어서라도 아실 때가 됐죠. 아버지 말씀대로면 이 주 후면 전 굉장한 사람이 됐어야 했겠죠. 꿈 깨시라고요. 난 글러먹은 놈이니까.

윌리   그럼 죽어버려! 원망이나 하면서 목이라도 매.

비프   제 목을 제가 맬 만큼 미치진 않았어요! 오늘 만년필을 훔쳐서 십 일 층이나 되는 델 뛰어 내려왔어요. 그러다 갑자기 멈췄죠. 듣고 계세요? 빌딩 중간쯤이었을 거예요. 듣고 계시냐구요? 빌딩 중간쯤에서 멈춰 섰어요, 그리고 하늘을 봤죠. ─내가 세상에서 제일 좋아하는 것들이 보이더라구요. 일하고, 먹고, 그리고 앉아 피는 담배 한 모금의 여유 . . . 손에 쥐어 있는 만년필을 보면서 혼자 중얼거렸죠. 이걸 왜 훔쳤지? 뭣 때문에 원하지도 않는 존재가 되려고 하는 거지? 바보노릇밖에 못하는 사무실에서 뭘 하고 있는 거지? 내가 원하는 일은 다 저 탁 넓고 탁 트인 곳에 있는데. . . 내가 어떤 사람이라고 말만 하면 언제든 갈 수 있는 곳인데, 난 왜 그 말을 못하는 걸까요, 아버지? (*그는 윌리로 하여금 자신과 마주보도록 해보지만, 윌리는 뿌리치고 좌측으로 간다.*)

윌리   (*증오심이 끓어올라 무섭게*) 네 앞길은 탄탄대로라니까!

비프   아버지, 전 그저 그런 놈이에요, 아버지도 그렇고요.

윌리 *(더 이상 참을 수 없다는 듯이 비프를 향해)* 난 그런 싸구려가 아니다. 난 윌리 로먼이고 너는 비프 로먼이야. *(비프는 윌리에게 다가간다. 그러나 해피가 막는다. 격분한 비프는 금방이라도 아버지를 칠 기세다.)*

비프 전 남들보다 앞서 갈만큼 잘난 놈이 못돼요. 아버지도 마찬가지고요. 그저 등골 휘도록 일해 봤자 한 시간에 일 달러 겨우 버는 일개 노동자, 일곱 개 주를 다닐 때마다 시도해 봤지만, 시급 1달러 이상 안올려 주더군요. 그게 저예요. 1달러짜리 노동자. 아시겠어요? 앞으론 집에 가져올 것도 없으니까, 저한테 아무 것도 기대하지마세요.

윌리 *(비프에게)* 이 천하에 불효막심한 놈! *(비프, 해피를 제치고, 윌리, 겁을 내며 계단으로 올라가려고 한다. 비프, 그를 붙잡는다.)*

비프 *(화가 머리끝까지 나서)* 전, 별 볼일 없는 인간이라고요. 모르시겠어요? 원망이고 뭐고 없어요. . . 이게 그냥 저예요. *(분노가 누그러지니 망연자실하여, 흐느끼면서, 윌리에게 안긴다. 윌리, 말없이 비프의 얼굴을 어루만진다.)*

윌리 *(놀라며)* 왜 이래? 뭐하는 거냐? *(린다에게)* 애 왜 우는 거지?

비프 *(맥이 빠져 울며)* 제발, 절 좀 그냥 내버려 두세요. 되지도 않을 기대는 포기하시구요. 진짜 큰 일 생기기 전에. *(자제하려고 애쓰며 윌리를 밀치고 계단 쪽으로 간다.)* 아침에 떠날게요. 아버질 주무시게 해 드리세요. *(기진맥진해서 계단을 올라 자기 방으로 간다.)*

윌리 *(한참만에야 기분이 좋아져서)* 거 봐. 거 봐! 저 녀석은 날 좋아한다니까!

린다 그렇다니까요!

해피 *(매우 감동하며)* 늘 그랬잖아요.

윌리 비프가 말이야! *(흥분하여 눈을 크게 뜨고)* 저 녀석이 울었어! 나한테 안겨 울었다니까! *(비프의 사랑을 확인하고 목이 메어 자신이 바라는*

바를 외친다.) 저 놈 저 놈은, 크게 될 놈이야! (*벤이 주방 바로 밖의 조명 아래에 나타난다.*)

벤　그렇게 될 거야. 2만 3천 달러도 갖게 될 거니까.

린다　(*남편의 생각이 치닫고 있는 걸 감지하고, 두려워, 조심스럽게*) 여보, 그만 잡시다. 다 끝났잖아요!

윌리　(*밖으로 뛰쳐나가고 싶어 안달이 나서*) 그래 그럽시다. 해피야, 너도 자거라.

벤　정글을 헤쳐 나가려면 대단한 사람이어야지. (*음산한 어조로 벤의 목 가적인 음악이 시작된다.*)

해피　(*린다를 안고는*) 제가 결혼할거라는 거, 잊으시면 안돼요, 아빠. 저도 이젠 변할 거예요. 올해 안으로 우리 부서는 제가 이끌어 갈 테니까, 지켜보세요. (*린다에게 키스한다.*)

벤　정글은 어둡지만 다이아몬드로 가득 찼지. (*윌리, 몸을 돌려 벤의 말 을 들으며 걸어간다.*)

린다　착하게. 우리 두 아들은 착하니까, 그렇게만 하면 돼.

해피　아빠, 안녕히 주무세요. (*이층으로 간다.*)

린다　(*윌리에게*) 가요, 여보.

벤　(*더 강하게*) 다이아몬드를 캐내 오려면 들어가는 거부터 해야지.

윌리　(*부엌 끝으로 천천히 걸어가 문 쪽에서 린다에게*) 난 잠시만 앉아 있 다갈게요. 혼자 있게 해주구려.

린다　(*두려움이 담긴 목소리로*) 같이 가요.

윌리　(*두 팔로 린다를 안고*) 금방 올라가리다. 지금은 잠이 올 것 같지 않 소. 가요 가. 아주 고단해 보이는구먼. (*그녀에게 입을 맞추고*)

벤　사람 만나는 약속과는 완전 다르지. 다이아몬드는 만져보면 거칠고 단단해.

윌리 어서 올라가요, 내 금방 올라가리다.

린다 이 방법 밖에 없어요.

윌리 아무렴, 제일 좋은 방법이지.

벤 최고지!

윌리 이거면 돼. 그럼 그 다음엔 만사가 다. . . 어서 눈 좀 붙여요. 너무 피곤해 보여.

린다 곧장 오셔야 해요.

윌리 2분만 더. (*린다, 거실로 들어간다. 곧바로 침실에 다시 나타난다. 윌리, 부엌 문 밖으로 나간다.*)

윌리 날 사랑한다 이거지. (*신기해서*) 날 좋아한다잖아요. 대단하지 않아요? 그놈이 날 존경하게 될 거예요.

벤 (*가능하다는 듯*) 거긴 어둡지만, 다이아몬드가 가득해.

윌리 2만 달러가 그놈 주머니로 들어갈 거란 상상만 해도. . .

린다 (*방에서 부른다.*) 여보! 어서요!

윌리 (*부엌 쪽을 향해*) 그래요, 그래. 지금 가요. 눈치는 빨라서. . .여보, 당신도 눈치 챈 거지, 그지? 형님도 아시거든. 이제 가야겠소. 그럼, 잘 있어요! (*춤을 추듯 벤에게 가서*) 생각해 보세요. 비프가 돈만 받게 되면 그놈이 버나드를 한발 앞지를 테니까요.

벤 여러모로 완벽한 계획이야.

윌리 저놈이 저한테 안겨 우는 걸 보셨죠? 작별 키스라도 해 줄걸.

벤 시간 없어, 가야 해!

윌리 형님, 전 어떤 식으로든 비프와 제가 해낼 줄 알고 있었어요.

벤 (*시계를 보며*) 배가. . . 이러다 늦겠다. (*천천히 움직여 어둠 속으로 사라진다.*)

윌리 (*집안을 바라보며 감상에 빠져*) 킥오프를 할 때는 말이다. . . 칠십 야드 정도는 차서 터치다운을 하는 거야. . . 몸싸움을 할 때는 자세를 낮추고 힘껏 부딪히는 거야. 그게 중요해. (돌아서 객석을 향한다.) 스탠드에 각계각층의 중요 인사들이 와 있으니까 무엇보다 명심해둘 건. . . (갑자기 혼자 있는 것을 알고) 형님, 형님, 어디로. . . (갑자기 찾는 동작을 한다.) 형님, 어떻게. . . ?

린다 (부른다.) 여보, 오시는 중이죠?

윌리 (린다를 조용히 시키려는 듯 몸을 돌려 공포심에 눌려 숨이 멎을 듯이) 쉿! (길을 찾으려는 듯이 돌아선다. 소리들, 얼굴들, 목소리들이 그를 덮칠 듯하고, 그는 이것들을 물리치려는 듯 외친다.) 쉿! 쉿! (갑자기 희미하고 높은 음악 소리가 그를 멈추게 한다. 그 소리는 점점 커지고 참을 수 없을 정도의 외침이 된다. 그는 발끝으로 왔다갔다 집 안을 한 바퀴 돌아 사라진다.) 쉬잇!

린다 여보? (대답이 없다. 린다, 기다린다. 비프, 침대에서 일어나 나온다. 그는 외출복을 입은 채로 있다. 해피, 일어나 앉는다. 비프는 귀를 기울이며 서 있다.)

린다 (공포에 사로잡혀) 여보, 대답해요! 여보! (자동차 시동 걸리는 소리와 전속력으로 질주하는 소리가 들린다.)

린다 안 돼!

비프 (계단을 뛰어 내려오며) 아버지!

자동차 질주 소리가 사라지자 음악은 광적인 소리에서 잦아들고, 첼로 한 줄 소리가 부드럽게 울린다. 비프, 천천히 침실로 돌아간다. 비프와 해피 상복으로 갈아입는다. 린다, 천천히 방에서 나온다. 음악은 장송곡으로 바뀐다. 나뭇잎들이 무대 가득히 비춰진다. 찰리와 버나드, 조문복장으로 주방문을 노크한다. 비프와 해피, 천천히 계단을 내려와

주방으로 가고, 찰리와 버나드 등장. 상복을 입은 린다가 작은 장미 다발을 들고, 휘장이 드리워진 문을 통해 주방으로 들어오자 일동 잠시 동작을 멈춘다. 린다, 찰리에게 가서 그의 팔을 잡는다. 주방 벽선을 통하여 그들은 객석으로 나온다. 무대 맨 앞까지 오자 린다는 꽃을 내려놓고 무릎을 꿇는다. 모두 무덤을 내려다본다.

━ 장면 해설

『세일즈맨의 죽음』은 주로 1949년 현재 시점에서 진행되고 있지만 과거 상황들이 동시적으로 진행되는데 그것을 따라가다 보면 1932년이라는 하나의 시점으로 모아진다. 대공황이 한창 진행 중이던 시기로 모든 사회적 권위가 상실된 시기였고, 40대의 젊은 남성들은 무기력증을 앓았고 정신적 불구와 조기 노령화 현상이 만연했던 시대였다. 아버지들이 경제적 몰락과 더불어 심리적으로도 침몰해 버렸기 때문이다.

　『세일즈맨의 죽음』에서의 윌리도 아버지의 부재로 인해 제대로 채워지지 않았던 자신의 남성성을 아들 비프를 통해 획득하고자 했던 불완전한 아버지다. 비프가 집을 떠나겠다고 엄포를 놓을 때도 윌리는 해서는 안 되는 저주와 비난을 퍼붓지만, 이는 비프를 떠나보낼 수 없다는 아버지의 애타는 절규이고, 비프가 갑자기 윌리를 안고 울음을 터뜨리며 토해내는 울분은 무력한 아버지에 대한 비프의 하소연이자 원망이다. 그리고 작중 인물들을 통해 작가 밀러가 털어놓는 회한이기도 하다. 비프의 눈물을 통해 윌리는 비프가 자신을 사랑하고 자신을 필요로 하고 있음을 다시금 깨닫는다. 이것은 윌리의 60평생 제대로 느껴 본 적이 없는 '남성과의 유대감'을 처음으로 아들로부터 얻게 되는 순간이다.

월리는 살아 있을 때에도 이미 지치고 외면당한 늙은이에 불과했고 끝내 '자살'로 인생을 마감하는 불행한 한 남성이었지만, 결국 비프의 아버지뿐 아니라 시대를 초월하여 모두의 아버지로 부활하는 주인공이 된다. 죽은 이후에야 아버지로서의 정체성을 부여받은 월리의 운명은 마치 25년 동안 갚아 왔으나 죽어서야 자신의 소유가 되었던 바로 그의 집과 같은 것이다. 자신의 죽음을 값으로 치르고 월리가 비프에게 주려는 선물은 2만 달러의 보험금이 아니라 바로 "아버지"인 자신이었다.

『태양 속의 건포도』
A Raisin in the Sun

로레인 한스베리Lorraine Hansberry, 1930~1965

■

박정근

▬ 작가 소개

한스베리는 최초의 흑인 극작가이며 뉴욕 비평가상을 받은 최연소 미국인
이라는 괄목할만한 문학사적 의미를 지닌 극작가이다. 그녀의 어머니는 학
교 교사였고 아버지는 미국 흑인 지위 향상 협회(NAACP)와 어번 리그(Urban
League)에 거액을 기부한 전형적인 중산층 흑인가족이었다. 그녀의 부모는
흑인으로서 인종적 한계를 극복하려는 노력을 기울였다. 그래서 그는 인종
차별이 매우 심했던 그 당시 백인 거주 지역으로 이사를 시도하기도 하였다.
하지만 백인 인종차별주자들의 반발로 고통을 당했으며 이로 인해 대법원
까지 법정투쟁을 해야 하는 어려운 과정을 거쳐야 했다. 그녀는 가족의 전

통이었던 남부 흑인 대학 대신에 메디슨(Madison)에 소재한 위스콘신 대학교(University of Wisconsin)에 진학하였다. 처음에는 회화를 전공하였으나 후에 창작으로 전공을 바꾸었다. 그녀는 극작가로서 문학적으로 그리고 상업적으로 상당한 성공을 거두었다. 한스베리는 작가로서의 성공에도 불구하고 췌장암으로 일찍 요절함으로써 안타까움을 자아냈다.

한스베리가 미국 흑인이 처한 어려운 입장을 매우 보편적으로 극화하여 일약 브로드웨이에서 선풍적인 인기를 모은 작품이 『태양 속의 건포도』(*A Raisin in the Sun*, 1959)이다. 한스베리의 첫 작품인 본 작품은 흥행적으로 대성공을 거두었다. 또한 그녀는 최우수 작품에게 주는 뉴욕 비평가상을 획득함으로써 예술성을 인정받는 행운을 거머쥐었다. 1960년대에 미국 연극계에 폭발한 흑인예술운동은 아미리 바라카(Amiri Baraka)나 에드 불린스(Ed Bullins) 등의 흑인 극작가로 이어지고 이것은 흑인사회에 깊게 자리하고 있는 '분노의 저장고'에서 나왔다고 볼 수 있다. 그녀가 흑인 인권 운동에 참여했다는 사실은 여러 기록에서 확인할 수 있다. 60여개의 잡지, 신문기고, 극, 시, 연설에 기고를 하거나 직접 참여하기도 하였다. 인권운동시위나 작가회의에서 연설을 했으며 디프 사우스(Deep South)에서 미국 연방수사국(FBI)의 역할에 대해서 로버트 케네디(Robert Kennedy)와 토론회를 통해 격론을 벌리기도 하였다. 이런 맥락에서 한스베리의 첫 작품이 브로드웨이에서 상업적으로 성공하고 영화화되는 등 백인 관객들에게 인기가 있었다는 사실은 앞뒤가 안 맞는 듯하다.

일부에서는 한스베리가 유년기에 매우 유복한 중산층 출신이라는 점을 들어 그녀의 성향이 원래 온건주의자이기 때문이라고 생각하기도 한다. 그러나 그녀의 가족이 백인 거주 지역으로 이사하려고 가옥을 매입하기 위해서 대법원에 법정투쟁을 벌여야 했던 일이나 흑인들의 거주지역이 일정한 구역으로 엄격하게 제한을 받는 주거분리지역이었다는 사실을 보면 그녀가 다수의 흑인과 동떨어진 생활을 했다고 볼 수 없다. 더욱이 그녀의 가족이 그 집에 이사했을 때 인종주의 폭도들이 공격을 하여 위기에 처하기도 하였다. 그들이 던진 돌이 유리창을 깨고 그녀를 가까스로 비켜갔으며 그로 인해 유년기에 정신적 상처를 깊게 입기도 하였다. 또한 그녀가 유복하지 못한 다른 흑인 아이들과 친밀한 교우관계를 유지하였다는 사실은 그녀가 흑인 사회에 깊게 뿌리를 두고 있었음을 증명하고도 남는다.

하지만 한스베리는 흑인의 문제를 자신이나 일부계층의 특수성으로 국한시키지 않고 미국흑인의 보편적인 인간 본연의 문제로 확대시키고자 했다. 그녀는 보수적인 백인 위주의 물질문명 속에 던져진 채 정체성을 상실한 흑인들의 혼돈을 주시함으로써 작품화하고자 하였다. 또한 작가는 그들이 자신의 뿌리를 인식하여가는 과정을 아프리카 흑인문화 속에 뿌리 깊은 성인식(Initiation)이나 생존(Survival)의 제의형식을 빌어 보편화시키는 전략을 구사함으로써 흑인의 정체성에 대한 그녀의 깊은 관심을 보여주었다. 특히 한스베리 자신이 미국흑인의 아프리카적 유산은 영광스럽고 아프리카인은 서로 분리할 수 없으며 그리고 영원히 함께 묶여 있을 수밖에 없다는 의식을 지니고 있었다.

■ 작품 소개

『태양 속의 건포도』는 미국 흑인사회에서 자라난 젊은이들이 가지는 절망감과 정신적 혼돈을 하류층 가정의 경제적인 문제와 더불어 극화하고 있다. 이 집안의 경제적 상황은 누추한 집안 내부에서 물씬 풍겨 나온다. 협소한 주거공간과 낡은 가구들은 그들의 당면한 문제를 암시하여준다. 식탁이나 의자를 이용하여 양탄자의 닳아빠진 곳을 감추려는 시도들이 그들의 무의식적 욕망을 설명해주고 있다. 부엌은 거실과 식당으로 사용되는데 이곳은 조그만 창문을 통해서 비치는 빈약한 채광에 의해서 조명이 된다. 이 조그만 창문은 부족한 채광으로 인한 집안의 전체적인 우울함을 조성하며 이 가정에 대한 미국의 물질문명의 혜택이 상대적으로 열악한 상태임을 상징적으로 보여준다. 막이 오르면 루스(Ruth)가 잠자리에서 일어나지 않은 트라비스(Travis)와 월터(Walter)를 깨워 다른 입주자들보다 먼저 샤워실을 사용하라고 종용한다. 건물 입주자들이 공용으로 쓰는 샤워실을 두고 다투는 모습은 슬럼가에 있는 이 가족들의 각박한 생활을 말해준다. 게다가 학교에 가지고 갈 "50센트"를 달라는 아들의 요구를 거절하는 루스와 이에 불만을 품는 아들 트라비스의 대화는 흑인가정의 경제적 궁핍이 가족관계의 온전성을 왜곡시키고 있음을 말해준다.

『태양 속의 건포도』는 미국사회에서 기본적인 소속감이나 사회가 공유하는 가치를 향유하고 싶어 하는 흑인가족들이 자신의 위치를 찾기 위해서 투쟁하는 것을 그리고 있다. 넬슨 올그런(Nelson Algren)의 극단적인 주장대로 미국인의 병든 정신 상태를 상징하는 '미국인의 꿈'에 기초한 컬러텔레비전, 투 도어 냉장고, 스포츠카, 중앙난방, 자동세척기, 에어컨 등을 소유하려는 새롭게 성장하는 상업계층 흑인들의 소망을 그리고 있는지 모른다. 그러나 그 꿈은 모든 미국인에게 공평하게 향유되고 있지 못하는 데 문제가 있다. 그리고 그것을 성취했다고 해서 그들의 행복이 보장되는 것도 아니다. 본 작품의 제목이 유래된 랭스턴 휴즈(Langston Hughes)의 시 '연기된 꿈의 몽타즈'(montage of a Dream Deferred)에서 그의 주장은 꿈이란 태양아래 건포도처럼 말라비틀어질 수도 있고 좌절된 꿈은 폭발할 수도 있는 것이다. 월터는 물질화된 미국사회의 흑인구역에 살면서 노동자 부모 아래에서 양육되었지만 백인의 운전사로서 백인 중산층들이 누리는 풍요를 보고 살아왔다. 그래서 그의 마음속에 자신의 가족들이 이루지 못하고 유보된 꿈을 성취하려는 욕망이 가득한 것이 당연하다. 폭발 가능성의 욕망을 소유한 월터 리(Walter Lee)의 비극의 주인공으로서의 가능성은 인생을 원으로 보고 다람쥐 쳇바퀴 돌기를 하다 쓰러지는 베니사(Beneatha)의 자연주의적 관점으로서는 불가능하다. 성년식에 참가하여 정신적 성숙을 위해서 육체적 고통이나 좌절을 통과한 월터와 베니사를 현대비극의 주인공으로 승화시킬 수 있는 관점이 한스베리의 낙관적 역사관에 연관시켜 규명하는 것도 매우 중요하다.

미숙한 정신 상태를 가지고 있는 월터 리가 현대비극의 주인공으로 승격될 수 있는 가능성은 어디에 있는 것인가. 그가 결코 오이디푸스(Oedipus)나 맥베스(Macbeth) 류의 영웅적 자질은 가지고 있지 않다. 노동자의 부모를 만나서 별로 세상에서 큰일을 할 수 있는 능력이나 교육도 받지 못했다. 자신의 미래를 스스로 설계하지 못하고 죽은 아버지의 보험금에 기대어 운전기사 신세를 면하려는 비겁한 성격도 가지고 있다. 그는 백인회사 중역처럼 기사와 정원사를 두고 주요한 회의를 주재하는 삶을 꿈꾸지만 월터 리는 결코 자본가나 경영자가 될 수 없다. 아버지의 보험금으로 운영하리라고 기대되는 술가게의 경영에 필요한 자질은 그의 능력 밖인 것이다.

이러한 월터가 과연 비극의 주인공의 범주에서 논의가 가능한가. 작품을 통해서 한스베리가 백인들에게 말하고자 하는 것은 흑인들이 그들과 똑같다는 점과 현재 상황을 심각하지 않게 손상하거나 대단한 희생이 없이도 완벽한 통합이 일어날 수 있다는 점이다. 진정한 통합을 막는 미국사회 내부의 장애물은 외부의 문제이기보다는 내면의 문제라고 볼 수 있다. 흑백이 똑같은 물질을 누린다고 해서 흑백의 화해가 이루어지는 것이 아니다. 설혹 백인처럼 재물을 가지고 있다고 해서 흑인을 멸시하는 인종주의가 사라지는 것이 아니기 때문이다. 린드너(Lindner)의 제안을 받아들여서 월터가 주류상점을 동업하려다가 친구 윌리(Willy)에게 사기를 당해 잃어버린 재물을 회복한다고 할지라도 월터가족이 인간으로서의 존엄성을 획득할 수는 없는 것이다. 마틴 루터 킹(Martin Luther King)목사가 주장했듯이 흑인의 구원이란 배부른 돼지 같은 노예상태에서는 이루어질 수 없으며 흑백이 같은 인간으로서 손을 맞잡고 미국의 거리를 걸을 수 있을 때 가능하다. 그러나 '미국인의 꿈' 같은 왜곡된 물질주의에 물들어 있는 자본주의 사회에서 개인의 경제적 곤경에서 벗어나게 해줄 수 있는 돈을 제공하겠다는 제안을 받았을 때 그것을 극복한다는 것은 엄청난 심적 고통이 수반된다. 사실 월터의 고통이 무대 위의 극적 행위에 대해 매우 중심적이어서 그런 꿈속에 있는 사회적인 문제는 주변화 되고 있다. 린드너로 상징되는 백인들의 결정은 월터에 대한 개인적인 시험이 된다. 왜냐하면 그것은 상업적 가치를 위해서 월터의 자존심과 고결함을 희생하도록 유혹하기 때문이다.

월터는 아버지가 물려준 돈을 흑인친구의 사기행각에 놀아나서 일시에 잃어버리고 만다. 그는 경제적 능력이나 책임감이 결여되어 있지만 어머니 르나(Lena)의 관용에 의해서 가장의 역할을 할 수 있는 기회를 부여받는다. 그러나 남이 아닌 자신의 무능함에 의해서 가족의 처지가 곤경에 처하게 되는 최악의 상황에 몰리게 된다. 그 순간 단순한 자존심 손상의 차원에서 물리쳤던 린드너의 제안이 떠오른다. 백인 거주 지역으로 이사를 오는 것을 포기한다면 거액을 손에 쥐어주겠다는 달콤한 유혹이다. 이것은 궁지에 몰린 월터가 위기에서 탈출할 수 있는 유일한 해결책으로 여겨질 수 있다. 그래서 그는 가족들에게 대단한 선언이라도 하듯이 린드너에게 전화를 한 후

가족들에게 그의 방문을 알린다. 그리고 볼만한 사건이 벌어질 것이라고 장담한다. 그저 그가 평소처럼 허풍을 늘어놓는 듯하다. 루스는 그가 린드너의 돈을 받고 그녀가 꿈꾸는 이사를 포기한다고 아우성이고 베니사는 가족이 지녔던 꿈과 이상은 사멸되었다고 낙담한다. 또한 그는 사내로서 아내 목에 진주를 걸어주고 싶다고 외친다. 극적 구성으로 볼 때 그가 백인들의 물질주의에 의해서 존엄성을 잃지 않을 수 없는 상황이다. 그러나 그는 아버지 빅 월터(Big Walter)가 번 돈으로 그 집을 샀기 때문에 이사를 가야한다고 선언함으로써 백인들이 제시한 돈 앞에 무릎을 꿇으리라고 예상했던 린드너에게 회심의 일격을 가한다. 가히 영웅적인 반전이다. 이것은 자신을 거세한 것은 흑인 여성이 아니라 미국과 그 가치를 수용한 자신이라는 깨달음에서 가능한 것이다.

어느 여성도 월터를 사내로 만들어줄 수 없고 스스로 결행을 하지 않으면 안 된다. 그를 둘러싼 음흉한 환경에 비해서 그의 전투장비가 너무 초라하기 때문에 영웅으로서는 부족해보일지 모른다. 그러나 앨라배마(Alabama)의 몽고메리(Montgomery)에서 버스에서 자리를 내주기를 거부한 조용한 작은 흑인 여학생에 견줄만한 동시대의 역사적인 인물로 평가될 수 있다. 같은 맥락에서 죠오지(George)가 상징하는 미국 물질주의의 유혹을 물리치고 아사가이(Asagai)와 함께 아프리카로 가서 의사로서 인술을 펼치기로 결심한 베니사 또한 현대판 영웅으로 인정할 수 있을 것이다. 그녀는 흑인을 포함한 인간의 삶에 대한 염세적 관점을 아사가이의 촉매적 도움을 수용하고 자신의 뿌리인 아프리카로 가서 인술을 베풀겠다는 결심을 한다. 그녀는 사회와 역사에 대한 진보적 관점을 통해 고통어린 전환을 할 수 있다는 것을 실증적으로 실천하려는 자세를 통해서 증명하고 있는 것이다.

장면 번역: 3막

루스가 기계적으로 침실 문 쪽으로 가로질러 와서 문을 열고 문을 자유롭고 천천히 활짝 열자 안에 있는 월터에게 불빛이 비쳐진다. 그는 아직도 코트를 입은 채 방의 면 구석에 앉아있다. 그는 린드너 쪽으로 방을 통해 눈을 들어 내다본다.

루스 그가 왔어요.

긴 순간이 지나고 월터가 천천히 일어난다.

린드너 (*능률적으로 식탁으로 다가와서는 서류가방을 식탁 위에 놓고 서류를 펼쳐 만년필을 빼며*) 자, 저는 여러분으로부터 소식을 듣고 분명 기뻤습니다.

월터는 종종 소매 뒤를 입가로 가로질러 스치면서 조그만 어린애처럼 천천히 그리고 어색하게 방으로부터 걸어 나오기 시작한다.

린드너 인생이란 실제로 사람들이 대부분 계획했던 것보다 훨씬 단순하답니다. 그럼— 누구와 협상을 할까요? 영거부인 당신입니까 아니면 당신의 자제분이십니까?

마마는 무릎 위에 손을 포개고 눈을 감은 채 앉자 월터가 나아간다. 트라비스는 린드너에게 다가가고 서류를 호기심을 가지고 바라본다.

린드너 단지 몇몇 공식적인 서류란다, 아가야.

루스 트라비스, 넌 아래층으로 가려무나. ─

마마 (눈을 뜨고 월터의 눈을 지켜본다.) 아니다. 트라비스, 너도 바로 여기에 있거라. 그리고 넌 네가 하고 있는 일을 그 애에게 이해시키거라, 월터 리. 그 애를 잘 가르쳐봐라. 월리 해리스가 널 가르쳤듯이 말이다. 넌 우리의 다섯 세대가 이루어온 것을 보여 주거라. (월터는 그녀로부터 소년을 바라보고는 그에게 순진하게 웃는다.) 어서 하거라, 얘야─ (그녀는 손을 포개고 눈을 감는다.) 어서.

월터 (드디어 계약서를 살피고 있는 린드너에게 건너온다.) 자, 린드너 씨. (베니사가 고개를 돌린다.) 우리가 당신에게 전화한 것은─ (그의 말에는 깊고 단순히 모색하는 듯한 속성이 있다.)─ 에─ 나와 우리 가족이 (그는 돌아다보고는 한 발에서 다른 발로 옮긴다.) 에─ 우리가 매우 평범한 사람들이기 때문이죠. . . .

린드너 네─

월터 내 말은─ 나의 삶의 대부분을 운전사로 일해 왔소이다. ─ 그리고 여기 내 아내는, 사람들의 부엌에서 가사 일을 하구요. 내 어머니께서도 마찬가지입니다. 내 말은─ 우리가 평범한 사람들이라는 거예요. . . .

린드너 그렇군요, 영거 씨─

월터 (실제로 작은 소년처럼 그의 구두를 내려 보았다가 그 사람을 올려다본다.) 그리고─ 에─ 우리 아버지께서는, 에, 평생 내내 노동자였어요. . . .

린드너 드너: (완전히 혼란되어) 아, 그래요. ─ 그렇군요, 이해합니다. (그는 계약서로 다시 고개를 돌린다.)

월터 (한번 두드리고 그를 응시하며) 그리고 우리 아버지께서는─ (갑자기 강열하게) 이 사람이 단지 그에게 욕설을 했다는 이유로 거의 죽도록 두들겨 팼죠, 내 말 알겠소?

린드너 (*얼어붙은 채 올려다보며*) 아뇨, 아뇨, 잘 모르겠-

월터 (*한 박자 두드린다. 긴장감이 돈다. 그리고는 월터는 뒤로 물러선다.*) 그렇군요. 자- 내 말은 우리는 자부심을 많이 가지고 있는 사람들이에요. 내 말은- 우리가 매우 자랑스러운 사람들이라는 거요. 그리고 내 누이가 저기 있는데 의사가 될 거예요. - 그리고 우리는 매우 자랑스러운-

린드너 네- 확실히 매우 훌륭합니다만-

월터 내 말하고 있는 건 우리가 자부심이 강하다는 것을 알리기 위하여 이리 오도록 전화를 했다는 거죠. 그리고- (*트리비스에게 신호를 보내며*) 트라비스, 이리 오너라. (*트라비스가 건너오자 월터는 그 남자를 마주보고 있는 그 앞에 그를 끌어낸다.*) 이 애가 내 아들입니다, 그리고 이 나라에서 여섯 세대 째 우리 가문을 이룰 겁니다. 그리고 우리는 당신의 제안에 대해 내내 생각해보았죠. -

린드너 네, 잘했군요. . . . 잘 됐어요. -

월터 그리고 우리 집으로 이사하기로 결정했어요. 왜냐하면 우리 아버지께서- 우리 아버지께서- 우리를 위해서 벽돌 한 장 한 장을 벌어주셨기 때문이요. (*마마는 눈을 감고 교회에서 아멘을 하며 고개를 끄덕이듯이 앞뒤로 흔들어댄다.*) 우리는 어느 누구에게도 문제를 일으키거나 싸움을 벌이고 싶지 않고 좋은 이웃이 되고 싶습니다. 그리고 이게 내가 하고 싶은 이야기의 전부요. (*그는 그 남자의 눈을 단호하게 쳐다본다.*) 우리는 당신의 돈을 원하지 않습니다. (*그는 돌아서서 걸어 가버린다.*)

린드너 (*그들 모두를 휘돌아보며*) 그러면 여러분들이 집에서 살기로 결정했다고- 받아드리죠. . . .

베니사 그게 그 사람이 말한 거죠.

린드너 (*회상하고 있는 마마에게*) 그럼 영거 부인에게 호소하고 싶군요. 당신은 더 나이가 있고 현명하며 모든 일을 더 훌륭하게 이해하신다고 확신합니다. . . .

마마 댁이 잘 이해하지 못하신 것 같아요. 내 아들 말은 우리가 이사하리라는 것이며 내가 할 말은 없어요. (*재빨리*) 요즘 젊은 아이들이 어떤 지 아시잖아요, 선생님. 그 애들은 어쩔 수 없어요! (*그가 입을 벌리자 그녀는 일어선다.*) 안녕히 가세요.

린드너 (*자료를 챙기며*) 자ー 여러분들이 그 일에 대해 그렇게 결정하셨다면 . . . 제가 할 말이 없군요. (*그는 월터 리에게 집중하고 있는 가족들에게 거의 무시당하며 마무리한다. 린드너는 문간에서 멈추고는 빙둘러 본다.*) 당신네 사람들이 끼어들고 있는 게 무언지 아시기를 정말 희망합니다.

그는 머리를 흔들고 나간다.

루스 (*휘돌아보고는 생기가 나며*) 그래, 제길ー 이삿짐꾼들이 여기 오면ー 빌어먹을 여기서 나가자구!

마마 (*행동으로 들어가며*) 그건 진실이 아냐! 여기 이 모든 법석을 봐라. 루스, 트라비스에게 좋은 웃옷을 입히거라. . . . 월터 리, 타이를 잘 매고 셔츠를 걷어 올려라. 넌 누구의 폭력단처럼 보이는구나! 저런, 내 나무는 어디 있지?

가족들의 일반적인 법석거림 속에 그것을 가지러 달려가지만 가족들은 의도적으로 지나간 순간의 고상함을 무시하려고 든다.

마마 너희들은 모두 내려가기 시작해라. . . . 트라비스 아가야, 빈손으로 가지 말아라. . . . 루스, 내 프라이팬이 들어있는 상자를 어디에 두었지? 내가 직접 그걸 맡고 싶구나. . . . 오늘밤 우리가 먹을 대 만찬을 만들고 싶단 말이다. . . . 베니사, 그 스타킹에 무슨 문제가 있니? 끌어 올리거라. 애야 . . .

이삿짐꾼 두 사람이 나타나 무거운 가구를 밖으로 옮기기 시작하자 가족들은 줄지어 나간다. 그들은 이사를 하다 가족들과 부딪친다.

베니사 마마, 아사가이가 – 나와 결혼하여 아프리카로 가자고 부탁했어요. –
마마 (*준비하는 행위 도중에*) 그랬어? 넌 어느 누구에게도 결혼할 만큼 나이가 들지 않았는데 – (*이삿짐꾼들이 그녀의 의자 하나를 위험하게 들어 돌리는 것을 보고*) 여보세요, 그건 솜 꾸러미가 아니에요, 제발 우리가 다시 앉을 수 있도록 잘 다뤄주세요. 난 그 의자를 이십오 년간 사용했다우. . . .

이삿짐꾼들은 화가 나서 한숨을 쉬고는 그들의 일을 계속한다.

베니사 (*소녀적이고 비이성적으로 그 대화를 계속하려들며*) 아프리카로 가서 – 거기서 의사가 되라는 . . .
마마 (*건성으로*) 그래라, 아가 –
월터 아프리카라고! 그 친구는 무엇 때문에 네가 아프리카로 가기를 원하는 거지?
베니사 거기서 시술을 하라고 . . .
월터 자, 네가 그 모든 어리석은 생각을 머리에서 지우지 않으면! 돈을 가진 친구에게 결혼하는 게 나아.

베니사 (화가 나서, 이 극의 첫 장면처럼) 내가 누구하고 결혼하든 무슨 상관 이야!

월터 많지. 지금 생각해보니 죠오지 머치슨이―

그와 베니사가 서로 열띠게 소리 지르며 나간다. 죠오지 머치슨이 아 담이고 그녀가 이브라 하더라도 그에게 결혼하지 않겠다고 말하는 베 니사의 말이 들린다. 그들의 목소리가 사라질 때 까지 분노는 시끄럽 고 실제적이다. 루스는 문간에 서서 마마에게 몸을 돌리고 이해한다는 듯이 미소를 짓는다.

마마 (드디어 모자를 고쳐 쓰고) 그래. ― 그 애들은 대단히 괜찮지. 내 자 식들 . . .

루스 그래요. ― 대단해요. 가요. 르나.

마마 (지연시키며 집을 둘러보기 시작한다.) 그 애가 오늘 드디어 사내가 되었구나, 그렇지 않니? 비온 후에 일종의 무지개 같은 . . .

루스 (그녀의 자존심이 마마 앞에서 폭발하지 않도록 입술을 깨물고) 그래 요, 르나.

월터의 목소리가 거칠게 그들을 부른다.

마마 (밖으로 루스에게 막연하게 손을 흔들며) 알았다, 얘야― 내려가마. 바로 내려갈게.

▬ 장면 해설

르나는 남편의 보험금으로 인하여 가족의 행복과 구원이 가까워지는 것이 아니라 분에 넘치는 꿈을 가짐으로 인해 어려움에 봉착했음을 깨닫는다. 그녀는 미국인의 꿈을 추종하려고 하는 월터와 달리 백인의 물질주의와 거리를 두려는 인물로서 문제해결에 있어서 매우 중요하다. 대조적으로 월터는 백인의 인종주의를 적당히 이용하여 사기당한 돈을 회수하려는 미성숙의 태도를 아직 가지고 있다. 이러한 모습은 월터가 성숙한 성년이 되고자 하는 성년식 의식에 있어서 최대의 위기와 장애물이다. 월터는 윌리와 동업으로 주류도매상을 하여 일확천금을 꿈꾸지만 그에게 사기를 당하고 만다. 그래서 그는 어머니 르나가 슬럼가를 벗어나기 위해 사두었던 백인 거주 지역의 집에 이사를 오는 것을 돈으로 매수하여 막으려는 린드너의 제안을 역이용하여 잃어버린 돈을 회복하고자 한다. 하지만 그 제안의 수용은 인종차별을 인정하는 굴종의 행위이다. 즉, 백인들이 돈이란 무기를 통해서 흑백의 장벽을 더욱 높게 쌓으려는 전략에 일조함으로써 개인적 경제문제를 타결하고 도피하려는 무책임한 자세인 것이다.

그러나 월터는 그를 비하하는 베니사의 극단적 심판에도 불구하고 미성숙 단계에서 극적으로 반전된다. 그는 그의 전화를 받고 달려온 린드너에게 자신의 마지막 메시지를 전달함으로써 그가 성숙의 마지막 궤도에 오르고 있음을 입증한다. 월터는 자신이 내뱉은 말에 대해서 르나와 베니사가 어떻게 반응하고 있는지는 개의치 않는다. 린드너가 방에 들어오는 시점에 그는 명상에 잠겨있는 수도승처럼 침실의 구석에 조용히 앉아있다. 그는 자신의 가족적 정체성에 대한 정의를 내리기 시작한다. 자신의 아버지 빅월터는 평생 노동자였고 어머니 르나와 아내는 백인의 가정부로 일하며 자신도 평생 백인의 운전기사로 일했음을 린드너에게 밝힌다. 지금까지 보여주던 천박한 물질주의를 극복하고 가난했지만 정직하고 성실했던 과거의 정체성을 전폭적으로 회복하고자 하는 것이다.

흑인의 정체성과는 동떨어진 물질주의적 꿈을 꾸던 월터는 어머니 르나의 촉매적 도움을 영적으로 받음으로써 죽은 아버지 빅월터의 과거를 자신의 정체성의 뿌리로 인정하고 그것을 자랑스러워한다. 단호한 월터의 선언에 자신감을 상실한 린드너는 르나에게 마지막으로 호소한다. 그러나 그녀는 아버지의 정신적 유산을 물려받는 순간 가장의 권위를 회복한 아들의 선언을 적극적으로 지지하고 나선다. 루스는 이제 슬럼가에서의 탈출이 물리적인 수준이 아니라 가족 전체의 구원의 수단으로 받아들이며 "이삿짐꾼이 오면 빌어먹을 이곳에서 나가요!"라고 환호한다. 베니사는 자신과 결혼하고 아프리카로 가서 의술을 펼치라는 아사가이의 청혼을 받아들이겠다고 선언한다. 이는 그녀가 흑인의 정체성을 추상적이고 이데올로기적으로만 받아들이던 수준을 넘어 몸으로 직접 받아들이고 있음을 의미한다. 르나는 그의 변화에 대해 "그가 드디어 오늘 사내다워 졌지 않니? 비온 뒤에 무지개가 뜨듯이 . . ."라고 말한다. 이것은 월터의 성년식의 완성을 선언함으로써 극의 희극적 결말을 판정하는 것이다.

디오니소스드라마연구회 총서(1992~2018)

제1권 〈셰익스피어를 어떻게 읽을 것인가〉 존 펙 저 / 김종원 역 (사민서각, 1992)

제2권 *Modern American Plays* (글, 1993)

제3권 〈비극과 희극: 그 의미와 형식〉 (고려대학교 출판부, 1995)

제4권 *Modern British Plays* (고려대학교 출판부, 1995)

제5권 〈배우수첩〉 멜리사 브루더 저 / 이용은 역 (예니, 1999)

제6권 〈몰리 스위니〉 브라이언 프리엘 저 / 김수기 역 (월인, 2000)

제7권 〈영어아동극 모음집 1〉 이용은 역 (동인, 2001)

제8권 〈영어아동극 모음집 2〉 송영아, 이양숙 공역 (동인, 2001)

제9권 〈영국고전희곡선: 르네상스 편〉 편집책임 전준택 (동인, 2001)

제10권 〈영국고전희곡선: 17, 18세기 편〉 편집책임 전준택 (동인, 2001)

제11권 〈셰익스피어: 관객, 무대 그리고 텍스트〉 이현우 (동인, 2004)

제12권 〈셰익스피어/현대영미희극의 지평〉 편집책임 강태경 (동인, 2004)

제13권 〈현대드라마를 어떻게 읽을 것인가〉 케네스 피커링 저 / 김상현 역 (동인, 2005)

제14권 〈영미단막극선집〉 송옥 대역주석본 (동인, 2009)

제15권 〈서양드라마 명대사・명장면 24선〉 편집책임 김인표 (동인, 2018)

연간학술지 〈디오니소스〉

창간호 〈페미니즘과 연극〉 편집책임 이현우 (동인, 1997)

제2호 〈셰익스피어와 연극〉 편집책임 전준택 (동인, 1998)

제3호 〈희곡의 영상화〉 편집책임 김상현 (동인, 1999)

필자 소개

김경혜   고려대학교 강사

김미예   동덕여자대학교 교수

김상현   세명대학교 교수

김성환   광양보건대학교 교수

김인표   공주대학교 교수

김일환   전남도립대학교 교수

박정근   대진대학교 교수

송 옥   고려대학교 명예교수

송현옥   세종대학교 교수

심미현   경성대학교 교수

이승아   Bowling Green State University 박사과정 수료

이양숙   백석대학교 교수

故이용은   성신여자대학교 교수

이현우   순천향대학교 교수

최보람   고려대학교 강사

서양드라마 명대사 · 명장면 24선

초판 1쇄 발행일 2018년 10월 20일
디오니소스드라마연구회 엮음

발행인 이성모
발행처 도서출판 동인

주 소   서울시 종로구 혜화로3길 5 118호
등 록   제1-1599호
TEL   (02) 765-7145 / FAX (02) 765-7165
E-mail dongin60@chol.com
I S B N 978-89-5506-794-1
정 가   18,000원